amazing book

石橋 蘭子

As you know...

amazing
THAILAND
×
facebook
=
amazing book

二〇一五年、
世界が終わるその前に
どうしても見つけ出さなければならない女がいるのだと男は言った。
その女にどうしても伝えなければならない事があるのだ、と。
ああ、世界が終わる前に、彼女を見つけ出さなければならない。
世界中の後悔をしょいこんだようなその男の背中あたりを
蘭園の方からやってきた孤独の蝶が
美しく珍奇な蝶が
ひらりと舞い、そして遠のき、男は見惚れる。
驚くべき新人類の旅へようこそ。

← Lovestorytelling

amazing book

登場人物

三武《みたけ》　哲史《てつし》　元SF・オカルト脚本家　文学青年　会社を辞め離婚をつきっけ現在逃亡中

稲瀬《いなせ》　玲子《れいこ》　元「稲葉レイ」として女優活動をしていた　タイ在住

成山《なりやま》　龍祐《りゅうすけ》　DJ活動をバンコクでおこなっている　美しい蝶の刺青をいれた男

中村《なかむら》　果歩《かほ》　恋人と別れタイに傷心旅行　アロマエステシャン

弁護士　福岡、街の法律相談所　本名不詳

佐野さん　街の法律相談所勤務　事務員

三武《みたけ》　春菜《はるな》　哲史の妻　一児の母

死んだことで神になったロックスターがいるように、
別れたことで愛になった二人がいるのです。
最短距離は決して直線ではないということをお忘れなく

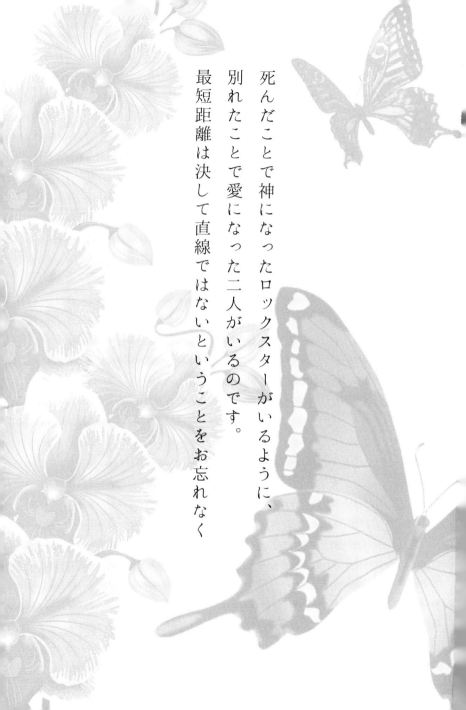

離婚弁護士と依頼者の奇妙な会話　初回無料　日本　福岡

「結婚したからといって、その人が本物の運命の人だとは限りませんもの」

離婚問題でうちの弁護士事務所に法律相談にやってきた、目の前の女性依頼者はそういった。

「はあ」

弁護士は相槌をうつ。そこで、トントンというノックの音がして事務員の佐野さんが「失礼します」とお茶を運んできた。弁護士が先日、出張先で買ってきた八女茶である。

「ありがとうございます」

依頼者のその女性はそういうと、お茶に口をつけた。喉を潤して、そして続ける。

「私、最近、結ばれない縁というのもあるのではないかと思うんです。交わらない縁といいましょうか。つまり出逢わない縁だけど支え合って繋がっているという」

「はあ」

「たとえば、初恋は実らないというでしょう?」

「はあ」

「実らないことで二人は永遠にその憧憬の対象として結ばれるんです。何十年たっても、永遠に、やっぱりあの人が一番だったとお互いに後悔し合うことで、次元が違う世界で結ばれてる」

「はあ」

じ、次元？

「結婚して何年も一緒にいると……」

続ける依頼者の話の腰をいったん折るようにして弁護士は口をひらくことにした。

「あ、ちょっといいでしょうか？　すみません。そのお茶」

「え？」

「お茶はおいしかったですか？　八女茶なんですよ」

依頼者は頭をたてにふった。ええ、おいしくいただきました。弁護士はそれをきいて安堵した。目の前の依頼者がきちんとお茶の味がわかる舌を持ち合わせている生身の人間であることをひとまず確かめようと思ったのだ。

街の法律相談所。最近、ここには実にいろんな類の人間がやってくる。人類、旧人類、新人類、宇宙人、怪物、悪魔、聖人君子。一見したところ、見た目はヒューマンのようだって、内実は違うのがいる。そういう輩がうようよしているというのがこのご時世、この世界の情勢であると弁護士は思っていた。しかしながら日本の法曹界は旧態依然を貫いている。法律だってどんどん改変され、進化するべきだ。

「続けていいでしょうか？」

「はい、どうぞ。えっと、結婚して何年も一緒にいると？」

「ええ、結婚して何年も一緒にいると、憧憬どころかお互いにあきあきしてくるでしょう？　そこにはもう恋心なんて皆無です。子供のためとか生活のためとか習慣とか、そのために一緒にいなきゃいけない。現実は夢も希望もありません。ただのくりかえしです。しかも、歳を重ねるごとに、悪いこと、大変なこと、面倒なこと、もうたくさん襲いかかってきます。こんな現実で何が恋ですか？」

「はあ。それは私もききたいところです」

「現実で結ばれるっていうのは私、不可能だと思うようになりました。それに気が付いたのはこの、今の夫との結婚生活を経験してからですけれど」

受付用紙に書かれている相手の男性のフルネーム。つまりこの女性依頼者の夫の名前「三武哲史《みたけてつし》」をさして、依頼者はいう。

「弁護士先生。私は昔、情熱的な恋愛をした人がいました。道ならぬ恋であきらめたのですが。あきらめた矢先にこの夫と出会いそのまま結婚しました。でも、もしもあの時あの人と別れていなければと日ごとその思いは強くなります。けれどももし、あの人と結婚していたとしても、こんな顛末になっていたのかもしれません。それはもうわからないのですけれど。ただ、男女が共に生活していずれこうして憎しみ合うのならば、その相手はあの人ではなくてこの夫、この男でよかったんでしょう。そうですよ、一時の気の迷いだったんでしょう、この夫と結婚したことは」

ちょっと悲しそうな目をみせた。ややあって、

「ですからね、先生。私は別に離婚したくないといっているわけじゃないんです。ただ離婚するのならきちんとその理由や、今後のこと。養育費や慰謝料だってもらわないと困ります。だって私は子育てのために仕事を辞めて、要するにキャリアを捨てたわけですし。夫の稼ぎがあると思っていたから」

「はあ、それはそうですね」

「私だって本当に好きな男性はあの人……いや、昔付き合っていたその男性なのですし、だから、この夫が今どこかで何をしていようと知ったことではないの！　でも、やり方が姑息すぎるんです！　置手紙と離婚届を残したまま、音信不通だとか、姿を消してしまうとか、勝手に会社を辞めていたとか、もう！　このやり方が気に食わないんです！」

「は、はあ」

弁護士は、はあ、と何回いっただろうと咄嗟に思った。まったくかわいそうな事態である。次から次に湧きあがる怒りのせいで依頼者はパニック状態なのだろう。

七月二十一日火曜日午前中。朝一番、事務所があいたと同時に一本の予約の電話が入った。まるで

事務員の佐野さんが電話の前に座るのをどこかから見ていたのではないかというタイミングだった。離婚問題の案件だった。

依頼者の女性は三武春菜《みたけはるな》、三十五歳、結婚生活六年目。一児の母親。写真を一枚見せてもらった。三人で写った家族写真。ひとまず夫が蒸発してから今日までの行状をこう語った。

七月十八日未明、玄関のドアがしまる音で目が覚めた。三武哲史とは結婚して一年を過ぎたころから別々の部屋で眠るようになっていた。だから、また夫が眠れなくてコンビニにでもいったのだろうと思いとくには気にせずふたたび眠りについた。そう、その時はそうすることが自然だったと春菜はいう。何故なら、夫はもう四、五年近く長きにわたり神経症になやまされているので、よなよな散歩だとか煙草を買いにコンビニまでという理由ですっとどこかにいく習慣がある。気が滅入ったり、混乱したり、不眠症で眠れないときに黙ってベッドにいることは誰にだって苦痛なことである。だから春菜はいつもその夫の散歩を放っておいた。それに夫は自分が不調の時に春菜から声をかけられたり、心配されたりするともっと症状が悪化する。春菜から見ても、目に見えて夫は不機嫌になるのだった。だから春菜は例の如く放っておいた。夫がやるいつものヒーリングのようなもの、と捉えていた。

それが、朝起きてみると夫はどこにもいなかった。夫の部屋に入ると、机の上には置手紙が残されてあった。一体何事かと思いながら、封を開けた。内容はめちゃくちゃだった。

「会社は七月十五日を最後に辞表を提出しました。この離婚届に押印して提出してください。残っている荷物はすべて捨ててください。納得がいかない場合は弁護士にでも頼んで、弁護士を通じて話します。弁護士を通じて実家にでも連絡してください」

春菜はまず憤りを覚えた。頭にかっと血が上った。血圧が上が百八十くらいには上ったと自覚した。会社を勝手に辞めていたこと、それから荷物を捨ててといわれたこと、荷物を捨てるのだって労力もお金もかかること。それから弁護士に頼めといったこと。これだってお金がかかること。

カレンダーを見ると今日は土曜日。海の日があるので、今年は土曜日から三連休となっていた。春菜はひとまずいったん心を落ち着かそうとした。

夫は神経症を患っていてもともと考え込みやすい人間なのだ。

それに夫が離婚をしたいというのは、別に今に始まったことではない。もう何年も前からだ。その頻度は半年に一度だったものが三か月に一度になり、一か月に一度だったものが一週間に一度、二日に一度といった具合に増えていったのは確かだけれど。

春菜は懸命に記憶をたどろうとする。夫と春菜が夫婦関係を築けなくなったのはいつからだったろうか。あまり話さなくなったのはいつからだろうか。土曜日、日曜日の休日はきまって夫はネットカフェやカプセルホテルに入り浸りするようになったのはいつからだろうか。

部屋を別々にしていたことが悪かったんだろうか。ベッドが二つある我が家はおかしいのだろうか。これじゃまるでシェアルームのようだと思ったことも何度かあった気がした。

夫が「離婚」をつきつけてくるのは大体仕事から帰ってすぐの時間帯だ。「君ももっと真剣にこの話と向き合ってくれないか？」さんざんそういって夕食も食べずに薬だけをのみこみ自室に籠る。けれども次の日の朝になると、平然と「おはよう」といって朝食に手をつけ、出勤していく。そのたびに春菜はいつも思ってきた。夫の神経症がそうさせているだけなのだ、と。事実こうして朝になれば、平常心に戻れば、夫は何もいいださないのだから。

本気か否かなんてよくわからない。離婚をしたいということ、思うこと。それはうちに限ったことではない。隣の福本さんだって、親友の美帆子だってみんな、夫と離婚したいとか、旦那と四六時中一緒にいるのが苦痛だといっている。それに、春菜の両親でさえもう齢七十近いのにもう耐えられないから離婚するといって喧嘩をしたり、何日間か家出をしたりする。だからもしかするとこれだって、どの家庭にも起こりうることだから、たいしたことではないのかもしれない。

春菜は冷静に考えれば考えるほど、夫はこんな子供じみた置手紙を書いてただ単に春菜のことを驚かそうとしているだけなんじゃないかと思えてきた。

だって、こんなバカみたいな話ってあるだろうか？　突然に会社を辞めたということだってとても本当のこと、現実だとは思えない。非常識すぎるではないか。そんなことが許されるはずがない。家庭もあり、子供もいて、しかもうちの夫に限って妻に一言も相談せずに話をつけることができたとでも？　先月も今月も、送別会のようなものだって一度もなかったではないか。だから、夫は本当に辞表を出したのでしょうか？　とこれから会社に電話をして確認するわけにはいかない。まず土曜日の休日なんだし、もしこれが単なる悪い冗談だとしたら、夫も私も夫婦そろって赤っ恥をかいてしまう。

それに、夫に行くあてなんてあるのだろうか？　夫の同僚で仲良くしている人のほとんどは家庭持ちであるし、身内とも交流を絶っている、女性の携帯番号などひとつも登録されていない、つまりまったく女っけがなくて、そのうえ持病をかかえている夫のどこにそんなあてがあるのか。

連休の前後の一時の気の迷いという場合もある。五月病みたいなものじゃないか。出て行っても実際は行く場所がないことに気がついて今日にだって帰ってくる可能性もある。

だから待ってみよう、春菜はそのときはそういう結論をだした。

夫は弁護士に相談しろと書いている。本当に夫がこのような形でいなくなってしまうのならば相談は遅かれ早かれ必要になる。けれども依頼するのだってお金がかかることだ。いまの時点で慌てて予約をとりつけて相談してみたものの、夫がひょっこり帰ってきて、その必要がなくなりました、なんて、そんな無駄な相談はしたくない。

「初回の三十分は無料ですよ、どうぞお気軽にご相談くださいね」

弁護士はなんとか気持ちを鎮めようと優しい気持ちでいったのに、そういうと春菜は一瞬人を軽蔑するような目をしスルーして続ける。

「ですから、この連休が終るまで、とにかく落ち着いて待ってみようと思ったんです」

今は、夫の携帯に電話してもきっと逆効果だ。携帯電話に出るわけがない。けれども、あっという間に二日が過ぎた。夫はついに帰ってこなかった。春菜はそこではじめて三武哲史の携帯に電話をした。信じられなかった。夫の電話番号は現在使われていなかった。そしてすぐに夫の会社に朝一番で電話をすると、夫は不在だった。そこでいよいよ本日、ここまでやってきたというわけだった。

「お気の毒に」

「先生。初めにいっておきますが、この人には普通の言葉が通用しません。会話が成り立たないことなんていつもでした。薬の副作用かもしれません。それをまずはじめに頭に入れてもらったうえでこれからのお話をきいていただけますか？」

「は？」

それはいったいどういう意味であるのか？

「その前に、参考までにですけれど、これを」

とても年季の入った一冊のノートを机の上に置いた。

「こ、これはいったい……」

ノートの表紙の罫線がはいった欄には、

—ノストラダムスの大予言をくつがえせ！　驚くべき新人類の物語！　この愛は永遠！—

といういささか壮大すぎるタイトルが油性ペンで走り書きされていた。

本の虫、そう学生時代から呼ばれていた弁護士にとって書物全般を読むことは全然苦痛ではなかった。この場をかりて報告させていただくと実際、最近では弁護士も書く側になっていて半年後には著作を出版する運びにもなっている。好きなジャンルも多岐にわたった。

けど、だからといってこんな、とても個人的で秘密めいて人間の恐ろしいまでの「念」がはいっていそうなノートを手にするのは、微妙な感覚がしてたじろいでしまった。

「怪しいものではないですよ、先生。これは夫が学生のころに書いたものだそうです。実際、映画化もされています。今でもツタヤにいけば、店舗にもよりますけれどＤＶＤとしてレンタルされています。もちろんタイトルは改変されて世にでましたが」

なるほど、少なくとも得体のしれないものでないらしい。

「三武哲史さんは、ずいぶん若い時に脚本家か何かをされていたんですねぇ、へぇ」

「正確にいうと昔はそういう活動をしていたということです。私と出会ったころにはもう跡形もなくそういったことはしていませんでした。というか、この二日の間ではじめて知りました」

「え、そんなものですか？　また、どうやってわかったんですか？」

「小さな段ボールがでてきたんです。クローゼットの奥の方から。恐らく夫本人も、もう何年も箱をあけてないはずです。クローゼットの奥にこの段ボールがあることさえも忘れているというか」

弁護士は思った。春菜は何故この連休中にそのような行動に出たのだろう？

三武哲史本人も忘れていると疑えるほど、クローゼットの奥にしまいこんであったままの段ボールに何が隠されていると思ったのだろうか？　夫本人が何年もあけていない段ボールをとりだしてガムテープを引きはがす。机の引き出しや、表面的なものを検分するにはまだ納得がいくが、それではまるで家宅捜索のようだ。時間も手間もかかる。夫の帰還を信じて連休中は待ってみようとひとまず決めていたのならば、早々に、そんな行動に出るだろうか。何かがひっかかる。そう思っていると春菜はつづけた。

「夫は自分の過去を語りませんでした。語りたがろうとしないといいますか。何かを避けているみたいで。いいたくないことがたくさんあるんだろうなって思っていました。何年か前に、夫に話したことはあったんです。あなたの名前をググってみたら同姓同名の脚本家がいたよって。そしたら、へぇ、そうなんだってそれだけで終わりでした。だから、まさかそれが夫であるだなんて思いもしませんからとくに気にすることもなく過ぎました。けれど、その時にきちんと数少ない記事ではありますが、そのホームページを読んでいればもう少しはやく夫がこういったものを書いている人だったことを理解できたのかもしれない。夫という人を理解することができたかもしれない。事実、私はこの男のことが最後の最後までわかりませんでした。出逢ったころから確かに夫はどことなく変わった感じのする人間だったことには間違いありませんけど」

確かにオカルトチックなタイトルの感じがするこのノートからびりびりと伝わる重たい念からして説得力があった。

「失礼ですが、三武哲史さんの神経症というのは一体どのようなことがきっかけで発症されたのかはご存知ですか？」

「いいえ。その件に関しても詳しくは聞いていません。あれは確か娘がうまれて一年経つか経たないかという頃だったと思います。夫が薬を飲んでいることに気がつきました。何の薬なのかを問うと安定剤、睡眠薬みたいなものだよという答えが返ってきました。市販の薬とは違ったのでいつの間に病院に行っていたのかと聞きますと、会社の昼休みだよ、と」

「春菜さんに心配をかけるのでいいたくなかったのでしょうね」

「それから夫はどんどん悪くなっていきました。なんといいますか、精神病の一歩手前の状態といいますか。統合失調症とまではいきませんけれど、とてもレベルの高い神経症を患っています」

レベルの高い神経症。という言葉が弁護士にはひっかかった。

「神経症……ノイローゼで苦しまれていたわけですね。本人に病識はもちろんあったんですよね？　治療しようという気持ちはあったんでしょうか？」

なんだかここは街の法律事務所ではなく、街のお医者さん、というような気がしてきた。

「はい。昔はあったように思います。けれど最近はそんなことさえどうでもいいといいますか、もともとが口数が少ない人でしたが、もうほとんど言葉を発さなくなりました。まるで廃人のようといってもよろしいなら、そういわせていただきます……」

レベルの高い神経症を患っているとなると、もう少し入り組んだ話をしなければわからないと弁護士は思った。

これは蒸発なのだろうか？　離婚したいという理由だけでこのような形をとるのだろうか？

他にもっと違う別の理由があるんじゃないだろうか？

そして、このノートは一体何のために私にさしだされたのか、そもそも三武春菜が三武哲史と言葉が通じないといっている真意は何なのか。それを問う前に、ひとつ確認しておかなければならないと弁護士は思った。そこで、

「すみません、三武春菜さん、ちょっといいでしょうか？」

「はい？」

「ひとまず、私としてもこのご依頼を受任できるか、できないかというのを判断しなければなりません。それにあたって、私にも僭越ながら信条というものがあります」

「え？」

「まず第一の条件です。あなたは私に対して、ひとつも嘘をつかないと約束してください。ひとつも、です。口外なんてしません。ですから、すべて本当のことを語ってください」

春菜はやや驚いたような顔をした。

「そして第二の条件です。思い出せる範囲で構いません。三武哲史さんが離婚をしたいといいはじめた時期や、何かおかしいと思った言動や行動、それから哲史さんの精神疾患、要するに神経症はいつ頃からどのようにして悪化していったのか。ゆっくり思い出していきましょう」

沈黙が続いた。

「それではまず、思いだせる範囲でいいので結婚した当初からの哲史さんの容態の変化を教えていただけないでしょうか？」

「先生」

「はい、なんでしょうか？」

「私は今までお話しした内容の中で、ひとつだけいっていないことがあります」

弁護士は黙った。

「置手紙の最後に書かれていた言葉です」

「それはいったい？」

そこで初めて三武春菜はバッグの中から一枚の便せんをとりだすと音読した。

「もう、時間がない。すまない。世界が終る前に、どうしても探し出さなければならない女がいるのだ、と。世界が終る前にどうしても」

「えっ⁉　世界が終る前に⁉」

弁護士は前のめりになって思わず訊き返して、それ、ちょっと見せてください！　といって便せんを手にした。弁護士はあっと驚いた。本当だった。

「はい。夫は、ですからごく普通のお話ができないといったではないですか。そうなんです。確かに夫は、世界が終ると本気で信じ込んでいるようなところがありました」

弁護士は卓上月齢カレンダーに思わず目をやる。二〇一五年七月二十一日。

「こんなトンデモを一体誰に相談できると思いますか？　それに……」

「それに女性も絡んでいましたね」

「はい」

いくら若い時といえども、ノストラダムスの予言がどうとかいう脚本を書いているくらいだから、そういったオカルトチックなものに傾倒してしまったり、全幅の信頼をよせてしまう気持ちもまったくわからないわけでもない。

終末論はたくさんあるし、そういった題材を扱っている小説や映画もたくさんあるし、弁護士自身もどちらかというとそういう話は好きなほうだった。

たとえばマヤ文明の滅亡論は二〇一二年十二月二十二日だったと記憶している。でも何事もなくすんだから、こうして現在があるわけだが。

「二〇一五年の終末論ですか、あったような、なかったような。ググって調べてみましょうかねぇ」

ノートパソコンでググっていると確かにあった、それも沢山。

この鵜のような情報から何を焙りだせばいいのか。


そして三武春菜は本題に移った。

六年前に、その「道ならぬ恋」で傷ついていた直後に川上春菜は三武哲史と出逢った。忘れようとしても忘れられなかった痛み、憎しみを緩和させてくれたのは三武哲史だったという。

とりたてて何かをしてくれたとか、気の利いた言葉をくれたわけでも、ともすると自分のことを好きだとか愛しているのかもわからない。けれどもおとなしく自己主張や向上心やギラギラしたところがない人畜無害な雰囲気が春菜には得がたい何かに見えたそうだ。そのころ周りは結婚ラッシュで春菜は強引に迫ったのだという。

「こんな真面目で誠実な人を逃したらダメだって思いました、その時は」

けれどその頃だった。三武哲史はこんなことをいったという。

「結婚をすれば、何かが変わるんだろうか?」と。

「当然変わるわよ。責任だって発生するし、お互いの人生だってもっと生産的なものになるっていうか。何よりも二人の絆が強くなるんじゃないかしら」

「いや、僕がいっているのはお互いの人生の融合がどうとか、そんなことじゃないよ」

「じゃあどんなこと？」

「自分のモノの見方が変われるかってこと。世界の見方が変わるのかってこと」

普通、結婚というと二人の未来についてを思い合うのではないか。春菜は思ったそうだ。

なのにこの人は自分が変われるか、ということに拘りをもっていた。考え方が私と少し違うのじゃないか、そう思ったのはそれが初め。

「でも、面白いと思わないか？　契約の力をかりなければ結ばれない愛なんて」

「面白い？」

「絶対に契約を破らないと信じ合っている人間同士が、契約を破るなとわざわざ書面を用いて誓い合ったりするだろうか？　そんなことを思いつくだろうか？　それはそんなことをしないと相手がいつか離れてしまうと思うからそうするんじゃないか」

春菜はすこしびくっとしたそうだ。確かに自分はこの人を逃したらいけないと思ったから。逃したらいけないというのはつまり、捕まえておけるという、確信的に愛されているという自覚がないからなのかもしれないと。

「だから、そういった感情を規制する契約を他人と交わしたら自分の考えそのものが変わるんじゃないだろうか」

あくまでも、三武哲史が気にするのは「自分」だった。

羞恥心があるのであまりこういった話をするのもどうかと思ったけれど、といいながら続ける。もともと付き合っている間から哲史と春菜はセックスにたいして積極的ではなかった。つまり熱烈な恋愛とはほど遠い、節度のあるものだった。

結婚するまでは、哲史は会社の寮に住んでいて、春菜は一人暮らしのアパート住まい。お互い職場も離れているし、遅い時間まで仕事があるので頻繁に会うこともない。週末に予定が合ったときだけデートをすることになるのだが、かといってどこかのホテルに泊まりに行くとか、哲史が春菜のアパートに泊まりにきたがることもなかった。デートをしても、夕刻には哲史は寮に帰ってしまう。三武哲史は生まれながらに淡泊な男性であるのか、今まで春菜が付き合ってきた男性のように積極的に肉体を求めてくるようなこと、積極的に春菜の部屋に遊びにこようとすることがないのも今思えば不思議なことだった。そして春菜の積極性が実を結んでそういった関係になっても、また間があいてしまうという具合で、その間隔にお互いに慣れてしまったこともセックスレスのはやい到来に帰結しているのかもしれない。

妊娠してからは、ほとんど肉体的接触すらなくなった。接触というのはつまり手をつないだり抱き合ったりするということもふくめてだ。そして、子供を産んでからはもう一度もないという。春菜としても、どうしても産後の体調の変化で積極的になれなかった。産後のセックスレスが夫の浮気や離婚を誘発すると聞いていたこともあり注意はしていたつもりだったけれど、その前に哲史の方は求めてこないのだから、対応のしようもなかった。求めてこないからといって、外で女遊びをしているとか、浮気をしているとかいうこともなかった。態度が変わったということもなかった。きっちり定時に帰ってきて、そのまま自室に向かいネットをしているだけ。土日だって家にいる。セックスレスだからといって、浮気をしているというのにはまったく当てはまらない。

そもそもその頃はもうすでに、三武哲史は夫婦生活とかセックスや子育てというものに関心がないように思われた。関心があるのは携帯のゲームだったり、ネット、小説、アイポッド。

さっきもいったように、三武哲史は帰ってきてもすぐに自室に向かう。リビングにテレビはあったけど夫はテレビを見る人ではなかった。ドラマや映画やバラエティを春菜と見て一緒に笑ったりもしない。そうじゃなくて、もっぱらインターネットだ。常に一人でパソコンにかじりついているか、携帯を触っている。明けても暮れてもネット、ネット。自分対バーチャル。自分対情報。夫が薬を飲んでいるのに気がついたのも確かこの頃だった。

そんな中で、夫の様子が急激におかしくなったのは東日本大震災三・一一以降からだったことは間違いないという。三武哲史はちょうどその日、九州から東京へと出張で赴いていた。地震が起きた時間帯、夫は池袋であの大地震に遭遇した。

地震のことが一日中報道されていたあの時、春菜はここ九州の福岡の自宅にいた。夫が心配になって電話をしてもとても繋がる状態ではなかった。明け方になってやっと公衆電話から電話があった。「交通がストップして空港のホテルにむかえなかった。だから、サンシャインホテルのロビーで雑魚寝していた」とのことだった。その日、大勢の人がそこで雑魚寝していたという。

春菜が話しかけない限り自分から話しだすこともない夫は、けれど東京から帰宅するとかつてないほど熱心に話し始めたという。

まるで信じられない震度により、激しく都心のビルも揺れた。

これは千年に一度の巨大地震なんだ。君にはこの事態の意味がわかるか？ と。なあ、わかるか？この恐ろしさがわかるのか？ まるでＳＦの世界だったんだぞ？ この恐ろしさがわかるのか？

いいながら夫は泣いたんです。顔を赤くさせ、指先は震えていました。初めてでした。夫が泣いたのを見たのは。

だから、私は福岡にいて実際に体験しなかったから、ごめんなさい、その恐ろしさはわからない。そう正直に答えました。だって先生、わかったなんていえますか？ テレビの映像を見ただけで、体験していない私が。想像することなんてできますか？ とても恐ろしいことを。

すると夫は目の前にいる私のことをまるで軽蔑するような、汚らわしいものでも見るかのような、とても信じられないというような表情をして睨みつけました。

この時の三武哲史の目は今まで見たどんな人間の目よりも恐ろしかった、と春菜はいった。

都心の、池袋の、あの超高層ビルでさえ、壊れやすいオモチャのように、ゆらゆらと揺れたんだぞ？　あれだけの規模のあれだけの建築物がどれもおしなべて今にも倒壊しそうだったんだぞ？　誰もが困惑していた。何をどうしたらいいのか、一体いま何が起きているのか、誰も教えてくれないし、誰も教えることができない。それはそうだ、誰ひとり何が起きたのかを知らない。これだけの人間がいて、これだけの情報網があるのにもかかわらず、だ。これが一体どういうことなのか君はわからないのか？　と。

夫は泣きやむことなく震えたままの声でまた繰り返すように私にそうききました。

だからね、あなた。それは大変だったと思うわ、けれどこういった天災がいつ起こるなんて誰にも解らないじゃないの？　それに実際もう起きてしまったことには変わりはない。だからいまはこんな風にあなたが泣いても何も変わらないんだから、私たち人間に何ができるのよ？　落ち着いて欲しいという願いをこめていったつもりでした。

けれどもそれは火に油をそそぐだけだった。夫は一体何に腹をたてているのかわからないほどに泣きながら激昂していく。身振り手振りを交えながら、まくしたてるかのようにその時の状況を夫は続けて話す。

昼食を食べ損ねてその時間に喫茶店に入り、注文して代金を支払った。プレートの上にコーヒーがおかれ、サンドイッチがのせられ、それを持ち運ぼうとした途端にガタガタと揺れ始めた。三武哲史は、地震が起きてすぐに、この地震は尋常なものではないと察知したという。だからプレートをそのままキャッシャーの前に置くと、きていたコートを急いで脱いで頭にかぶり喫茶店からとびだした。揺れる最中、夫はひたすら走り続けていたという。どこをみても狭い道ばかりだ。広い場所がない、ひろいばしょ、ひろいばしょ、どこをみても狭い道ばかり、右見ても左見ても高い高い見上げるほどの建物しかない。どこだ、どこにその場所はあるのか、四方八方、どの方向から何がどう倒れてきても下敷きにならずにすむ場所なんてあるのか、走っている間、道路では次から次に車がスピンするみたいにキュッとかクラクションをはなってはバタバタとまっていく。悲鳴があがる、腰を抜かし倒れている人、泣いている子供、興奮しているからか笑っている人、こえー、なんだこれ、おーお、めっちゃ揺れてる、やばいんじゃないこれ、悲鳴、ざわつき始める人々の声。そんな声を走り抜けながら、揺れている地面に足がついているのかついていないのかわからぬまま一心不乱で走りぬける。揺れはまったくおさまらない。

視認できる場所のうちで一番広い所は一体どこにある？　小さなお盆に高密度で集まっているガラス細工だ、すこしゆすっただけで脆く壊れ落ちる。左右の建物から遠ざかるには道路の真ん中しかなかった。とまっている車の間を縫って信号なんて見ないで、走りつづけた。

一番幅の広い駅ビルの前の道路、中央分離帯の真ん中。ずっと分離帯にあるポールにしがみついて、背中をまるめ頭をコートでくるんだまましゃがみこむ。たのむ、とまってくれ、とまってくれ、どうか、夫はポールにしがみついていたと。あれだけ走れたというのに、ここにきて夫は足から力が抜けてまったく動けなくなったといいました。

その後、夫はそこでずっとしがみついていたところを警察に注意されたそうです。道路の真ん中にいるのは危ないと。車も走っているか走っていないかもわからない道路の中央分離帯にいるのが危ない。夫はその言葉に驚いたそうです。余震はあとからあとからまだ続いているさなかに、道路の真ん中は危ないだと？　この大地震のなかにあって交通規則を促すのか？　他の場所に移動しているときに先ほど以上の揺れが発生してビルの下敷きになって死んだらどうするのだと。そんな命の保証をあなたにできるのか？　できないならいうな。それともこの地震がもう二度と起こらないということがあなたにわかるか？　いま電車がすべて止まっている、発生場所も公表されてもいない、電話もつながらない、つまりこの現状をまだ何も把握できない状態で何を説明できるのか？　できないだろ？　できないならするな。ここよりも安全な場所を知らない、つまりそこに誘導できない限り、あなたはそんなことを他人に軽々しくいってはいけない、と。そういう揉め事があったそうです。

落ち着いてください、見てください、みんなタクシー広場の方にいるでしょう？　そういいながら、結局、警察の方は夫をタクシー広場の方へ引っ張って連れて行ったそうですが。

マグニチュード九、都心では震度五強だとか六強とか多少ばらつきはありますが、それから、その後のまったく鎮まらない余震が続いてそれを身体が覚えてしまったこともあって、夫は自宅にいてもずっと船に乗って揺られているような感覚がするといっては頭を抱えて震えだすようになった。そこから一週間、二週間たってもずっと、「いま、揺れていないか?」揺れている、また大きな地震がくる、そんなことばかりいいだすようになり、福岡の玄界灘地震や警固断層のことも調べはじめるようになりました。地震雲がでてたり、クジラやイルカが地球のどこかの砂浜に打ち上げられたり、日本のどこかで大量に生き物が変死をしたりするたびに地震の予兆であるというようになった。そして夫は、電車にもバスにも乗りもの全般に乗れなくなってしまったのだという。

ついには福岡の地下鉄の構内へと続く階段に足を踏み入れることすらできなくなった。だから確実に、日常生活に支障がでるようになりました。歩いて一時間かけて、会社に通うようになりました。薬の量はいよいよ増えていきました。直属の上司から一度だけ連絡があったのを覚えています。三武君はとても繊細なところがあるんですね、と。しかし、歩いて通勤なんて大丈夫なんでしょうか? と。だから、春菜はこう答えた。

「ええ、あの時、あの出張さえなければと何度も思いました。少なくとも主人は、地震によって、こんなにも苦しまずにすんだわけですから」

夫はつくづく運がなかったのかもしれない、と春菜は思った。日頃九州で生活していて、滅多なことがないと東京に行くこともないのに、その時にだけたまたま東京にいたのだから。

それからはやく乗り物に乗れるよう三武哲史は訓練のようなものを始めた。たとえば、今日はひと駅だけ電車を使う、ひと駅だけバスに乗ってみる、そういう些細なことだ。そして徘徊癖、というか、三武哲史が夜や夜中にすっとどこかへ行ったりするというのもこのあたりからの習慣だ。地に足をつける訓練をしているような感じでもあるし、不眠症の対策のせいでもある。実際、悪夢にうなされているのか、夜中にうめき声がきこえてくることもあった。確かこのあたりが、二〇一二年。そしてここにきて、三武哲史は「一人になりたい」とぼやくようにいい始める。

一人になりたい。そういい始めてから、少しずつ実際の行動が変わり始めた。まず土日になると、家をあけることが多くなった。けれども誰かと逢っているというのではなく、ネットカフェや安いカプセルホテルで寝泊まりしているだけで、ただ本当に一人の時間が欲しいだけだというので証拠にレシートを律儀に持ちかえってきていた。で、しばらくそんな期間が続いて、こういいだした。

「僕は間違ったことをしているんだ。離婚してくれ」

だからついいってしまった。「一体何が間違っているの?」するとこう答えたそうだ。

「決まってるじゃないか、ここにいることだ」と。決まっているじゃないか、その一言があまりにも自然だったので、常々いつもそんなことを考えてきたんだろうと思った。

こういった「離婚してくれ」というセリフの頻度がいつごろから増えていって、ひどくなったかというのは不思議とよく覚えていないと春菜はいった。

もうずっと長い間いわれていたような気がするからいつからとか、はっきりと区切った線を覚えていない。それに、いくら離婚してくれといったところで実際に離婚届を持ってきたり、具体的な話し合いに進んだことがなかったからという気もする。

でも、それから、春菜からして本当に信じられないようなことを口にするようになったのが、今年の春だった。

「もう地球は大変なことになっている。君にはわからないはずだ。とにかく世界が終る、もう時間がない、急いでいるんだ。だから離婚してほしい」

春菜はそういったことを真顔でいう夫が半ばおもしろくもあったそうだ。あまりにも次元が違いすぎるから。

「世界が終るんだったら、時間も何もないでしょう？　世界が終るならなぜわざわざ離婚をするの？」

するとこの時だった。夫はまるで気がふれたかのように、笑い始めた。のけぞるように、高らかに哄笑した。ひとしきり笑い終えた後で夫はこういった。

「君とは、まったく話が通じないんだな。世界が終るからこそ、ここにはいられないんじゃないか。せめて自分が願った場所で終りを迎えたい。ここではないということだ」

このときに夫に対する積年の怒りを吐き出すかこらえるかその途中で非常に苦しい思いをしたそう

だ。

精神疾患に苦しめられている、副作用からだろうか、妄想癖のようなものだろうか、どれが夫の本心でどれが真実なのかわからなかったから、離婚を突きつけられたところで、どうしたらいいのかわからなかったのだ。

世界が本当に終る？

だとしたら、春菜だってそうだった。私だってあなたのいうとおりに本当に世界がもうすぐ終るというのならその時、あなたのそばになどいたくはない。

「あなたはそういいながら、実際に行動に出た？　離婚届を持ってきたことがあった？　そんな程度のことだったら口だけとしか思わないじゃない」

「その程度だと⁉」

いつか見たような怒りの眼を夫はした。そしてまくしたてるように叫んだ。もう怒号だった。

「もう時間がないと散々訴えてきたはずだ。意思表示もしてきた。君がはっきり、わかった、離婚すると一言そういってくるのをずっと待っていた。なのに君は必死でそうお願いしている人間の気持など取り合いもせず、理由についても一度も向き合って話そうとしなかった。世界が終るまえにどうしても行かなければならない場所があるから離婚してくれと一体何度いわせたら気が済むのか？　僕をここに閉じ込めてそんなに楽しいのか⁉」

怒鳴りつけられたことはこれが最初で最後だった。

この人を牢屋に閉じ込めているわけでもないのに、そんな錯覚にまで陥れられたという。三武哲史の気迫は尋常じゃなかった。


「お聞きしたところ三武哲史さんはものすごく繊細な方のような印象を受けます。不安定さも気難しさもその辺りが絡んでいるというか。ですから、春菜さんと出会う前から、何らかのトラウマのようなものがもともとあったんじゃないでしょうか」

「そうでしょうか」

「それが年月とともに少しずつ明るみにでてきた。震災に遭われて、急激に神経症がひどくなったというのも、もともとあった傷に関係しているのでは。つまりですね、その前にもそういう震災に遭った体験があるとか。ものすごく怖い体験をしたとか。生き死をさまよったことがあったり、ものすごく固執しているものがあったり、何か聞いたことはありませんか？」

「ありません。それに、トラウマとかもう難しいことは、私にはよくわかりません。だって人の心なんてわかりません」

春菜はそういった。

「たしかにそうですね。けれど、そういいきってしまうのもどうかと思います。あなたとご主人の問題です。ここできちんと考え抜かなければ、また同じことを繰り返します」

少しの沈黙に陥った。春菜も相談し疲れしているようだ。

「心の傷は目に見えないものですよね。だから、治ったとか治っていないとか、目に見えないんですよ。けれど一般的に体につけた傷もそうですけど、哲史さんの傷が古くから治っていない状態だと考えてください。傷が治っていないことに気がつかないで過ごしている。そこに何らかの異物が触れたり、刺激されたり、衝撃を与えると、治っていないのですから当然痛みもありますし、ひどくなります。その傷を無理に治そうとしたり、はじめからその傷がなかったもののようにしたりすると、大事に至る」

「とても深くて治らない傷がひとつある人はいいですよね」春菜は突然そういった。

「私なんて傷つきたくても、そんなに傷つけないから。すぐに痛みなんて忘れますから。だから強いって思われてしまう。何をいわれても大丈夫だと思われるんでしょう」

「そんなことはありませんよ、春菜さん。私がいいたいのはそういうことじゃないんです。痛みや傷はないに越したことがない、そう思いませんか？　私の友人の話です。神経症が悪化して自殺しました。きっともうどうにもならなかったんでしょう。自然治癒ができない体の傷や病気は死に至ります。心の傷も病気も同じです、死に至ります。分けて考えてはいけない。心と体は同じなんです、何も変わらない」

「では、夫は自殺するということですか？」

春菜は少し怯えたようにそういった。そこで弁護士は首を横に振ると、

「ひとまず落ち着きましょう、春菜さん。私がいいたいのはそんなことではありません。心の病を軽く見てはいけないということです」

「はい……」

「では、本題に戻りますよ？　今度はその女性についてです。何か春菜さんがおやと思ったことはありませんでしたか？」

「まったくありません。だからまったくわからないんです。そういった女性が夫にいたのかさえも、わかりません。だって、現実に何の証拠もないんです」

「現実に、と、いいますと？」

「夫の携帯のアドレスには他の女性の名前なんて登録されていません。夫が土日に家をあけるようになってから、夫が風呂に入っている隙を見て携帯を勝手に見たことがあります。発着信の履歴もありません。というかこの結婚生活で夫が誰か女性と電話しているなんてことは一度もなかったです。それに、夫はこういう病を抱えている人だし、まずもって社交的ではありませんので、定時に仕事からは帰ってきますし、飲み会だって体調不良といって断る始末でした。遊びに出たりしないので、酒場のような、たとえば居酒屋やスナックやキャバクラで女遊びをしている形跡もない。土日に家をあけ

るようになっても、ネットカフェやカプセルホテルのレシートが残っています」

弁護士はふと思った。自室にこもってネットばかりしている、ネットカフェに行く。

「出会い系サイトやブログ、ツイッターのようなものはされていましたか？あるいはものすごくオタクな趣味といいましょうか、ものすごく大好きなアイドルだったり、その……」

「私が調べたところではありませんでした。アメーバブログもツイッターも、ＬＩＮＥすらしていませんでしたし……アイドル？　ＡＫＢとかでしょうか？　いえ、夫が聴いている音楽はテクノとかクラシックとかに偏っていましたし、テレビに興味がなかったので追っかけてる女優やタレントもいなかったように思いますが」

「けれども昔脚本家をされていたのに、テレビを見ないというのも何か不思議だ」

ではいったい、日夜パソコンにかじりついて何をしていたのだろうか？

「ただひとつだけ、あれ？　と思ったのはフェイスブックでした。先生、フェイスブックをご存知ですか？」

「知っていますとも、エフビーでしょ？　僕もやっています」

春菜は別にあなたのことはきいてないというふうに、そうですか、といって軽くあしらった。

フェイスブック。あからさまに出会い系というわけではないけれど、見知らぬ男女が友達になる機会を提供する。

「先日、夫のパソコンを起動しました。ロックがかかっていたりするのかと思いましたが、パスワードを入力することもせずに入れました。そこでフェイスブックの履歴を見つけました」

それは、なかなか目の付け所がいい、と弁護士は思った。いまでは―フェイスブック離婚―という造語まであるのだから。つまり、フェイスブックが原因で離婚をする夫婦が多いそうだ。

でも、文明には二つの把手があるから、逆にいうとそれによって結婚に至った夫婦だって多いことだろうよ。そこで弁護士はあっ！　と声を出した。

「フェイスブック離婚というのはたしか、元カレや元カノなどの繋がりがうまれて、復縁することによって今の恋人や夫婦関係が破綻することです。つまりですね、過去に付き合った女性などとそこで繋がっているという場合は？」

「それがまたおかしいんです。フェイスブックにログインしたままの状態ですので、すぐに中に入れたのですが友達はひとりもいないうえに、アカウント名は―ノストラ・ダムス―でした」

ノストラダムス？

「昔の恋人と接点をもとうとするのなら、本名登録すると思いませんか？　そうしないと相手だって探しようもないし誰のことかさっぱりわからないじゃないですか？　基本情報も何も入力していない。誰かをフォローしているわけでもない。何かにいいね！を押しているわけでもない。友達はひとりもいません。ここにも女性と繋がっている証拠がなかったんです。誰かにメッセージを送ったり友達リクエストを送った形跡もありません。だってもしもそこに何か見られては困る情報があるんでしたら、ログインしたままにして、そんなものを置いてどこかに行きませんよね？　せめてログアウトにした状態でないと」

弁護士は、聞けば聞くほど頭が痛くなってきた。

「確かに、おっしゃるとおりです」

「それに……」

春菜はつづける。

「夫が過去に誰かを愛していまだに忘れられないとか、そんな昔の恋人がいるなんて思えません」

「それはどうして？」

「確かに夫は過去を語りたがらなかった。だけど、それが恋愛にまつわることだとは思えないんです。想像がつかないから」

「想像がつかない？」

「ええ。あの人は確かに繊細かもしれないけど、人を思いやれる情のようなものが欠けています。そんな人が過去誰かと深く愛し合ったことがあるなんて、思えない。そんな気持ち、しらない。だからこんなことを平気でできるんですよ。平気で人の気持ちを踏みにじることができるんですよ」

弁護士は、それは納得しかねる、と思った。まったく逆の場合があるからだ。

「一体何のためにあの人はフェイスブックに登録しているのかも謎のままです」

何のためのアカウントなのか、その答えは一つじゃないだろうか。三武哲史が欲しい情報がフェイスブックの中にあるからだ。

「だから私もフェイスブックを始めたんです」

春菜はそういった。

「やっぱり、妙ですよね」

「え？」

「話を聞いている限りでは、ご主人にはとても浮気をしているような余裕も見受けられませんし、なにせ何の証拠も存在しないどころか、あなたがおっしゃるように、出会い系やＬＩＮＥ、アメーバブログなどもしていないうえ、フェイスブックも偽名でしているし、しかも友達が一人もいないんですからねぇ。なのに堂々とどうしても探さなければいけない女性がいる、そのために離婚を申し出ている」

その女性が架空の人物である。そもそも存在しない人物である。離婚を承諾しない妻にむかって三武哲史がつくりだした理由？

弁護士はそんな風にも思ったが、ピンとこなかった。

離婚問題で相談に来る人たちの浮気の場合は不貞を働いたという確かな証拠（その現場をおさえる

こと）はつかめないにしても、それをほのめかすことは必ず出てくるものなのだ。

つまり浮気を疑われるということは事実や原因がまったくのゼロではありえないということだ。

たとえば、そこの角の花屋の存在のことを、ボクは知らない。その花屋に女性の店員が一人存在しているということもボクは知らない。ボクの彼女も知らない。要するに、ボクも彼女もそれらが存在しているということを知らない。

そこで、ボクとその彼女の間にその花屋のことが会話にあがることがあるだろうか？　お互いがその存在をまったく知らないのだから、話にも出てこないのだ。出てきようがない。

現に確かにその花屋が存在して営業をしていたとしても、ボクと彼女がその存在を知らないのだから、そんな中で彼女がボクと花屋の店員との不貞を疑うだろうか？　もちろんそんなことはありえないということになる。なぜならどんなに疑いたくても疑えないからだ。存在がないのだから。現実にその花屋と花屋の店員が存在していたとしても、ボクと彼女、二人の間には存在していないも同然だからだ。つまり、不貞のことで揉める、疑いをかけられているというのは、疑われるようなことが、それが仮に〇・一でも、大なり小なり存在しないと派生できないのだ。派生しようにもしようがない、ということになる。本当のゼロからは何も生まれない。まったくのゼロから想像が生まれないのと同じだ。

不倫問題の相談では、決定的な証拠にはならないとしても、証拠の証拠みたいなものはきちんと提示できる相談者ばかりだ。こんなLINEをしていた、二人で食事に行っていた、逢っていた、こんなメールをしあっていた、着信履歴があった、発信履歴があった、フェイスブック上で友達だった、ツイッターをフォローしている、職場が同じ、等々。何かしらの接点がひとつはあるから、あったから、存在として立ち現れてくるのだ。

つまり、三武哲史が自分からその女性の存在をあかさなかったら、その女性の存在さえ最後まで春菜は気がつかなかった。

現実には不自然なまでに三武哲史は誰とも何とも接点がない。

それとも、もしかしたら、この異常なまでの接点のなさこそが、三武哲史とその女との特別な接点なのだろうか。でもはたしてそれはどんな接点だ？

ひとつ接点をもってしまったら、例えばフェイスブックなどで繋がってしまえば相手の女性に迷惑をかけてしまうことがわかっている、という状態。迷惑をかけるというのは、接点をもったことが妻にばれて、相手に連絡がいってしまうことを避けるため？　もしくは相手も家庭持ちである。相手が旦那から疑われてしまうことを避けるため。

しかし、となるとダブル不倫になってしまうから、連絡先くらいはお互いに知っているはずで、だとしたら現実に証拠の証拠の一つは出てくるはずじゃないだろうか？

あるいは、相手の女性を慮ってのひたすらな証拠隠滅。でも、そこまで頭がまわったり、大切に思えるというのはやはり相手とは相互に知人であることは間違いないだろう。架空の人物、というのは選択肢から消える。

ならば残りは何だろう。究極の片想い。究極の片想いのために、離婚をする……？

弁護士が頭を苦渋の表情をしながらあーでもない、こーでもないと悩ませている矢先、春菜はバッグの中から一枚のなんともうすっぺらい紙をとりだした。離婚届だった。

「あとは私が印鑑をおして役所に提出すれば成立するんですけどね。あーあ、やんなっちゃう。だって子供だってまだ小さいのに。社会復帰だってなんだか心細いです。こんな形で夫が蒸発して離婚をするのならば、それなりに慰謝料や養育費などを支払ってもらうために、ちゃんとした証拠が見つかるに越したことがありません。けれど、最悪なパターンは世界が終る前に探し出さなければならない女がいる、という大嘘をついてまで、夫が私と離婚したがっているのか？　ということです」

春菜はため息をついて、涙声になってしまった。

「それならそれでもうわかったからって思うんです。だってね、先生。世界が終る時に一緒にいたい人は、どう転んでも、あの人にとって、私ではないってことなんですから。私が理解者になれたら夫はきっと神経症だって悪化せずにすんだんでしょう。だって、愛している人と一緒にいられたらそんなに恐いことってありますか？　だけど最後にこんな大嘘をついてまで家庭から逃げ出すくらいなら、もっと本当に浮気をされていた方がマシだったかも、なんて」

「マシでもありません。不倫問題で相談にくる人々は怒りの形相をしています。怒りは体にとてもよくありませんからね」

「とにかく、そういう経緯でこの二日間、私は押入れの中まで探し回りました。世界が終る前にどうしても探し出さなければならない女について。その人は何者で、一体どこに住んでいる人で、どうやって夫と出会い、いつから夫とどんな接点があるのかを。確かに見つけたらそれはそれで腹立たしいけれど、不貞をしていたという証拠や、その女性について何かわかるものはないものかと」

　が、そこでも出てきたのはこのノート一冊きり、か。

「先生にこのノートをさしだした理由は、すこしでも夫という人間を理解するのに役立つのではないかという理由です。だってラブストーリーと書いてるくらいだから、夫がどんな恋愛観を持っているのかくらいはつかめるんじゃないかって。けれども私にはこの物語はまったく意味がわからなくて。どうして映画になったのかもよくわからないほどに」

「まったく意味がわからない？」

「ええ、何がいいたいのか私にはさっぱりでした。舞台は地球の世紀末みたいでしたけど」

「映画になったのはどうやって知ったのですか？」

「検索窓に三武哲史　ノストラダムス　と入力したらでてきました」

「それで、春菜さんはその映画は観たんですか？　そのツタヤでかりたりして」

「観てみようとは思ったんですが、原作は夫でも、脚本家の方がとても有名な方で、その方の作品になっているというか、ほとんど改編されているとのことです。結末まで違うみたいで。だから、観てもあまり意味がないかと。それよりも書いてある原作のノートの方がよほど参考になる気がしましたので持ってきたんです」

「あの」

「え？」

「あなたもフェイスブックを始められたのですよね？　その三武哲史さん——ノストラ・ダムス——の行状を知るために」

「ええ、そうですよ」

「でしたらあなたも、以前、道ならぬ恋だったゆえに、あきらめてしまったというその男性の名前を検索してみたらどうでしょうか？」

そこで春菜は息をのんだような表情をした。

「あ、すみません、余計なことをいって。つまりですね、そんなに後悔しているのであれば、どうにかして彼と連絡をとって、可能であれば元の鞘にもどるというのも一つの手じゃないでしょうか？　フェイスブック、こんなにいいものはない」

弁護士がそういうと、春菜の顔が驚きの表情へと変わった。

弁護士はいつの間にか自分がフェイスブックをおススメしているように思えてきた。フェイスブックのまわしものなのではないかというくらい、フェイスブックの話をしている、本日。

「いや…でも……そんな……」

春菜は急に、うぶな乙女になったかのごとく喋り方が優しくなる。まさに、この女性が恋愛の眼差しを向けているのは、こっちの男性なのだろう。

「でもあなた先ほど、一番初めにいいましたよね？　結婚したからといって、その人が本物の運命の人ではないのだと。事実、あなただって違う男と結婚してこうなっているわけです。あなたの夫だって一度はあなたと結婚したけれどこれほどまでに離婚したがっているわけです」

春菜はそこに長い間探していた物を見つけた、というような顔になっていく。ぱっと明るく。

「つべこべ考えずに、本当の好きな人へと向かうべきでしょう。元鞘、これが一番いいじゃないですか。もしかしたらあなたと同じようにその相手の男性も、後悔して毎日あなたのことを思っているかもしれません。過去に戻りたいと思っているかもしれない。あの女が一番だったと」

そこで、春菜はさきほどまでの涙とは種類が違う、きれいな涙を流し始めた。ゆっくりと。とてもしおらしく。

「失礼ですが、その男性とは肉体関係がおありで？」

「もちろんです、何をおっしゃるの？」

涙に濡れた目でこっちを見据えた。

「いえね、何度もそう肉体で結ばれた者たちはテレパシーができやすくなるという話をきいたことがありまして」

非現実的なものにふりまわされ傷ついている人間に対して何か慰めのセリフをかけてあげられるとすれば、同じように非現実的なものでなければならない。そうでもないととても太刀打ちができないことを弁護士は知っていた。

現実的なものでは非現実的なものに勝てるわけがない。そんなものでは慰めになるどころか、それ以上の落胆においやってしまうのが関の山だ。案の定、春菜はふっと笑った。

「あら、そうですか。先生もそういったオカルトチックなお話、好きなんですね」

「ええ。私だって三武哲史さんに負けないくらいの無類のオカルト好き、ＳＦ好きです。ですからもちろんこれは後に読ませていただきますよ、これ三武哲史のノートを」

弁護士はそういうと、ノートを持ち上げてニカッと笑顔をつくった。まるで、はいチーズ、パシャッと写真を撮るみたいに。

「テレパシーときいて思い浮かんだのは確かにここのところ、毎晩あの人の夢を見ています。とても悲しそうな顔をして。これはあの人自身の投影なのかと」

「夢というのはバカにならないものです。眠っている間に魂は人体から離れてあたりをさまよっているという説もありますので、そこで誰かの魂と鉢合わせすることがある。それから、予知夢というものも事実ありますからね。あらかじめ危険を察知して助かる人々も現に存在しています。つまりですね、じゅうぶんにありえるということです。昔の彼があなたに何かを伝えようとしてあなたの夢に出てきている可能性は。要するに、あなたと同じように彼も今苦しんでいる確率は高い」

「はい……私たちきっと離れてはいけなかったんです」

「それを知るための長い修行だったんじゃないでしょうか？　人生とはそんなものです。何かに気が付かせるために、神様が試練を与えるのですからね。それでは、時間がきましたので、今日のところはひとまずこれで終ることにしましょう」

弁護士はいつの間にか、弁護士から街のお医者さんになり、フェイスブックのまわしものになり、最後は宗教家のようになっていた。

きらめきながら落ちてきた大陸

タイ航空　旅客機内　中村果歩《なかむらかほ》

中村果歩にとって、タイ旅客機は以前より一番乗ってみたい飛行機だった。

理由は機体の美質、それだけだった。

紫色、金色で蘭の花弁を象った航空会社のロゴマークは高貴で特徴的。頭、胴体や主翼は真っ白なのに背中、足もとは、紫と金の衣を纏っているかのように艶やかなその色がついている。果歩は機体に性別があるのなら、この機体は女だと思った。

どこか遠いところまで行きたくなったら、ひとりで遠くへ行きたくなったら必ずこれに乗ろう、そう思っていた。あの女性的な飛行機が連れていく先には、果歩を待っているものがある、そんな気にさせたのだ。だから必然的に中村果歩の初めての海外旅行先はタイランドということになる。

左胸に蘭の花をつけたキャビンアテンダント、制服もすごく可愛い。キャンペーンが行われているときは蘭の花を一本、乗客にプレゼントすることもあるそうだ。

そして、初めて乗った機内。

乗った先からもうすでにタイハーブをはじめとした、プルメリアにジャスミン、パクチー、レモングラス、いろんな香りが混じり合って漂っている。亜熱帯の雰囲気がここからすでに匂い立っている。そこで果歩は鼻から深く息を吸い込みながら、頭をふった。

背中にある天使の羽にとどくかとどかないくらいの長さである果歩のブラウンの髪にふっているヘアコロン。だから、頭をふっただけでその香りがふわっとひろがる。果歩はこの香りだって大層気に入っていた。

果歩の鼻が非常に利くのは職業柄ともいえた。

アロマセラピスト、アロマエステシャンの仕事をしている果歩は、アロマテラピーの資格をもっていた。アロマテラピーの資格をとるさいには、試験問題で、この香りは何の植物からとれる精油であるかを答えなさいという配点が高い問題が出されるので、どうしても植物の精油ひとつひとつの香りを覚えなければならなかったし、中には精油同士とても似ている香りがあるので、あきれるくらい慎重に鼻を利かせて嗅ぎ分けなければならなかった。

果歩の一人暮らししているワンルームには何十種類のアロマキットをはじめ何十本のアロマ、それに加えてキャリアオイルの、オリーブオイル、ホホバオイル、グレープシードオイルなどの瓶が所狭しと並んでいる。その中には果歩がつくった香水だっていくつかある。リフレッシュスプレーをつくるのだってお手の物だ。芳香療法。まさに香りは、果歩にとって癒しそのもので、ハンカチにだって精油をおとして持ち歩く。

そこでバッグからのぞいている携帯のイヤホンジャック、フワフワリボンを掴んでひょいっとひっぱりだす。画面をみるとLINEのポップがでていた。友達からいくつかのメッセージが届いていた。果歩はひとつひとつタップする。指先のネイルはきらきらしていた。うすいピンクのシロップネイルに六角形チップがのっていたからだ。両の手のきらめく爪は、今回の旅行のためにネイルサロンに行って塗ってきたものだった。


〝いってらっしゃーい。NaRaYaのバッグお願いね〟とか、〝果歩ー。ジム・トンプソンのタイシルクー！〟〝あのね、最近、ココナッツオイルにはまってて気になったんだけど、タイのココナッツシュガーって固形なんだよね？ 食べてみたいな〟〝お土産期待してる！ 気をつけてねー〟などなど。はいはいはいっと。もー、あんたたちはお土産の話しかないのかーっ！

果歩はひととおり返信するとまた携帯をバッグにしまった。その時に右手の小指のピンキーリングがするりと上下した。

—やっぱり外しておこうかな—

果歩の白い手の小指には、何年か前にぴったりのサイズで購入したピンクゴールドでハート型のアクセントがついたピンキーリングが光っていたが、最近はそれがこうして抜け落ちそうになる時がある。果歩はそこで、失くすと嫌だからやっぱり抜いておこうと思って外し、化粧ポーチにしまうと、機内の窓から広い滑走路を眺める。

—そうだよ、指が細くなるまで頑張ってきたんだってば—

仕別に誰にアピールをする気もないのだが、とにかく一生懸命やってきた、としかいえなかった。仕事も恋愛も誰にも負けないくらい頑張っていたはずだった。だから遊ぶ時間なんてなかった。一人旅をする余裕なんてなかった。短大を卒業して、エステシャン養成スクールに通ったあとすぐに就職してから二十八歳の今の今まで。長期休暇をとるなんてもってのほかだった。だって休むことができなかったんだ。

リラクゼーションサロンでの仕事も、その間に経験した、いくつかの恋愛も。

そして再び機内に目を向ける。これからのタイ観光に胸を弾ます表情の男性集団の旅行者たち。単に仕事をしにいくだけだから、という割り切った様子で既に座席について目をつむって休んでいるスーツを着た人たち。ご年配の夫婦。家族。そうやって、ざっと周りをみわたしてみるのだが、おもに中年、年配の男性客、そういった男性と一緒にいる女性客ばかりだ。

果歩のように一人で座っている女性客は今のところ見当たらなかった。今日が平日であるというのも関係があるのだろうか？　次から次に乗客が乗り込んできているので、もう少し辛抱強く待っていよう。

そう思っていたら通路側の果歩の隣の座席に、チャコールグレーのサングラスをした男性がすとんと手荷物をおいた。手荷物をおくと、搭乗チケットと座席の番号を交互にみながら、確認している。この人が横に座る人なのか、と果歩は思った。

耳たぶにかかるくらいの長さの髪の毛。カーキ色のリネンシャツに、ネイビーのハーフパンツ。ショルダーバッグ。細身であるうえに背骨が曲がっているので、ひょろっと頼りない感じ。

そのうえ、色が白く、薄い唇の口元がひきしまっていて、サングラスしているから表情はよくわからないけれど、冷たそうな印象も受ける。

座席番号に間違いがないことを確認できたのか、男は手荷物をひょいっと持ち上げて座席の上のハッチにしまった。それから席に座ると、ショルダーバッグの中からアイフォーンとブックカバーのかかった文庫をとりだし、背面テーブルをおろして、その上にそれらを並べて置いた。

そして座席のシートベルトを締めている。

この人も一人旅なのかな?　仕事ではなさそうだ。もしかしたらアーティストとかそんな人だったりして。

男はいち段落ついたのか、ふうっと息を吐いて、アイフォーンを手にとった。電源はまだ落としていないようだった。

人間観察をひとしきり終えた後、果歩は思った。逆に私はこの機内の人たちの目にどう映っているのだろう？

—アラサー女、タイまで自分探しの旅。だけど内実はショッピング、グルメ、エステ—っていうのが一般的なくくりつけかな？　女性ひとり旅って周りからすると、淋しくみえるもんかな？　いっそのこと、

「気がつくと、私はタイへとむかう飛行機にとび乗っていたんです」

ということにしておけば、旅に出る理由として、ちょっとは聞こえがいいものになるかな。

そんなことを思いながら、たったいまキャビンアテンダントから配られたイヤホンをうけとった。

でも。でも……。でも、でも、でも！　果歩の表情から穏やかさが消失し始めた。

でも、だいたい人が言う—気がつくとこうなっていました—あれって何⁉

果歩は何かを思い出したかのように突然に苛立ち始める。そして勢いよくイヤホンのビニール袋を破り捨て中身をとりだした。せっかくネイルアートをしている、というのに。

気がついたらこうなっていた、という言い回しは、決定権は自分自身ではなくて、環境とか周りにあるというか、それによって巻き込まれてきた結果にすぎないんだよというのを暗に含ませているように果歩には思えてしまうのだ。

それはものすごく卑怯な言い逃れでしかないように思えるのだ。自分自身の意思というよりも、重なり続ける偶然？　のせいだよって。

自分ではなくてもっとすごい、たとえば神様みたいなもののせいにすることによって「気がつくと私はこうしていたんです」っていうことが、ドラマチックにもロマンチックにもいかようにも偽装できるじゃないか。自分自身が本来抱えている思考とかどろどろした欲望だって適当にごまかせたりするじゃないか。

悪かったね？　そうだよ、私はべつに、気がつくとタイへとむかう飛行機にとび乗っていたんじゃない。タイへ行くためにリサーチしたり、下準備をした時間だってあったわ。理由だってある。もうなんもかんも嫌になって半ばやけっぱちの傷心旅行。

つまり、何の理由もなくこうなっていただなんて、そんな説明も投げやりのふざけた話があってはたまらないといいわけ。


三か月前。それまで付き合っていた男、修平から最後にいわれたことを思い出す。あの日、果歩は怒りで身体が焼け焦げるかと思った。

「気がつくとってどうゆう意味!?」

「いや、だからその通りだよ。ほんとに、気がつくとだった」

「いつの間にか、気がついたらあの明美って女のことを好きになってたの？　そんなひどいことってあるの⁉」

「あるね。だって実際そうとしかいえないんだ」

「気がついたらあの女と付き合うことになってた⁉　そこに修平の意思はないわけ⁉　私と付き合っていながらあの女のことが気になってたわけでしょ⁉　だったらどうしてもっと早く教えてくれなかったの⁉」

　果歩は声が嗄れそうになった。なのに修平の声は、何も損なっていない。

「いや、どうしてこうなったのか、自分でもよくわからないんだ」

「よくわからない？　自分でしたことがよくわからない？」

　気絶しそうな怒りだったことを覚えている。

　要するに、果歩は天秤にかけられていた。浮気をされていた。浮気が本気になっていた。本気になってそちらと付き合うことになっていた。だから果歩と別れたい。でもその理由が、自分でもよくわからない。

　その抜き差しならぬ事実を眼前にしながらも修平はあやまりもせず、開き直っていた。開き直っているくせに、曖昧な表現をずっと崩さなかった。

「謝罪の言葉ならいくらでもいえるよ。だけど、本当に、いつから果歩のことではなく、明美のことをこんなに愛していたのかはよくわからないんだ」

そこまでいわれた果歩は、自分の呼吸が止まりそうになった。いや、止まったかもしれない。そのくらいの衝撃だった。

地獄に落ちろ。果歩は本気でそう思った。修平も明美というその女も二人そろって地獄に落ちろ、と。

修平と付き合っていた三年間の最初から最後までが、まるで存在していないもののように、氷みたいに解けていく。怒りの炎にあぶられて。

「あのさ、フェイスブックで友達になったころからなんじゃない？　私が知らないと思ってんの？　あれだけ堂々とイチャこいてて、私の目には届かないとでも思ってたのかよ⁉」

この男とあの女をズタズタにしてやる。

「フェイスブック？　なに、俺のやつをそうやって覗き見してたのかよ？」

覗き見？　果歩はちゃんちゃらおかしくなった。世界に向けて公表しといて、何が覗き見だよ⁉　しかも修平は忘れているんじゃないだろうか？　果歩と修平はフェイスブック上で友達だったのである。

「覗き見もなにも、私たちだってフェイスブック上で繋がってんの！　忘れた⁉　だったら、少しは神経遣えよ！」

この無神経な人間に対する怒りが荒れて這い出てきて果歩はとまらなかった。

「恋人がいるのに、あからさまにわざわざフェイスブック上で浮気相手のバカ女とコメントし合ったり投稿のたびにいいね！を押し合って繋がっておいて、その無神経さが赦せないって言ってんだよ！　彼女が不審がらないとでも思ってんの⁉　ネット上だからってなんでも許されるってわけ⁉　頭おかしいでしょ⁉」

「いや、だってさ、果歩は明美とは友達じゃないだろ？　俺のこと前々から疑って探って明美のページや記事を覗いてたのかって、わざわざチェックしてたのかってきいてんだよ！」

「だったら何⁉」

叫び過ぎて、声が嗄れた。果歩は怒りしかない胸をおさえて聞き返した。修平が守ろうとするものは果歩と付き合っていた三年間という解けかけている氷ではなく、明美という火種であることがまた歴然とする。

「果歩のそういうところ、昔から苦手だった。完璧主義っていうかさ。なんでも確かめないと気がすまないっていうか。果歩といると、疲れるんだよ」

「じゃあなに、だまって浮気されてろっていうの⁉　じゃあ……」

果歩が怒鳴っている途中で、修平は、

「いや、だから、そうやって明美のページを覗き見しながら疑いはじめた時点で俺にいえばいいじゃないか？　つまりさ、いつかぼろが出るはずだと思ってずっと待ってたんじゃないの？　俺がこうやって白状することをさ。だから、気がつくと明美のことを好きになってたっていうのだって当然信じられないんだろ？　もうずいぶん前から明美のことが好きになっていたって俺にいわせたいわけだろ」

確かにそれも一理あった。

もう一年近い間、果歩は明美の存在を修平のフェイスブックを通して知っていた。修平が明美と友達になったのは、明美が修平の会社に入ってきた新入社員、つまり同僚だからその流れで、とばかり思っていた。何故なら、修平にはフェイスブック上、明美の他にも同僚で女性の友達はたくさんいた。だから、初めはまったく気にしてなかった。そう、ノーマークだったのだ。

良くも悪くも、明美は果歩にとって印象に残らなかった。しかし、修平はだんだんと果歩と一緒にいる時に、明美の話をするようになった。その新人の子が、すごくかわいいんだ、とか、ドジでおっとりしててね、とか。そこで果歩は少しずつ違和感を持った。ややあって、あけみちゃんは俺の好みのタイプなんだ！　ということを修平が堂々と明美にたいしてコメントしたことがあった。

それが果歩のニュースフィードにも流れてきた。やっぱり、これはおかしいのかもしれない、これでは、口説きにかかっているみたいじゃないか？　あきらかに好きな女にたいしていうセリフだよね？

それで明美という女のフェイスブックページを果歩は初めて改めて覗き見した。

フェイスブック上にアップされているたくさんのその女の写真。サムネイル。化粧があついことはわかる。小ぶりの目もとに入れたアイラインは入れ墨。種類からしてまつげエクステ。眼尻の皺、頬のブルドッグラインも、なりかけている二重あごも、果歩からすると赦しがたい何かだった。

果歩は修平の感性がわからないと同時に、いいようのない惨めさを感じた。自分は一体、修平の眼にどう映っているのだろうか、と。

果歩は常から透明感のあるナチュラルメイクが好きだった。大枚はたいて基礎化粧品をそろえ、フェイスラインを維持するために、フェイスマッサージや顔面運動、二重顎にならないように小顔ローラーをコロコロとあててきた。そうして努力してなんとか保ってきたものの、果歩は修平から可愛い、などといわれることがなかった。

なのに明美は、美しくなくても、ふくふくした頬でも、修平からタイプといわれている。彼女がいるのにもかかわらず、こんなネット上で俺の好みだと叫ばれているのだ。

でも、修平はこの女の一体どこが可愛いと思えるんだろう？　きっと何か良さがあるはずなのだ。性格？　きっと性格がものすごくいい子なんだろう、そう思いたかった。そう思えたら納得できるではないか。しかし、記事の文を読んでいくと果歩はそこでまた疑問に思った。

やたらに語尾にハートマークがついた投稿。何事にも「かわいいー！」連発。女子力アピールのためなんだろうか？　手作り弁当、手作りケーキを次々と更新。ダイエットしなくちゃ、とか太っちゃうとかいう記事をわざわざ投稿していながら、酒から、料理から、結局は食べ物の写真ばかりを載せて、そこでもかわいいとか美味しいとか騒いでいるところ。

そこで初めて苛立ちを覚えた。要するに果歩からすると、一体この女の何がいいのかまったくわからないような女だった。だけど、そんな女のことを果歩の恋人である修平は大層気に入っているのだ。

この女は可愛くもない、ドジでもおっとりでもない、むしろ、あざとさ丸出し女ではないかと思うのは私だけなんだろうか？　修平はそんなこともわからないのか？　と果歩は頭をひねらせた。そう、明美がアピールしている女子力と、果歩の目指す女子力は、言葉は同じでも性質がまるで対極のものだったのだ。

そしてとどめは香水の写真だった。

明美は香水の写真をアップしていた。お決まりの「かーわーいーいー」という文言つきだ。明美が愛用しているというその香水は、合成ムスクの効いた、つまり果歩が苦手とする人工的できつい匂い。化学物質過敏症とまではいかないが、果歩はそういった類の香りを嗅ぐとくらくらすることがあるのだから。

修平がこんな女になびくなんて。それは怒りと同時に落胆だった。

たとえ、どんなに美しくなったところで修平にはなにも響くことはない。なぜなら、修平がかわいという女は明美のような女なのだから。

それからというもの、果歩はいつもわけのわからないイライラを抱えながら、黙って二人の様子をみていた。フェイスブック上でお互いのやりとりはまるで証拠のように記録され更新されていく。果歩は何故だかとても恥ずかしくなった。

そして、決定的なのはあの香水だった。

仕事が終わって待ち合わせをした居酒屋。果歩と修平はカウンターで生ビール、カシスオレンジ、軟骨のからあげ、だし巻き卵、豚の角煮、サラダなどの料理をつまんでいた。そこで修平の携帯がなった。

「あ、ごめん！　すぐ戻るから、ちょっと待っててー！」

修平はそういうと、暖簾をくぐって外にでていってしまった。最近、なんか修平が語尾を伸ばすようなしゃべり方をするようになった。果歩はすごく気に入らなかった。これはあれだ、と思った。明美のものだ。そしてそれから結局、修平は果歩のことをその居酒屋にそのまま一時間もほったらかしておいた。

外から、ごめーん！　といって戻ってきた修平から香ったのは、ものすごくきつい香水の香りだった。果歩はこれはあれだ、と思った。明美のものだ、と。

もしかするとその頃には、修平と明美はもう一線を越えていたのかもしれない。

こういった視点で過去の記事をさかのぼってもう一度明美のフェイスブックを覗き見すれば何かわかることだってあるだろう。けれども果歩はそんなことより、怒りだった。こんなイライラが一年続いたのちに、浮気を開き直った修平の態度に。

「あっそ。じゃあ、こんなになったのも、ずっとボロがでるかもーって思ってきた私のせいってことだね。結局さ、あなたの浮気からの本気は私のせいってことなんだね？」

「ごめん」

謝られたいわけでもなかった。果歩はそこで「ごめんじゃないわよ！」とまた叫んで涙を流した。こらえていた涙が落ちてきた。自分の疑いは真実で、その真実が時を超えてこうして明るみに出てきたことに対する怒りの涙だった。それはある意味、鼻が利きすぎる自分への涙だった。知らなくていいことがたくさんありすぎる世の中へのやりきれなさだ。

「わかったわ。もう別れるんだから、フェイスブック上では修平のことも友達削除するしそのあとだって二度と修平のことも明美のことも見たりしないから！　っていうか、フェイスブック退会するから」

そんな果歩に修平がいったのはまるで慰めにもならない、ありふれた慰めの言葉だった。

「果歩みたいにキレイで仕事熱心ないい女には、俺なんてもったいないってずっとわかってたんだほんとは。だからすぐにいい人が見つかるよ」

果歩はふたたび気絶しそうな怒りがわきあがったことを覚えている。

「その仕事熱心ないい女をこんな風にポイッと捨てるわけだ。あんな女のために！」

果歩は明美の顔が浮かんだ。私はあの女に負けたのだ。

アロマエステシャン。女性の美を追求するため、日夜頑張っていたというのに、結局男なんて、しかもこの修平という男ときたら、そんなところは何も見ていないしどうでもよかったのだ。

「じゃあさ、そのいい子を捨てて浮気するんだったら、もっとマシな女に走れよ。おまえは、女見る目なさすぎなんだよ！」

修平の浮気相手が、誰もが息をのんで見つめてしまうほど美しい、そう、まるで女神のような女性だったらよかったのに。

そしたらこの結末でも、ここまでプライドがずたずたにされることも、こんな怒りに駆られることはなかったはずだ。こんなに屈辱的な思いをせずにすんだ。納得がいかない怒りに駆られずにすんだのだ。恋する男のために、美しくなろうとする女の思いそのものをないがしろにされたような気持ち。馬鹿にされた上、こんなバカな男と付き合っていた自分に対する後悔だけが残ったのだった。

その日を最後に修平とはきっぱり別れてしまった。その日以来果歩はフェイスブックを退会するどころかログインすらしていなかった。

あれからもう三か月以上が経っているので、果歩が友達削除しなくても修平のほうがしている可能性が高い。でもそんなことさえもう知りたくなかったし、離れていたかった。

けれど果歩は思った以上に尾を引いていた。

それは修平のことが好きだとか、逢いたいとか、よりを戻したいとか、明美に対しての恨みがあるとかではなくもっと別の違う種類の感情である気がした。

修平への愛情から来た憎しみかと問われればそうではないと断言できる。なぜなら逢いたいとさえ思わないのだ。明美とよろしくやってろ、と思う。それに別れられてよかったとさえ思う。ただ、残っているのは、ひたすらに怒りなのだった。私の時間を返せとか、プライドを傷つけられたとか。その怒りと自信喪失。後悔。

これまでだって恋愛の一つや二つ経験はしてきたけど、こんなふうに後々まで苛立ちを覚えた恋愛は果歩にとって初めてだった。

目も当てられないほど無残な結果に終わった恋だったが、果歩は修平との結婚だってもちろん視野に入れていた。結婚資金だって定期をつくってこつこつと貯めていた。しかし、この旅でその定期を解約した。

怒りに駆られる、恋人と別れるというのは思いのほか心身に影響を与えたらしい。食欲が失せ、急性膀胱炎を繰り返すようになった。ホルモンバランスが乱れると身体の冷えや免疫力の低下、ストレスで発症するようだがこの痛みはシャレにならなかった。殺菌効果があるという精油、ティートゥリーが膀胱炎の予防になると知り、それを浴槽におとして半身浴だってしてみたが、思ってもみないタイミングでまた残尿感がおとずれて、膀胱炎になる。

そんな矢先仕事をすることも苦痛になってしまった。膀胱炎の薬を飲み繰り返しているうちに、副作用で頭痛やひどい眠気その他もろもろ二次災害のようにして体にガタがくるようになった。

果歩の急変を心配した職場の上司から、

「しばらくお仕事を休んだら？　かりにも私たちは美容と健康産業に従事しているっていうのは自覚してるよね？　アロマセラピストである以上、普通の人たち以上に自己管理ができないとお客様が満足できるサービスを提供することはできないんじゃないかしら？　膀胱炎が完治してから出直すのはどうかしら？　有休だって使えるんだし」

果歩はひたすら、ごめんなさいといった。

「中村さん、私ね、なんだかあなたを見ていると一昔前の自分を見ているようで痛々しいわ。恋愛の挫折、体の不調、女の人ってみんな誰だって一回はこうゆうのを経験するものだと思うから、でもそこから立ち上がったら本物よ？　どこか、そうね、旅行でも行ってきたら？」

意識の高い上司は果歩の身体のこと、人生のことを心配しているのか、サロンの評判や業績を心配しているのかはわからなかったが──それはそうだ、セラピストが膀胱炎になって施術中に席をはずしてばかりいてはたまらないし実際クレームが来るようになった──。

そこで、脳裏に浮かんだのがタイ旅客機だった。ずっとずっと乗ってみたかったあの美しい飛行機。

「わかりました。じゃあ、タイに行ってくることにします」

すると上司はそれいいわね、と喜んだ。つづけて、

「本場でタイ古式マッサージを体験してみて、施術に活かしたらどう？」

意識の高い上司は長期休暇中にもビジネスの勉強をしろというらしい。こうして長期休暇をとることになった。

その時に隣に座っていた男性が文庫を閉じて携帯を取り出した。熱心に画面を見ている。アイフォーンだった。まだ電源を切っていないらしい。

結局、女性ひとり旅はこの機内で果歩一人だけということになりそうだ。

エステシャン養成スクールを出てからは、こうして日夜仕事と恋愛で、長期休暇をとるなんてもってのほかだった。

だけどある日突然、積み上げてきたつもりでいたそのすべてがあっという間に崩れていった。

まったく、かけらもなく。するとどうだろう、今度は仕事も恋愛も、何をどう頑張ればいいのかわからなくなってしまった。

でも確実にわかるのが、今までのやり方ではもう先に進めないということだろう。どうしよう、長期休暇が永遠に続くように見える。

座席に一台ずつ備え付けられている個人用モニターに映っている日付は七月二十二日だった。

この日付がいつごろに変われば、自分のこの長期休暇は終るんだろう？

いよいよアナウンスが流れ始めた。

機体も座席もふるえるほど、エンジン音がはげしくなってくる。

もうすぐ、この可愛い旅客機は飛びたつのだろうか？　たった一機で滑走路を走り、羽をひろげて飛び立つ。何時間も空の上で孤独のまま羽を休めることはできない。それでも突き進む、だってもう、飛び続けるしかないのだから。

ほとんど女性的ともいえる華奢な機体のどこにそんなエネルギーが眠っているんだろう？

「すみません、あの」

そこで隣の男性が声をかけてきたので、果歩は不意打ちでびくっとした。サングラスをかけたまま。さっきまで持っていたアイフォーンはもうしまっていたようだった。

「は、はい？」

「もしも飛行中、ご迷惑をかけることがあったら悪いと思うので先に一言ことわりをいれておいた方がいいかと思いまして」

「迷惑？　迷惑ってなんです？」

果歩は聞き返した。新手のナンパか何かと思いきや、男はとても細い身体であるにもかかわらず、こんな空調のきいている機内で生汗をかいているようだったし、ふうふうと深呼吸を繰り返していた。

「極度の高所恐怖症なんです。閉所恐怖症でもあります。もしかするとパニックに陥る可能性もなきにしもあらずです。あと、乗り物全般に対して免疫がない状態です、過去色々あって」

は？　じゃあ、あなたはどうして飛行機に乗っているんですか！　と聞きたくなったが、

「じゃあ、初めっから飛行機なんて乗るなよって、そう思いますよね」

果歩はぎょっとした。けれどもそこでもまたなんと返せばよいのかわからないので、ひとまず笑顔で場を繋いだ。いままでずっと、サロンにやってくるお客様に対してそうしてきたように。

「行き先に、どうしてもの用向きがあったから、乗るしかなかったんです。ごめんなさい」

男は、深々と頭をさげた。

「いえいえ」

果歩はそういってまた笑顔を作り、唇はずっと微笑みの形を崩さない。すると悲しそうな口調で男はまた続ける。

「二十分ほど前に睡眠薬を飲んだので、六時間くらいは眠れると思いますが、万が一、それほど薬が効かずに起きていた場合、途中で目が覚めた場合が悲惨だなって。僕にとっても周囲にいる人間にとっても、僕が起きているというのは喜ばしいことではない。そんなのわかっています。そして、いまのこの僕の精神状態で乱気流などにぶちあたれば、もう僕はひとたまりもない。心肺停止する可能性もなきにしもあらずです」

ひとたまりもないって、そんなことをいわれても。本当に乗ってしまって大丈夫なんですか？

果歩は戸惑ったが、でも、とても辛そうにしているようなその男性を前にそういえなかった。しかも、何かにつけて、なきにしもあらずって使い過ぎのような気がする、とも思ったけど同じくいえなかった。だから、果歩は半ば励ますようにしていった。

「そんなに自分を責めないほうがいいですよ、なんとかなりますよ。それに、こんなに天気だっていいんですから、乱気流なんてそれは考え過ぎですよ」

すると、そこで男はハタと止まった。ややあって、

「温暖化の影響で、乱気流の発生頻度は増加している。乱気流自体の強度も年々増している。眼のいいパイロットの目視でもみえない、レーダーでも検知できない、衛星でも捉えられない。乱気流の発生に、現在の天気なんてまったく関係ありませんよ。いいですね、知らないって」

言った後、ふっと笑う。まるで果歩を小馬鹿にしたように。

―いったいこの人って何⁉　こいつも私をバカにするのか⁉　病んでるうえに性格わるっ！―

果歩はむかっ腹をたてて、ふんっと窓の方を向いた。

あーあ、なんだか嫌な気分になってきた。そう思い果歩はリラックスする精油をおとしてあるハンカチをとりだすと鼻にあてた。

果歩はもう隣の気味が悪い男は相手にせずに前を向き直った。男もそれ以来まったく果歩に話しか

けようとしてこなくなったからひとまずよかった。

そして、美しい機体は走りだした。そこで果歩ははたとその文字に視線がとまった。個人用モニターに、〝amazing Thailand〟と書かれている。タイ王国のキャッチフレーズなのだろうか？

直訳すると「驚くべき国、タイ！」ということになる。

「ん？　おどろくべき国？」

果歩がそうとても小さく呟いたところで、旅客機は前方から見えない糸でひっぱりあげられているかのように、唐突に猛然と走り出した。

うわ、何このスピード！

え、大丈夫なのかな、と思いながら、はっと隣をみると、隣の男は隣の男で、いきなりアイフォーンをとりだした。そして、電源のはいっていないそのアイフォーンをお守りかなにかのように強く握りしめる。それは数珠を握っているような感じで、今にもお経でも唱えそうな勢いである。

顔全体が汗をかいているようにも見える。体全体が震えているようにも見える。祈るようにしてずっと携帯を握りしめている。果歩も果歩で、なんだか隣でそんなことをされていると、いてもたってもいられなくなってきてしまって、ざわざわ感に駆られてきた。

隣でそんなことをされると、もしやこの飛行機は乱気流にのまれて大変なことになってしまうんじゃないかと、本当に恐ろしくなってくる。果歩はこのすんでのところに来て、動き出したところに来て、こわいかも、と思い始めた。

やばい、どうしよう。もう走り出しちゃったよ、おい。もう降りられないってことだよ。

隣で、男はもう祈ったまま石のように固まっている。息もしていないように沈静状態。


え！　なんで⁉　飛行機ってそんなに危険なの⁉


そこで、グオオオオオオオオオオオと、あの美しくて可愛いはずの機体が、この世の終わりみたいな凄まじい音を立てると、ふっと浮いて離陸した。どんどんのぼっていく。上に上に上に。

窓に手のひらをはりつけて、果歩は外をみる。地面との距離がどんどん広がっていく。

ちょっと、まって……。

あんなに可愛くて美しいと思えたこの機体の形相が、舌をだしているいたずらっ子のように思えてくる。いたずらっ子のままだったら、まだ可愛げがあるが、上に上にのぼるほど、だんだん悪魔のように思えてくる。

ちょっとまって。驚くべき国って……。

気がついたら、果歩が乗っている飛行機は大きな空にむかって飛び立っていた。

幻想の画家を探す賢くない旅人は蝶と蘭に惑うことになる

タイ　チェンマイ　成山龍祐《なりやまりゅうすけ》

ほら、また青が究まった。

はげしいスコールが三十分ちかくも降りつづき、あれだけ怒りを渦ませたような水を降らせておきながらその後、急に雨はやんだ。さきほどのスコールなどまるで初めからなかったかのような、こうして嘘のような青をみせる。それがタイ王国の空だ。

成山龍祐は感慨深く、空を見やった。神秘の雨上がり。うすい青が一気に配色された後のような、瑞々しい空を。

龍祐は今、チェンマイの田舎をひとりで歩いていた。チェンマイはバンコク都から北上した位置にある郡。ここから北東にすすめばラオス、北西にすすめばミャンマーだ。すぐに国境を越えてしまう。

スコールの後にばらまかれた青が日の光に迎合したから、まるで光だけの中を歩いている気にさえなった。おひさまの偉大さ、それをよく知っているタイの成層圏。

みわたせば、あたりには金ぴかの仏像と、いたるところにあるお寺が人々の祈りの強さを主張していた。お供え物を売る女。この国の女はとてもよく働く。微笑みの国だけあって、彼女たちの健やかな笑顔にほれぼれする。

バスケットボールが三個くらいははいりそうな、インザペイントのバックパックを背負ってここを歩いている日本人、龍祐。

AVIREXの白無地のタンクトップに着古した膝丈ほどのダメージジーンズにビーチサンダル。両腕には彩度の高い鮮やかなタトゥーが占拠していた。

シルバーアクセサリーに凝っているのか、首元にはヌイヘレのペンダントにロンワンズのベル、ガボールのチョーカーにゴローズのフェザーネックレスが幾重にもぶらさがっている。それから足首にだって、どこかのシルバーブランドの傷だらけのアンクレットが鈍く輝いている。

長い髪は、束ねてお団子をつくっているから、両の耳たぶがあらわになっていて、そこにピアスを幾つもつけている。軟骨にあけているのをいれると、全部で九つもある。

龍祐が少しでも歩いたら、シルバー金属のこすれ合う音ががしゃがしゃじゃらじゃらと聞こえてきそうだ。

細かく観察しても龍祐の風貌からは無法者のような印象しかうけないし、加えてバックパックを背負っているんだから、はたからは旅慣れした日本人バックパッカーにしか見えない。

けれど本当のところは違う。龍祐はべつにバックパッカーとしてここに立ち寄ったわけではなくて、すでにこの国に居住している。

バンコク都にある安いアパートをかりてからもう三年余りがたとうとしていた。ワンルーム、九千バーツの申し分のないくらい快適なところ。職場はカオサンロード付近の、ライブ型の小さなクラブ「ＲＯＣＫＥＴ」だった。

タイの人々はパーティーが大好きだ。生まれながらにノリがいい、とでもいうのだろうか。どこもかしこもクラブだらけ。大きな箱から小さな箱まであちこちのクラブで大音量の音楽がもれひびきノンストップで朝まで曲が流れている。ビルボードのダンス、ポップダンス、ヒップホップ、レッチリにグリーン・デイ、日本のアニソン、モーラムというタイ伝統音楽、レディー・ガガから宇多田ヒカルまで。音楽好きにはたまらない場所といってもいいほどに。

龍祐のクラブ「ＲＯＣＫＥＴ」でも毎週さまざまなイベントが催されていた。そして、曜日ごとに流す音楽のジャンルを変える。月曜日ならジャズ、木曜日ならレゲエ、金曜日の音楽は「スペースミュージック」要するに宇宙的音楽。エレクトロだったり、テクノだったり、宇宙の始まりを想起させるもの。だから当然、曜日によってはっきりと客層にバラつきが出る。

そこで龍祐は、多国籍のミュージシャンたちに混ざってバンドの生演奏に加わり楽器を奏でることもあれば、バーテンダーとして酒をつくることもあるし、ディスクジョッキーとしてブースの中に入っては、レコード、ＣＤを選び曲を繋いで流すこともあれば、立ちあげっぱなしのパソコンから音楽を選曲して終ることもある。たまにすごい大物ＤＪが来店することもあって、そんなときは彼らとの社交だったり宿の手配などに追われる。そうやって生計をたてていた。

そして本日水曜日のイベントまでには必ずバンコクに帰ってくることを条件に、この一週間休暇をもらうことができたのだから、当然、龍祐はこれからチェンマイ国際空港へと向かい、そこからバンコクのスワンナプーム国際空港までとんで帰らなければならない。

今回もチェンマイで過ごした一週間の旅はよいものだった。

―よいもの、それは精神の快楽のこと―

バンコクに居住して三年間。龍祐は定期的に休暇をとっては、こうやってチェンマイにやってくる。長い時で一週間、短くても最低は三日。この田舎をひとり旅してきた。

旅先は必ずチェンマイでなければダメだった。

チェンマイでは毎度何かを貪るような、補充するような旅をする。ここで充足する。そしてバンコクで、それを放つ。

龍祐がチェンマイに特別な思いを寄せているのは、池澤夏樹という日本人作家が書いた『花を運ぶ妹』の影響をうけてのことだった。

アジアを旅しながら絵を描いていた二十九歳の若い画家西島哲郎は、麻薬所持容疑でバリ島で逮捕され、死刑を宣告される。死の恐怖、生き地獄のような幽閉生活と並行して、それを見守り続ける救いの眼が動いていた。とにかく龍祐はこの小説がたまらなく好きで繰り返し、もう何度読んだことだろう。その中にチェンマイでのシーンがあった。龍祐はそのシーンを自分の人生の記憶の一部のように大切に持ち歩いている。

チェンマイを旅する彼は、その時、画家としての自覚や軸をまだ手にしていない状態。彼自身の絵の座標も未完成、だから遠巻きに目指す先を探している状態。旅は彼にとってホンモノの美を追究する道の過程でしかない、その心細さ。

龍祐は絵などに興味をもたずにその時まで生きていたから、ずぶの素人と変わらないくらい。自らキャンバスを手にすら取ったことがない。つまり、この小説の主人公とは何の共通項もない。そのうえ何かを創造した経験だってないから、よくわからない。芸術家のセンセーションみたいなもの、孤独や怒り、彼らの性格的な資質や、何かを創造したあとの、ふきだすような快楽も。

だけどこの主人公のことを僕は知っている、と思った。わからない、けれどもどこかがぐいぐい引っ張られていく。ページいっぱいにあふれる重厚な雨の匂い。雨粒の落ちゆく音。田園風景のみどりと土砂と高床式の家がみえる異国の地で、雨宿りしている彼が今体験しているその呼吸。水気をたっぷり含んだ空気の中に彼が吐き出す呼吸音。ありありと聴こえてくるその息づかいがどんどん自分の呼吸の間隔と繋がり始める。

そして、ひとつになったんだ。

龍祐はたしかにそのシーンで主人公と呼吸がひとつになったのだ。双生児のように呼応した、チェンマイのその雨のシーンの中で。

龍祐はどうしても逢いたい、と思った。逢いたくてたまらなくなった。この画家に逢いたい。きっと逢ったら僕らはすぐに仲良くなれる。絶対に絶対に。

どこで逢っても一目見たら、すぐに君だとわかる。絶対に絶対に。本気でそう思った。

濡れたスケッチブックを抱えて、スコールの中、ぼんやりと空をみつめている画家のシルエットが龍祐の中で生まれてしまって離れない。

一度生まれてしまったものはなかなかどこかへ消えていかない。


それから、ほどなくして龍祐はタイに来た。

亜熱帯の国、その独特の空気の感触。それは、顔から足のつま先までいつも濡れそぼった衣服をきているような感覚。昇華できずに蒸しつづけたままの情熱。果たされるのか果たされないのかよくわからない約束を誰かとしているような感覚。その永遠にも等しい待ち時間、どこかあきらめも混じるような感じ。夜空に浮かぶ月にキスをねだっているような気持ち。そんな機能的じゃない媚態をくり返しているような。

タイではいそいじゃいけないんだ。タイではいつも「待つ」ことが必要になる。それがここで生きるための鉄則。それから、スコールの中の傘も無意味だ。無駄な抵抗はやめろってことだ。スコールのなかでできることは、そこを生きている人間にできることは、雨にふられるだけふられるか、どこかでじっと雨宿りするしかない。

待つということは、どういうことだろうか。

それはあらかじめ、待った後の状況をうっすらとでも知っているからできる行為なんじゃないだろうか。かりに、いくら待っても状況が改善されないのだと知れば、人はそれでも待ち続けることなんてできないはずだ。

この国の人間が待つことを知っているというのはつまり、ベクトルの先が希望に向いているからなんだ。ベクトルの先は快晴の空を指しているのだ。たとえ、あの大惨事のような大雨の中であっても。この国の文化をうみだしたもの、それはスコールの降り方なんじゃないだろうか。

降るときはとめどなく激しく大量に、それこそ猛威をふるって雨が降る。しかし、その雨は必ず短時間で止むのだ。そのはっきりしたところ、痛快だ。

日本でのように、じめじめとした小雨が四六時中、何日も降りつづけることはない。雨の降り方がまず根底から違う。雨が違えばそこに住む人々も当然に違う。

龍祐は日本人だが、あの国に帰る気などさらさらない。龍祐にとっての日本の印象はずっと同じ位置に置かれていて、動いたりしない。動かない時計の針。それはともすると壊れているのかもしれないけど、わざわざ確かめにいくことも億劫だった。

飛行機の時間までいくらか余裕があることもあって、だから、龍祐はひたすら歩いていた。タクシーには乗らない。ただ歩くことがいい時がある。あったかい風がふく。メー・レムの街を越える。この周辺には何箇所かオーキッド・ファームがある。蘭の栽培場だ。それだけ蘭で有名なタイだった。そして北部のここチェンマイでもっとも有名なオーキッド・ファームがメー・レム・オーキッド・ナーザリーという何とも長い名前。ここは蘭の栽培場兼即売場で、珍しい品種の蘭、目をむくほど美しい大きな蘭が咲き乱れている。そして、熱帯の蝶々がそこを飛び交っている。

龍祐はこの長い名前のすぐそばを歩きながら敷居のむこうに狂い咲いているかのような大量の蘭を想像するだけにとどめた。ここには以前にも足を運んだことがあったし、これからわざわざ入園してまで蘭の妖艶さに惑わされる体力など残っていなかった。

バザールが賑わいをみせている。何か飲みたくなった。ジンジャーエールがいい。

そういえば、ひどく喉が渇いていた。ポケットからバーツをとりだして、ひきかえに飲料にありつけたのが、久しぶりに口に何かをいれるような錯覚を覚える。この一週間足らずでまた龍祐は少し痩せたようだった。蓄えた髭を触ったあと、頬骨あたりに手をやる。

今回もじゅうぶんこけたな、オレ。

ちょっと旅をすると龍祐はすぐに髭をそるのを忘れるし、三食とるのも忘れ、日に一食になり、顔からすぐに痩せていくのだった。そして何故だか確かめるようにして右腕の刺青を見つめて触った。その彩度は変わらないものだった。蝶だ。

ずいぶんな安値で、カオサンロードにあるタトゥー屋で入れた刺青だった。ぎしぎしと音をたてる汚れた木目の階段をのぼる。とても人が出入りしているとは思えないくらい、薄汚くて汚れた床に暗い場所。アジアを渡り歩くときは、いつも嗅覚の問題がつきまとうと誰かから聞いたことがあったけれど、それにしてもこのタトゥー屋のこの鼻につくにおいはなんだろう。香辛料やら、ハーブ、煙草やお香。攻撃に近い、眼には見えないものに捕らわれて窒息させられそうになる。

タトゥー屋の彫り師は死んだ目をしていた。よくある顔だった。男はあなたが望むなら今すぐに始められるといった。今日は他には誰も来ることはない、といった。ただし気をつけてくれ、といった。刺青をいれるのは激痛だしそれに、ずっと消えないよ、と。おかしな男だな、と思った。自らやって来た客をみすみす失おうとしているみたいだ。

暗い小部屋で汗だくになった。壁に目をやれば、トカゲなのかヤモリなのかが、すばしこく動きまわるさまを何匹も目にした。超天然の爬虫類。

黒い埃をかぶった窓からのぞくのは、カオサンを練り歩くバックパッカーたち、ビッチのような女たち、それからファラン。

龍祐は、時々うめき声をあげそうになりながらも、針の痛みに耐えている只中で、アルコールの麻痺が恋しくてたまらず、外で自由に酒を呑み闊歩する連中をうらやんだ。

案の定、誰も客が来ない。二人だけの密室。彫り師は寡黙に目と指だけ動かしていた。さっきまで死んでいたような目をしていた男の目がえらく輝いて見えたのが気に食わなかった。それに男の武骨で短いほとんど浅黒い指。芸術家には向かない指だ。気分が悪いせいで、時折、目の前の男をそんな風に見下した。

しかし、龍祐のそんな思いには気がつきもせず、彫り師の男は、浅黒い肌に汗を滲ませながら、懸命に、まるで自分の女を描くように、蝶を描いた。この蝶はアオスジアゲハだ、といいながら。

―アオスジアゲハ？―

龍祐の脳裏にはその刹那、カンチャナブリーのエラワン滝で集団吸水していた蝶の、微細な動きを見せる羽根を思った。この指先でちょっと触れただけでも、すぐに消えてしまいそうなくらいに柔和な美を。谷間の蝶、水遊び。あらゆる美の粛正に近い儀式。ひっそりと滝のそばに集まってきて戯れているような女性的な聖域。

龍祐は多分、惑溺していた。吸水している、その蝶の集団に。

―あなたは健全じゃないわ―そんなことを龍祐はタイに来てから二人の女性にいわれた。

対照的な二人の女性に同じ時期に同じことをいわれたのだ。そのうえとても不思議だったのは、二人の女性に逢ったのはこの体中の刺青を、アオスジアゲハをいれてすぐ後のことだ。だから今年にはいってからだ。

二人とも同じ時期に龍祐の働いているクラブにお客さんとして来ていて、そして言葉を交わすようになった。一人目はむこうから積極的に近づいてきた。二人目には自分から積極的に近づいた。

その、一人目の女はアンヘラという名のスペイン人女性だった。

上背がある龍祐には、長髪が似合うのだといっていたのも彼女だった。本当か嘘か知らないが、彼女はスペインで美容師をしていたそうだ。ことあるごとに龍祐の髪を触ってきた。アンヘラは龍祐の富士額の形の良さを褒め、直毛で硬くしっとりと濡れたような髪質を褒めた。

アンヘラと出逢った頃、その頃伸び始めていた龍祐の髪をよく触った。ただ一つに結んでいるのはあまりセンスがないといって、お団子をつくった。龍祐はそれが意外と簡単にできると知り、以来、よくやっている。

アンヘラはずいぶんと気性が荒く、ことあるごとに龍祐に噛みついた。

ひどいときは、腹部にきちんとその歯形が残っていた。舌を絡ませ合うキスをしていると思うと突然、下唇を甘く噛み、腕に絡み付いてきたと思ったら噛み、首根っこも噛まれた。

ひとしきり堕落を楽しむ、タイで放恣する自分に身を任せている、アンヘラの行動は龍祐にそんな印象を与えた。もっとも、下へ落ちていくことに楽しみを見出せるのは、日頃、律儀で規則的な生活を送り、なおかつ食うことに困らない、そんな裕福な人間、裕福な旅行者としてタイにやってくる人間ができることだ。

だからアンヘラも当然帰国した。一か月前だ。誠実なフィアンセの待つ母国、スペインへ。

帰国するとき、アンヘラはどんな手を使って、自分の身に潜む怪物を始末したのだろう？

荒々しい気性をどこに葬って？

それとも今はスペインで、おそらく平和に結婚生活をおくっているアンヘラが本来の姿なのか？

龍祐は、その全てがなんだかおかしくなってふっと笑う。

アンヘラは捕らわれていて、だから自由になりたがった。

そして、アンヘラが帰国してからというもの、龍祐は刺青に傾注するようになった。アンヘラが絶えず気にしていた龍祐の体の刺青を。

そう、アンヘラはいつも捕らわれた美と、とびまわる、いわば自由の美との狭間で苦しんでいた。

蝶の背後に龍の鱗のようなものが描かれている。けれどもその鱗は、時として、龍の長髭のようにも、鋭い牙のようにも、強烈な目のようにも見えた。龍祐がこだわりをもってオーダーしたわけじゃない。蝶だって、龍だって。タイの彫り師がそれを選んだというだけ。

しかし、アンヘラは龍祐と抱き合うたびに、龍祐の右腕の蝶に嫉妬した。抱き合うほどに、嫉妬も増した。まるで、その蝶が龍祐の本来の恋人だとでも思い込んでしまっているかのように。性交の中、不意打ちで突然腕を激しく噛まれたことがあった。アンヘラが嫉妬に悶えるのはいつも性交の時だった。裸で抱き合っているその只中だ。

この蝶が邪魔なのだと、半ば叫ぶようにいった。どうしたらあなたの身体からこの蝶は消えてくれるのか、と。これではまるで、三人で情事に耽っているみたいじゃない、とでもいわんばかりの目を見せて。

落ち着いてくれ、何がそんなに君を狂わせるんだい？　龍祐はうまく英語に訳した。龍祐もアンヘラも、互いにつたない英語でいつもやりやっていたから。

そして、アンヘラの主張はこうだった。

この蝶は今まで見てきたどんな蝶よりも、どんな標本より、写真より、デザインよりも美しいのだと。そして止まっているから衰えることなどない。老いさらばえることもない。あなたの腕の中で、ここで永久の美を完璧に手にしている。しかもご丁寧にあなたの腕には、その蝶を愛してやまない龍神の姿までが彫られている。

そして一生、あなたの腕からこの蝶は離れない。これは呪いに近い。

龍神まで、つまり神様まで、この蝶は挑発している。私にはそんなこときっとできない。

生きているものがここまでの美しさを保持することは不可能に近い。この蝶は生身に潜む醜さを知ったうえで、生き物であることに早々と見切りをつけて、あえて芸術になった。あなたの腕のタトゥーになった。腕に刻みつけられて残ることを選んだ。あなたから一番に美しいものとされるそのためだけに、他の一切のものを捨てた。永遠の美とひきかえに、魂を売ったのよ。

一体、どこでこんなに淫らな蝶を手に入れたのか？　あなたはきっとその彫り師にそそのかされたに違いない。だけどあなたはきっと最後にこの蝶を選ぶのよ。こんなにずるい蝶を愛するのよ。

Where have you got this tattoo.

You must have been seduced by that tattoo artist, But You will choose this butterfly in the end.

You will Love it.

You will love this Unfairbutterfly.

だからあなたは健全じゃない。あなたも同じようにこの蝶に魂をぬかれたの。美しさとひきかえに。

二人目の女は稲瀬玲子《いなせれいこ》という名の日本人だった。

玲子の第一印象はそのオーラの異様さだった。かもしている雰囲気の不自然なまでの清らかさだった。齢三十はこえているというのに、穢れているものがひとつも見受けられない、まるで塗りつぶした。

た純白というのだろうか。それから瞳の力強さだ。

　女優に欠かせない要素のひとつとして、それは目力だと龍祐は勝手に思っている。玲子のそれは女優並みだった。身体の線も細すぎる。人のことをいえないが、玲子はどうにかすると痩せすぎに入るかもしれない。

「その瞳でひとたび見つめられたら間違いなく、どんな男でも堕ちるね。もちろん恋人はいるよね？　あ！　もしかして結婚してる？」

　カウンターに一人で座っていた玲子に、龍祐はそんな軽いノリで話しかけた。職務中軽率な言動は控えているつもりだったが、口が滑ってしまった。そうあれは、カウンターを任されていたときだ。

「ありがとう。悲しいことにどちらでもないの」

　そっけない一言だった。いままで女性に話しかけてここまでそっけなかったことはなかった。

　稲瀬玲子が来店するのはほとんどが金曜日と土曜日に開催されるイベントの時間と限られていた。店内で、どれだけの男に声をかけられても、ナンパされても姿勢を崩さずに当然に一人だ。まったく隙がない女だった。積極的にこっちから近づいた手前もちろん龍祐は玲子にＬＩＮＥと携帯番号を聞き出した。けれどもそれだって聞き出すのに今までにあったどんな女性よりも時間がかかった。

　ＬＩＮＥを聞き出してからは、三回食事に誘った。

　けれどもそのつどそっけなく断られる。ごめんなさい、夜は食べないのとか、ごめんなさい、今夜は用事があるの、とか。お高くとまっている、というのがふさわしい表現になるのだろうか？　だから、玲子が店に来た時に思い切っていってみた。

「あのさ、いい加減にもうそろそろご飯でも行かない？　めっちゃうまそうなところ見つけたんだって。たしかに値もはるけど、玲子さんのためなら仕方ないって思うわけよ」

玲子は口元をほころばせた。

「龍くん、知らなかった？　私はものすごく好き嫌いが激しいのよ」

そんなことをいった。つづけて、

「値が張る料理よりもゲテモノ料理かな」

と、心にもないことをいう。

「あそ。じゃあ、そこにある芋虫とバッタの屋台に行こうっていったら応じてくれるの？　ぜってーいやがるだろ？」

玲子は大きな瞳をさらに大きくさせた。

「そうね」

「だからさ、それって料理云々じゃなくて一緒に食べる相手が俺だから嫌なわけでしょ？」

そこで玲子はくすくす笑った。

この女はまったくわからない、と龍祐はいつも思ってきた。こうやって口げんかのようなものを繰り返すのだが、それ自体が楽しそうというか。

だから普段まったく隙がない人がこうやって笑うから、どこか期待を寄せて口説くことを続けてしまうのかもしれなかった。

「そうじゃないの。ひとりで食べるのがよくなったのよ、いつからか」

この女、まさか病んでる？

「龍くんはしょっちゅう女性と食事に行ったり大勢で食べたりするからこの感覚がわからないと思うけどね」

「いやいやちょっと待ってよ、勝手にきめないで」

「長い間ひとりでご飯食べてると忘れちゃうんだよ」

「え、なにを」

「誰かと一緒にいながら、お話ししながら、口に食べ物を運ぶタイミングとか、噛みくだいたり、のみこんだりするタイミング。そうゆうのもさ、訓練みたいなものでできるようになるっていうか。習慣がないと、とても難しいと思わない？　一人で食べるのが楽っていうか」

やっぱり少し心が疲れているみたいだった。

「うーん。そんなものなのかな？」

「冗談よ」

外見は非常に美しいのだが性格に難あり。だからたぶん、恋人がいないというのは嘘ではないだろう。

「玲子さんは、健康的ではないってことか」

「あなたにいわれたくないわ、龍くん。あなただって健全じゃないわ、どう見ても。とにかく、あなたがどう考えているのかわからないけど、発展はないわよ」

「撃沈だな、あは」

敗北。笑えてきた。するとそこでまた玲子はくすくす笑った。ちょっとだけエスっけがある。

その後に、玲子がフェイスブックをやっていることがわかった。カウンターに座っていた玲子が携帯でサイアム・サンレイの写真を撮っていたのだ。サイアム・サンレイというのはウォッカとココナッツリキュールをベースに仕上がった白濁したカクテルでグラスのふちには唐辛子とレモングラスがそえられている。

「ねえ、フェイスブックに載せてもいい？　この写真」

玲子は携帯の画面を龍祐に見せる。どでーんっとサイアム・サンレイが真ん中にある画像を。

「え、玲子さんがやってるなんて知らなかった。どうぞどうぞ、ついでにうちの店の名前も宣伝して」

龍祐もやっていたからすぐに友達リクエストを送った。

すると数日後に承認してくれた。交際ステータスは「独身」となっている。けっこう前からフェイ

スブックをやっているわりには、玲子にはほとんど友達がいない。（確か俺以外に三人くらいじゃなかったか）
去年フェイスブックを始めて、友達はすでに三百人近くになっているのに店のイベントについてくらいしか投稿したりすることもない龍祐に比べると、玲子はよっぽどマメに少ない友達に向けて、日常のことを投稿している方だと思う。
フェイスブック上で玲子と友達になってからは、週末に大きなイベントがある時は必ず玲子にもフェイスブック上で招待状を勝手に送ることにしていた。だから今週の二十四日のイベントの招待状も当然に送った。それにわたしたいものがある。龍祐は玲子にこの旅で手土産を買っている。

ここ最近の恋愛絡みというか浮いた話はこのくらいだった。（と、思う）

肉体的なものを指しているのか、精神的なものを指しているのか、どちらなのかはっきりとはわかりかねるがとにかく―あなたはどう見たって健全ではない―といわれるそんな自分にまともな恋愛ができる日が来るとは、いまのところ到底思えなかった。
それでも何かを待っていた。ただじっと待っている。待っていることが鉄則のタイにおいては誰もそれを責めずにいてくれる。

ジンジャーエールを飲み干すと、龍祐は右腕に刻まれている蝶を見つめながら、蝶の生態を思う。

―どうしてだろう。今はこんなに自由にとぶのに、どうして？―

龍祐はそう思って、その長い人差し指をたてて、蝶の方へと伸ばした。

どうしてお前は、何年もの間、自分自身をがんじがらめにして、何も見えないくらい場所で、じっと、窒息しかねないような状態の中で、成長をするのだろうね？　そうでもしないと、その羽根は手に入らないから？　羽根に血を通わせるための、試練？　すべての美しさはそんな痛みのもとで形成されるのかい？

「答えておくれよ」

龍祐はひとりごちると、そこで初めて、くったくのない笑顔をみせた。

とても小さな通信機器を携えている完璧な敗者

タイ　バンコク　スワンナプーム国際空港　三武哲史

白い、タラップの中に震えそうな足を踏み入れた。涙がこぼれそうになった。はじめてひとり歩きを覚えた子供の足みたいなものだろうか。チャコールグレーのサングラスを外すとショルダーバッグの中にしまい込む。

その真っ白なトンネルをぬける時にも玲子の顔が浮かんだ。太陽に手をかざして笑っていた顔、ぼんやりと遠くを見つめていた横顔、つんと怒った顔、泣いた顔。

ターミナル通路を行く。キャリーケースをおしていく人たち。キャビンアテンダント、警備員、すれ違う。手すりにつかまって、ムービングウォークに乗っかる。そこで、携帯の電源をいれる。ラバーシートの床に、はいているVANSのスリッポンの裏面が滑るように音をたてる。

スワンナプーム国際空港。有名な建築家がデザインしたであろう空港の内観。人目を惹くラチス構造。アーチ形の天井が続くコンコースの真ん中をぬけて、荷物を受け取るためにターンテーブルの方にむかう。そしてそこで待つ。ほんの少ない、けれど、そのすべての荷物を。持ってきた全部を。

此処にたどり着くためには、気が遠くなるほどの長い時間が必要だった、と三武哲史は思った。

長く長い時のこと。その間、幾度となく春と夏と秋と冬が、緩慢に鈍く哲史の目の前を往来した。この撓んだゆるやかさというのは、はっきりとはいえない類の毒を含んでいた。

徐々に、微かに、人間の魂を蝕んでいくとても悪い夢のようなもの。日ごと少しずつ少しずつ、生命力を人間から奪っていくかのようなもの。劇薬だったら一思いに死ねるぶんだけまだ救いがあったのかもしれない。こうして魂をぬかれながら生きながらえるよりは、まだ。

そこまで考えると三武哲史は情けなさに笑えてきた。いつからか、自分は死という言葉に誘われていた。ここにたどり着くまでの、この長く長い時のくりかえしは、明らかに三武哲史という人間を変えさった。

やっとの思いでここにたどり着いたまさに今という現在であっても、こんなにうす暗くてひよわな心が、この状態の思考が癖として定着していた。

暗いトンネルを抜けたところだから、まだ光に目が慣れない。まだまだ冬眠から起きたばかり、まだまだ病み上がりのようなもので、目の前に広がるオアシスを手放しで喜べなかった。手放しで喜べるほどの童心はなくなっていた。それでも一縷の希望がないよりはマシだった。

―たったひとつだけの希望を信じていられるうちは、信じようと思えるうちは―

三武哲史は電源のついたアイフォーンにパスコードを入力した。画面には四隅がまるくなったカラフルな数々のアプリが縦に横に並んでいる。ほとんどは普段使っていないものばかりだった。たった一つのアプリを除いては、すべて。

哲史が日に何度もタップするアプリはフェイスブックだけだった。紫がかった青色というのか、雪藍色というのか、その色の中から小文字のｆのアルファベットが白く浮いている。例のごとくそれをタップする。

―信じようと思えるうちは―

タップするとすぐに現れる、ある一人の女性の名前と顔。画面のうえに、稲瀬玲子という名前、そして彼女の顔写真のアイコンが現れる。

写真上でも、玲子の神秘的な美しさは顕在だった。玲子の美貌は、いくら齢を重ねようと少しも衰えることを知らないらしい。人目をひく美貌はさることながら、昔から玲子の周りには人目をひくほどの神秘的な膜があった。それを人はオーラと呼ぶのかもしれない。玲子の色は、乳白色を帯びたピンクオパール色。まるで聖母マリアのそれと同一色だ。

だから、玲子の微笑みはそれが画面上のものであったにもかかわらず、死にかけている哲史に生きのびる力を与えうるものだった。

何年もこの画面の中からこうして、哲史にエネルギーを与え続けてくれた。

三武哲史は眩しいものをそこに見ているかのように目を細める。敬意にも似た眼差しで。

画面にうつっているこの女性に心底自分は見惚れているのだ、そう周りの人々に、世界中の人間に告げているのも同然な表情で。

友達申請をして繋がっているわけでもフォローしているわけでもない。その必要性はなかった。玲子はすべての記事を世界中の人々に向けて公開していたからだ。

稲瀬玲子の記事が連綿と上から下に流れている。玲子の記事の投稿場所は常にバンコクと表示されていた。

人差し指で玲子の記事を追う。追うほどに、指先は小さく孤を描いていく。空中にめぐりめぐるまるい形を織りなしていく。

その記事自体はそう代わり映えしない。玲子はそんなに頻繁に更新するわけではなかったからだ。けれども、ここに表示されているもののすべてに玲子の息がかかっているのだと思えばそれだけで充ちた。


飛行時間の間に、自分が少しこのアイフォーンから離れた間に、フェイスブックにログインしていない間に、何か変わったことは玲子に起きていやしなかったか？　そればかりが気になった。

けれど何事もなくて済んだようだ。

六時間もの間、玲子と電流の上で離れなければならないのだ。電流の波のうえで、僕らは繋がれない。その繋がれない間に、決定的なすれ違いが起きてしまっていることへの恐怖だけだった。そう、遠い昔の、あの雪の日のように。あの三日間のように。

玲子、覚えているかい？　僕らが話していた、世界が終る日のことを。

スーツケースが流れてきた。〝FRAGILE〟そうシールが貼られていた。壊れもの。それを見て、哲史はおかしくなった。荷物をどんなに厳重に扱ってもらえても、荷物の持ち主がもう壊れている場合があるからだ。

玲子。その美しい瞳にもう一度だけ僕を映し出してくれないか？
死ぬ前にたった一度だけでかまわない。それから、たった一言だけ「哲史」と、僕の名をもう一度呼んでくれないか？　僕の名前を呼んでくれ。
遠い昔のように。そう、いつものように。

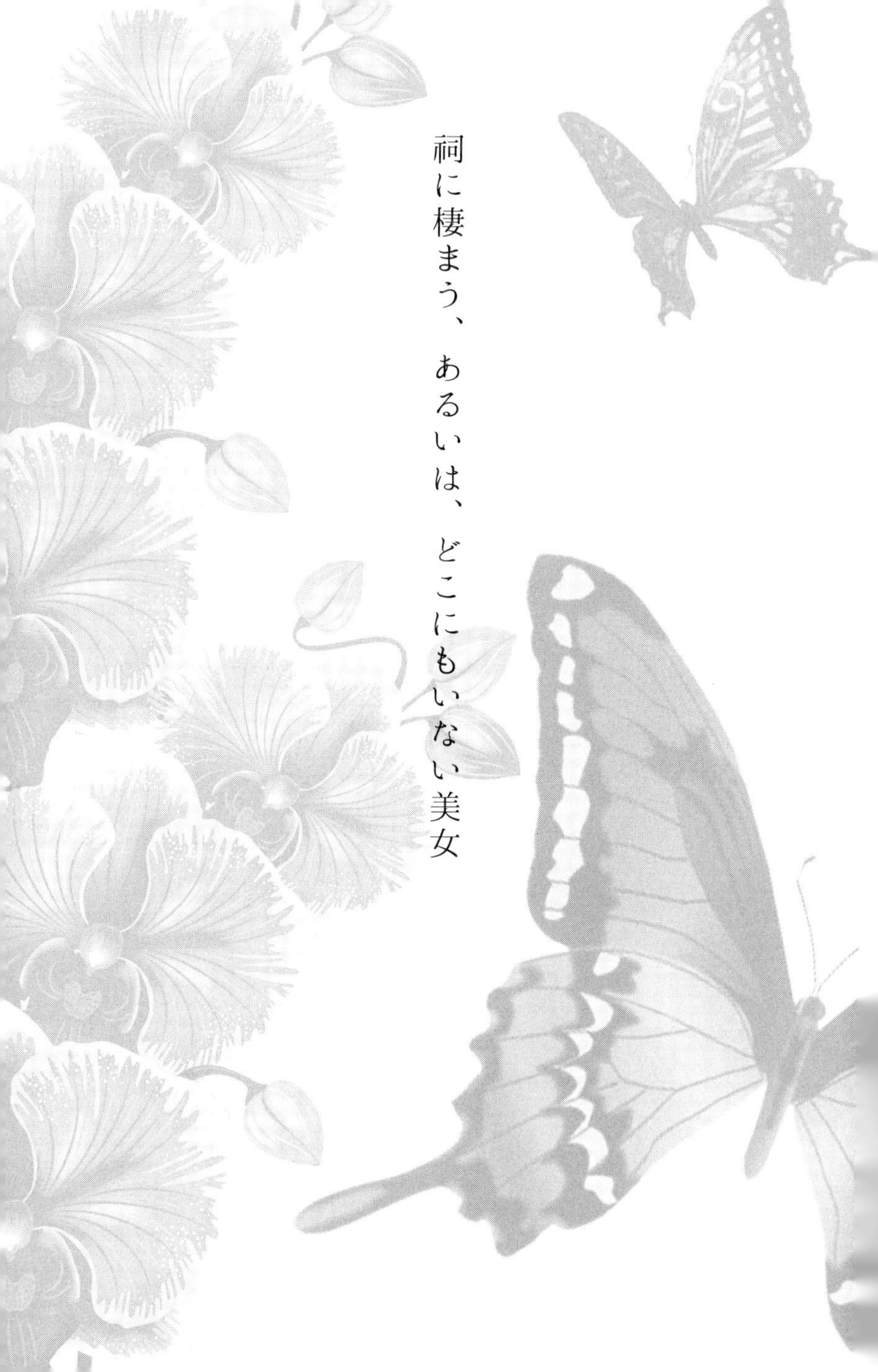

祠に棲まう、あるいは、どこにもいない美女

なんだかパッとしないまま、この旅が終ってしまいそう。

中村果歩はそんなことを思いながらラッチャプラソーンエリアにあるホテルに観光から戻ってきたところだった。七月二十三日木曜日。バンコク二日目。

モノレールのようなBTSに乗り、バンコクのど真ん中チットロム駅におりるとブルーのカラーガラス張りの派手できらきらしたホテルが建っている。

そこがルネッサンスバンコクホテル、果歩が宿泊しているところだ。エントランスをはいると内側まできらきらしている。パターンシートが張られているせいか、天井も床も濡れているみたいにツヤツヤだ。壁も鏡面ガラス張り。ロビーの吹き抜けにはペンダント照明のシャンデリア、入って右側のフロントの奥は高級ショップ、左側にはロビーラウンジがあり、どっしりしたソファーでくつろいでいる宿泊客がちらほら。その奥にはまたきらきらしたバーラウンジもある。

果歩はフロントへ向かうと、ホテルマンからカードキーを受けとる。エレベーターもしつこいくらいに、きらきらだった。その銀色に蔦のような模様が施されている。そしてまた全面鏡だった。しかし、そこに映し出される自分の顔は翳っているように感じられる。なんだか場違いのところにいるみたいだ。

思いっきり贅沢してやる！　めちゃめちゃラグジュアリーなホテルに泊まってやる！　そう意気込んできたのに。

果歩ががくんとうつむくと、エレベーターは果歩が泊まっている十三階で止まった。

いつの日から、ワーカホリックにでもなってしまったのだろうか？

遊びというのも三日も続くとなんだか落ち着かない。こんなありあまる自由を楽しめる才能なんて私にはないみたいだ。

さきほど、テワランスパ（テワランとはサンスクリット語源のタイ語で天国の庭園という意味だ）で、デトックス&リフレッシュしてきたのもつかのま、日本に帰ってこれからどうしよう、そんなことばかりが頭の中をかけめぐった。

それに、一人の時間があるほど、怒りに満ちた記憶が頭をかけめぐる。


たったひとりで知らない国へ、知らない場所の文化や生活、人々に触れたならば、あんな奴等のこと、イライラなんてすぐに忘れられるんじゃないかと思っていたのにそうではなさそうだ。

傷心旅行というのも異国の地にあっては、むしろ逆効果なんじゃないだろうか？　一種の疎外感を感じてしまう。

そこでため息が漏れる。

浮気をされ、恋人にふられ、怒りを抱いたまま傷心旅行にやってきた。このままではもう立ち直れるかさえも未定。いわゆる、よくある話。ドラマチックなことは起こりそうにもないな。

果歩は連泊している部屋のドアをあける。中は真っ暗だった。

しかしカードを差し込むとたちまちたくさんの照明に明かりが灯る。反比例だ、と思った。泊まる本人は一人で部屋に入った時点で心が暗くなるのに。

スリッパをはいて、まったくわからないタイ語のニュース番組をつける。

果歩はふかふかダブルベッドに倒れこむ。

小さなころ父親がまるで呪文か何かのようにいっていたこと。

—果歩。おてんとうさまはちゃんと見ているんだからね。日ごろの行いは大切なんだ。悪いことをしている人間はかならずしっぺ返しをくらうし、いいことしてる人間には必ずご褒美があるんだよ。いいことと悪いことはプラスマイナスゼロだ。よく覚えておきなさい—

「ないない、そんなことあるわけないよ」

あれは立派な教育だったんだ。どんなに腹立たしく不条理な現実をまえにしても、他人を恨むことなかれ、そして変な気はおこしなさんな、という教育。

今更、父親の言葉にかちんとくる。もしもそれが本当だったら今の私はなんだよ？　とつっこみたくなる。

じゃあ、修平は？　浮気なんぞをしていたくせに修平はいま明美と幸せになっている（に違いない)。浮気なんてすることなく、修平のことを思い続けていた私はこのザマだ。

「おてんとうさまってそもそも何さ」

果歩は四つもある枕のひとつに頭を突っ伏した。

私にこんな怒りを植え付けておきながら、幸せになっているであろう修平と明美の現在が気になり始めてくる。

ずっとログインしていないフェイスブック。アイフォーンをとりだした。しばらく待ち受けを見つめる。フェイスブックのアプリをタップしてみようか躊躇する。事実、自分は依存症になっているようだ。正体を確かめずにはいられない、という。

部屋にはガラスで仕切られたバスルームがある。バスタブのシンクは真っ白でピカピカだ。けれども恥ずかしい感じがして、目を背けるように、果歩は電動のスクリーンをおろした。

そんな時に、ドアベルが音をたてる。

ドアを開けると同時に、男性のウェイターが、鮮やかなトロピカルフルーツをサービスワゴンにのせて運んできた。フルーツ皿にのっているのは、マンゴー、ドラゴンフルーツ、パイナップル、スイカ、マンゴスチン。
フレッシュフルーツを見ていると、まさにここは南国なのだと実感する。

ウェイターは気分はどうですか？　何かご用件はありませんか？　などといいながら、テーブルのうえにフルーツ皿や、ドリンクなどを並べていく。ええ、とくには何も、そんなふうにつたない英語で返す。そんな中、ふと目にとまった夜景。ガラス張りからバンコクの夜景をみやると、ため息がでるほど美しかった。

宝石をちりばめたようだ、といえばいいのか。ダイヤモンドみたいな光の点が色めきたって浮かんでいる。

あれはいつだったっけ？　修平と二人で新婚旅行はどこに行く？　なんて甘い会話を交わしていたのは。

ハネムーン。どこがいい？　イタリア？　アメリカ？　オーストラリア？　シンガポール？　ハワイ？　世界を一望できるみたいなホテルの最上階に泊まってさ。きれいな夜景と美味しいお酒を飲みながら、二人で一緒にいられたらいいね。

今となってはとても信じられないことだが、修平とこんな話をしたことだってあったのだ。

果歩は悔しくなった。こんなにきれいな夜景をひとりでしか見つめられないこの現実そのものが。

生きれば生きるほど過去は増えていくというのに、こんなんで私、どうするんだよ。

果歩はそこで決意した。まだあきらめちゃ駄目だ、と。

今日だって、ゴールデンタイムにはもう休んで、ベッドに倒れこんで目をつむって眠るほうが楽なのかもしれない。だけどそれじゃ、何も変わらない。

これから夜が始まるんだ、よし、冒険してみるぞ。もうこれまでの私を、堅物で生真面目、そんな仮面を剥ぎとってしまいたい。


果歩は思いついたようにそこで立ち去ろうとしているウェイターをひきとめた。どこでもいい、何でもいい、あみだくじではないけれど、このウェイターさんにきいてみよう。

「ＨＥＹ！」

まるで映画のワンシーンのように力強く叫んでみた。

この近辺であなたがおススメする観光名所、お店、なんでもいいから教えてください、といった。食べ物がおいしい屋台、レストラン、ニューハーフショーがやっているバーでも、踊るためのクラブでもなんでもいいから教えて、と。すると驚く言葉が返ってきた。

「恋愛はうまくいっていますか？」

「恋愛？」

「恋人はいますか？　好きな人はいますか？」

とても若そうなウェイターだったのでもしかするとこれは英語がうまく伝わっていないのか、それとも根本的に何か勘違いしているのか、果歩は眉をひそめた。

「ごめんなさい。もういいです」

もういいや、自分で調べてみよう、そう思い果歩が会話を中断しようとしたらウェイターさんは、

「そこへ行けば、恋が叶います」

果歩にそういった。予想外の返事で果歩は驚いた。

「恋愛の神様にお祈りすることをおすすめします。あなたの恋は成就しますよ」

なるほど。パワースポットのことをいっているのだ。

「でも、この時間から入場できるんですか？　そのお寺は」

「お寺ではなくて祠です。いつでもお祈りすることはできますが、今晩の九時半にお祈りすることをおすすめします」

「えっ、時間帯が決まっているんですか？　しかも今晩って……」

時計を見ると八時半を指していた。あと一時間後ではないか。

「はい。毎週木曜日の九時半に神様が現れます。今日はちょうど木曜日ですし、あなたにおすすめしたいと思いました」

時間だけではなく、曜日も重要なのか。そういえば、タイの占いは生年月日よりも生まれた曜日を

もとにしていると聞いたことがあった。

「あの、それはどこにあるんですか？」

果歩は所在地を尋ねることにした。簡易的な手書きのマップをウェイターは書いてくれた。

「ここから歩いて十分くらいのところにあります。では、気をつけて」

ウェイターが去った後、果歩はそのパワースポットについて携帯からグーグルで検索をしてみた。

バンコク。チットロム駅から徒歩五分、チットロムエリアのショッピングモール、セントラルワールド敷地内に祀られているプラ・トリムルティ。タイでは珍しい、ヒンドゥー教の神様。

ここは屈指のパワースポットで、しかも毎週木曜日の夜九時半にお祈りをすると効果が絶大になるという。その時間帯に、恋愛の神様が降りてくるからなのだと。祈りの内容は具体的であればあるほどいいらしい。

恋愛の神様……か。

果歩はランブータンのライチのような甘味のする果肉を口にすると出発の支度をはじめた。


午後九時二十分。

たどり着いた伊勢丹前。思っていた以上の人だかりだった。

週に一度、恋愛の神様が降臨するそれはそれは貴重な夜なのだ。主に若い女性でごった返している。

お線香の煙がもうもうとこのあたり一帯にたゆたい、息苦しくなりそうなくらいそのサンダルウッドの香りで充ちていた。

すでにもう祠の前でお祈りをささげている女性を目にする。中には地面に膝をついている女性も。

お参りをするのに必要なものである、赤いバラの花束、赤いお線香、赤いロウソクのセットを買うために露店には長蛇の列ができていた。その赤を手に手に、それだけでとても幸せそうなタイ人女性の笑い顔。

「七〇バーツ」

そう告げられて、果歩もお金を支払った。それと同時に赤いバラの束、赤いロウソク、赤い九本の線香のすべてが空っぽだった両手の中に転がり込んできた。なぜだか、ずしんと重たくも感じられる。

果歩は遠くにある祠のほうを見やってみた。ぱっとみたところでは、祠というよりはすっと背の高い、白い塔のようだ。その中に金箔の美しい微笑をはなつご神体が三位一体となって立っている。

ロウソクとお線香に火をくべるため、境内の灯籠にむかう。髪の毛が邪魔になって、急いでシュシュでひとつに束ねた。湿度の高い夜気と、人いきれの中、ロウソクに火を灯すという行為はなかなか骨が折れるものだった。

果歩は人におされながらも必死に灯籠へと腕をのばす。よし、とりあえずロウソクに火がついた。次はお線香だ。そう思いロウソクを右手から左手に持ちかえ、次は線香に火をつけるためもう一度手を伸ばす。花束は左の小脇に挟んでおくしかないので、非常にバランスの悪い格好になった。おでこに汗がにじんでくる。

う、なかなか火がつかない。

周りの女性たちもひっきりなし火をつけるため灯籠に線香を差し向けているのだ。それにこの九本もある束になった線香に火をつけるのはなかなか大変なのだ。

でも。

果歩はそこでふと思った。

―こんなに必死になっているけど、私はここで何を祈る？―

肝心な願いごとをずっとばしてきたことに気が付く。そうだ、私は好きな人さえもいないし、これからまた誰かと恋愛をする日がくるなんて想像もつかない。そこで修平と明美の顔が浮かんだ。

だってもう男なんて信じられない。男の感性だって全然わかんない。

―それに、誰かと両想いになっても楽しいのなんて束の間じゃないか―

果歩はふとそんなことが頭をよぎってしまったとたん、つくづくバカだ。こんなことを考えている時点でもう完全な敗北だ。一体私は何をやってるんだろう？　そう思った瞬間、

「あっ！」

果歩の左脇からバラの花束がばさっとそのまま地面に落ちてしまった。もう少しで九本全部のお線

香に火がつきそうなんだけど……。果歩が灯籠に腕を伸ばしながらも、落ちたバラを拾うか拾うまいか逡巡していると、後ろからすっと女性がでてきて屈んでその花束を拾い上げたのだった。

この女性のものだろうか、刹那、ミモザのような高貴な香りがふわっと漂った。

ワンショルダーのシフォンのミニドレスを着ている。華奢なヒールのアンクルストラップサンダル。背丈があって、手足がすらっと長くシルエットが細い。一七〇センチ近くあるんじゃないだろうか？

「ありがとうございます」

果歩がいうと、彼女の口元は微笑んでいた。サングラスをしている。髪の毛は腰近くまであるロングヘアだ。とても色が白い。

「日本から？」

透度の高い声。彼女は日本人だった。

「はい」

「みてみて、お線香、やっとついたみたいだよ」

彼女のその言葉と同時に線香に火がついた。そこで彼女はくすくすと笑いだした。

「ごめんね、だって、あなた、とても大変そうな体勢で火をつけてるから……おかしくて」

そこで果歩は、「あ」という形の口になると、恥ずかしくなった。ずっと、見られていたんだ。

どことなく不思議な感じがする女性だった。顔のほとんどは隠れているのに、それでも、とても美しい人であるに間違いないと思ったのだ。

彼女はそして、そのまま祠のほうへとむかっていった。彼女もひとりできているようだ。そのあとを追いかけたいと思った。そして聞いてみたいと思った。

—あなたはここで何を祈りますか？—

「あのっ、ちょっと待ってください、日本人のお姉さん！」

果歩はさっきホテルの部屋でウェイターをひきとめたみたいに、また大きな声を出す。今日はよく人を呼び止める日みたいだ。すると、彼女は立ち止まった。細い両脚がすっとひとところに立ち止まる。そこで果歩は急いで近づいた。

「スコールと重なっちゃったね」

彼女は呟いて夜空をみあげた。果歩も同じようにみあげると、確かに雨雲が夜空を覆い始めている。

「いそいで、はやくお供えしないと線香の火が消えちゃう。この国のスコールってすごいの」

彼女に言われるがまま果歩は持っていたすべてをみんなと同じようにお供えした。

彼女もその隣にバラをおいた。そこで頬に雨粒が落ちてきたのだった。するともう途端に雨脚が強まり、まるでシャワーのような勢いで降り注いできたのだった。凄まじい雨だ、けれども動揺しているのは果歩一人くらいのもので、参拝者は雨をしのごうとも傘をひろげようともせず相変わらずの様子だった。そこでやにわに彼女は、果歩の腕をそっとつかむとそのまま歩き出した。果歩はその手のひらの柔らかさに、何故だかドキッとしてしまう。相手は女性なのに、なんで？　と困惑する。

「みんなそれぞれにこうやって強くお祈りしているから、神様だって、間違うことがあるんじゃないかって心配したことない？　誰々さんと結婚できますようにとか、誰々くんと両想いになれますようにとか、毎回もう、世界各国から集まってくるたくさん、たくさんのお願い事をきかなくちゃならない」

彼女はそういいながら前に前にと進む。果歩は雨に濡れながらもだまってついていく。

「そのうえ、対象がころころ変わってしまったらもっと大変。あれ？　あなたは一年前は、山田くんと結婚したいってお願いしませんでしたか？　なのに今度は鈴木君なの？　とか」

果歩は面白くて笑う。

「そうですね、そんなことだったら、初めから祈るなって感じ。見分けがつかないもん、きっと……」

「でしょう？」

ややあって、

「だからね、私はいつも最前列で、誰とも間違われないように毎回似たような服を選んで着てここにきて、何年も何年もずっと、同じことをお祈りしてきたんだよ」

彼女はかき分けながら最前列へとあっという間に果歩を導いた。

果歩はさっきからずっと遠くから見ていた祠がこんな目の前にあることが意外にうれしかった。

「すごいですね。でも何年も何年もそんなに長い間ひとすじに……」

—それは一体、どんな状況のどんな恋なんだろう？　まるでピンとこない—だから、

「何年もの間、片想いなんですか？」

果歩はたずねた。

「きっと両想い。だけど、今は離れ離れ。それだけのこと」

美しいその人はそう答えた。果歩はあ、なるほど、と思った。きっと仕事の関係で彼女は日本にいる恋人と、

「遠距離恋愛ですね？」

すると美しい人は首をふった。

「そうゆうのじゃない。だけどね、そんなこともどうでもいいの。とにかく、あの人だけが、私の運命の人だから」

タイの美女ははっきりとそういった。果歩はもう既にちんぷんかんぷんだった。

「運命の人？」

「そうだよ。だって、私はあの人から、運命をおもいっきり変えられたの」

果歩は黙り込む。

「だからね、あの人にとっても、私は運命の人なの」

果歩はそこで、二の句がつげなくなった。あんまり浸透していないような常識を、自明の理のようにすらすらと話すから聞き手として奇妙なものを感じるのだ。

この感覚は一体なんだろう？

非日常的なもの。夜のシャワー、光る祠、線香の煙、赤いバラ、そして彼女という人間、この図式そのものがあまりにもこれまでの自分の生活からかけ離れすぎているのだ。普通ではない、得体のしれない、未知のものに出会ったような違和感を覚えたのだった。

そこで彼女はサングラスを外すと続ける。

「ほら、もうすぐ九時半になっちゃうよ、私の願いなんてどうでもいいから、あなたはまず自分のお祈りをしないと、さあどうぞ」

振り向いた。果歩は、はじめて彼女の顔を視認した。驚いてしまった。息をのんで見つめてしまうほどの、美しく整った顔立ちをしていた。しかも、この女性はまるで化粧をしていないんじゃないだろうか。果歩が常に憧れている、ナチュラルメイクだ。

「どうかした？」

「いえ」

果歩は途端に照れてしまって、なんだか恥ずかしくなる。いままで逢ったお客さんや知り合いの中でもこんなにきれいな人を見たのは初めてだ。けれども彼女はまったく果歩のそんな様子にも取り合わずに続ける。

「あなた、いかにも競争が苦手っていうか、人にぜんぶ譲っちゃうような感じで、線香にも火をつけられないで戸惑っているんだもの。だから神様がちゃんとわかるように、一番前にひっぱってきたんだよ、さあはやく」

彼女はそういってまた、微笑んだ。そうはいわれても、もう果歩はすっかり彼女に圧倒されてしまったからなのか、もう何も浮かんでこないのだった。

「それが、もうそんな願いとかないんです。私みたいな女が何を願ったってきっと……」

果歩は照れからなのか、本心なのかよくわからないけど、そんなことをいってしまった。すると彼女は小さく笑いだした。

「自分の胸に手をあてて、よおく思い出してみて。本当の願いを。きっと今は心が忙しくて、忘れているだけだから」

忘れているだけ？　果歩はその言葉を反芻した。


そして、ついに時刻は九時半をまわった。

隣の彼女は祈りはじめた。瞳をとじて、両手の指を絡ませて強く握って。それはとても神々しい姿だった。だから果歩はこう願った。

─私の心が忙しくて忘れている願いを、はやく思いだすことができますように─

そう願って見上げた。

きっと思い出させてあげる。

そんな声が返ってきたかのような神秘の空間。

たっぷりと湿り気を含んだ夜気に、祠の中から漏れる金箔の光が、滲んで揺れているように見えた。

後悔を後悔で終わらせられる以上、それは本物の後悔ではない

たとえばそこが天国と呼ばれる国でも、もしくは楽園といわれる国でも、ここ、微笑みの国といわれる外国でも。

どこの国へ行こうとも共通点があった。それは必ず夜が訪れるということ、その夜はそこはかとなく暗いものであるということだ。


哲史はバンコク都にあるゲストハウスの一室にいた。二段ベッドが二つあるドミトリーではなく、個室をとった。壁は汚れている。エントランス付近にあった広い庭では、ここで仲良くなったかのような男女が何組か笑いながら語らい合っていた。レッドシダーの木製ベンチに腰をかけたり、立ちあがったり、とにかくそのベンチをとりかこむようにして。

あまり光がささない、とても狭いこの一室。隅にはあちこちむき出しの配管が目立つ。風呂はないがホットシャワーがついている。タイルの上に、どこからか漏れている水がぽとりぽとりと落ちてはりつく。それが聴こえてくる。

ベッドのシーツは漂白しても落ちないような薄いしみがついていて、その上、のりがきいていてとても硬かった。安っぽいワイシャツのようだ。哲史は白い綿のカバーの枕をつかむとクッションのようにして脇にはさんだ。

ベッドサイドのキャビネットに置きっぱなしだったアイフォーンを手にするとフェイスブックのア

イコンをタップする。

フェイスブック上の玲子の記事はあれからも更新されていない。

玲子は今、誰とどこで何をしているんだろう?

けれども、この国のどこかに玲子がいるということ。その厳然たる事実のおかげからか、日本にいるときに常に感じていた心細さだけは消えていた。玲子と離れている距離の多さという恐怖からだけは逃れられている自分に気が付く。二人の間にはせめて、もう、時差は存在しないということになるのだ。

そして、俺という人間はここから何をどうするつもりなのだろう。どんなやり方を選ぶつもりだろう。一体どういう手段をつかって玲子に辿りつくつもりでいるのだろう。何の目処もない、約束もない、そんな中でどうやって十一年ぶりの邂逅を果たそうとしているのだろう。まるで他人事のように、哲史は漠然とそんなことを考えていた。

携帯電話は二台持っている。一台は日本にいたころに使っていたもので出国する時に解約をした。ただ捨てる場所に困って持ってきた。もう一台は出国する前に契約したものだ。この新しい方の番号は誰にも教えていないので誰からもかかってくることはない。両親からも、同僚からも、妻だった人である川上春菜からも。

誰も自分の居場所をつきとめることはできないし、つきとめようともしないだろう。この解放感を得るために長い下準備をしてきたのだ。やっと一人になることができた。心を乱すものが何もない。思う存分に玲子のことだけを考えていられる。思っていられる。玲子という理想、玲子という夢。それを汚す現実に向き合う必要がない。理想と現実の差に落胆させられることが少なくともここには何もない。

それは、とても幸せなことだった。タイにきて一日目にして、哲史は体中に沈潜していたものが霧散していくのがわかる。

ただここに静かに息をして生きているだけで、こんなにも落ち着きはらえるのは何故なのだろう。空腹も忘れていられるせいか、哲史は朝から何も口にしていないのだった。

生きているだけで幸せ、という境地はつまり、よほど長い生き地獄の中にいた人間だけがたどり着ける至福のことなのかもしれない。

もっともっともっとはやくに、こうしていればよかった。何もかも捨てて、思ったように行動すればよかった。我慢なんてするべきではなかった。

愛情のかけらもない、好きでもない人間と時間を共にすることがどれだけの苦痛であるか、精神を蝕むものになるのか、嫌いな場所にいなければならないということがどれだけ人の心を追いつめるものになるのか哲史は知り尽くした。

そもそもが、玲子と別れたことが運の尽きだった。十一年前の雨がふる夜。稲瀬玲子と別れてから。玲子と別れたあとの転落、ひどい惨劇は、おそらく玲子を手離した自分への罰に違いない。そう思えるほどの。

玲子、きみはどう思うかい？　僕ははっきりと思っている。僕らは離れてはいけなかったのだ、と。稲瀬玲子は大学時代に付き合っていた恋人だった。けれどもその恋愛は六年目に不本意な形で終った。嫌いになったわけではなかった。愛が覚めたわけでもなかった。むしろ愛しすぎた故の喧嘩、すれ違いのせいだったのだと今となってははっきりわかるのだった。

玲子を愛しすぎたゆえの反動。その後の人生は、その反動形成だった。玲子を忘れるために、違う人間になるのに必死だった。けっして忘れられるはずがないのに、なんとか忘れられる未来を心底望んでいた。若かったからそれが可能だと思えたんだろう。玲子と付き合っているころを想起させるものならなんでもやめた。趣味も聴いていた音楽も好きだった映画も、たずさわっていた仕事さえも。見ていた夢も見ないようにした。けれどもそんななし崩し的なものがいつまでも続くわけがないというのを知った。それだって、そのずっとずっと後の話だけれど。

あきらめられる夢などがこの世界に存在するのだろうか。夢をあきらめるという表現はそもそも絶対的に矛盾しているのではないか。なぜならあきらめられる夢というのは、そもそも夢ではないからだ。単に本人が夢だと思い込んでいたものにすぎない。

見ていた夢を、見ている夢を、見ないようにすることは人間には、できない。なぜなら人類の特徴はこの大きな記憶力と想像力にあるからだ。人間を人間たらしめている理由といっていい。

そんな当たり前のことに気がつくのに哲史は長い時間が必要だった。

玲子と別れてほどなくして、哲史はふと結婚をしようと思った。玲子とはタイプのまったく違うような女と日常を共にすることが一番玲子を忘れられることなのではないだろうか、とにかく誰かと結婚をすれば玲子のことを少しでも忘れられるかもしれないと哲史は当時本気で思ったのだった。

もう引き返せないところまでいけば、あきらめがつくのではないか、玲子への思いはそれ以上深くなることはないのではないか。

新しい世界、新しい人間と、新しい記憶をはぐくみ上塗りすることで、まったく別の三武哲史として生き始めることができるのではないか。

だけど答えは違った。

そんな日が来ることはなかったし、玲子への思いの深度は浅くなり次第に消えてゆくどころか先に重石をつけたかのようにひっぱられ深まっていくだけだった。

時間が過ぎれば忘れられるというのは嘘だ。時間が過ぎれば過ぎるほど、風化すればするほど、雨曝しにさらされるほど、そんな中だからこそ、磨き抜かれて残っていくこの確固たる記憶や夢だけが残ってしまう。どんなに嫌でもおそろしくても、不可避的に歴然とそこに残ってしまう。

夢をあきらめるという表現はそもそも絶対的に矛盾しているのと同じように、自分が自分でいることをやめる、という表現もそもそも絶対的に矛盾しているのだ。やめることができる自分というのは、本来の自分ではないのだ。


アイフォーンのアイコンをクリックする。フェイスブックをタップする。検索窓に「稲瀬玲子」と入力する。玲子が楽しそうに象に乗っている写真のウォールが現れる。

稲瀬玲子がフェイスブックを始めたのは二〇一〇年になっている。四年分の記事がここにはあるが、玲子が記事を投稿する頻度はけして多くなかった。

多いときでも月に三度が最多だった。少ない情報ではあるがちりもつもれば山だ。

総ざらいのようにして記事の順番まで哲史はぱっと思い浮かべることだってできる。哲史は毎晩毎日、玲子の記事を読んできた。新しい記事も古い記事も均等に毎日だ。

目に焼き付けるように、記憶に焼き付けるように。だから、順を追って総ざらいのようにして記事の順番まで哲史はぱっと思い浮かべることができる。

二十九歳の誕生日に三つ目のピアスをあけた記念の笑顔の写真。昔は酒なんて飲めなかったのに今ではお酒が大好きなこと。ドレッド屋で働くタイ人の女性と懇意にしていることも、象が好きで曲芸ショーを見に行ったり、象乗りを体験していること。ドラゴンフルーツに目がないこと。玲子がパタヤまで出向くときはいつもスパを満喫していたこと。

二〇一一年三月、そのころすでにタイに移住していた玲子は十一日付で「日本の友達が心配で眠れない」と投稿している。

同じく二〇一一年七月にタイは洪水被害に見舞われた。その直後、玲子はなのに、冠水しているアユタヤ遺跡観光地の写真、その一帯をカヌーの上から撮ったであろう写真を何枚か投稿していた。

記事以外のもっと細かいことを挙げるならば、何に「いいね！」をしているか、ということまで哲史はそらんじることができる。

どんな映画が好きで、どんなミュージシャンが好きで、どんな飲食店が好きで。

玲子が本格的にタイに移住した時期も、いまだに「独身」であることも。宗教・信仰の欄ではどういうわけか「木曜日はお酒に近づかない・遊ばない」それから、これだけ長くフェイスブックをしているのに友達はずっと今年まで三人だけしかつくっていなかった。

しかもすべてが女性だった。

けれども今年に入ってから玲子には初めて男性の友達ができた。その男は、玲子がふと立ち寄ったクラブで働いている日本人男性だった。その男のページに移動してみたものの、記事はほとんど友達限定に設定されているようで写真が二枚でてきたきりだ。お団子をしている、後頭部の写真がアイコンだ。
確かに最近、玲子はこのクラブによく出入りしている。『ＲＯＣＫＥＴ』
つまりそのクラブまで足を運び続ければ遅かれ早かれ玲子に逢えるかもしれないのだ。

フェイスブック上では一人でお酒と音楽を楽しんでいるかのような投稿でも、もしかすると常に恋人と一緒にいるのかもしれない。

プロフィールに「独身」だとは書いていても嘘である可能性ももちろんある。哲史と逢ったところで、何をいまさらと、話してもくれないかもしれない。最悪の場合、現実の玲子は自分の顔すらもう覚えていないかもしれない。

瑣末なことでこうやって思いめぐらしているけれども、このくらいのことは何度も想定してきたことであるし、どんな最悪なことになろうとも、それは哲史にとっての最悪ではないのだった。

もう一度あなたに会うことができないこと。

これ以上の最悪な状況などどこにもないということを哲史はとっくに知りえていた。

玲子はあれから、とても幸せになっているのだろうと思ったりもした。哲史のような男との過去などすっかり忘れて、哲史が与えることができなかった幸せをじゅうぶんに堪能して、そうまるで、蝶のようにひらひらと生き生きと。

けれども、海や川のうつっている夜景の写真を投稿するときはきまって淋しそうな言葉を載せていること。たとえば、こんなことだ。

「今日はもう何やってもだめだな」とか「タイは酒税が安いというのをいいことに最近ではひとりで歩きながら飲んだり、ひとりで宅飲みしています」

哲史は玲子がそんな記事をあげるたびに、引き裂かれるような思いにからめとられてきた。

「タイムマシーンがあったら、一九九九年に帰りたい」

一九九九年。

その年号が玲子から放たれたその日。哲史は泣いたことを覚えている。

年甲斐もなく、子供のように、子供が母親を求めるかのように。

そう、いつだって自分は玲子のことばかりを考えている。

哲史はそこでショルダーバッグから薬をとりだした。部屋に冷蔵庫があるので、そこにしまおうと思った。自律神経調整剤、精神安定剤、睡眠導入剤にビタミン剤。

哲史はふっと笑ってしまう。この薬をみたら玲子はなんていうだろうか？

「哲史、あなたっておかしいわ。だからいったでしょ？　私がいなければだめだって」

そういって笑うだろうか？　笑って何もかも赦してくれるだろうか？　赦して抱きしめてくれるだろうか？　木曜日。今日、アルコールを絶っている玲子。

哲史は、今日はこのゲストハウスの一室でじっとしていようと思った。暗い小部屋に黙って隠れていようと思った。

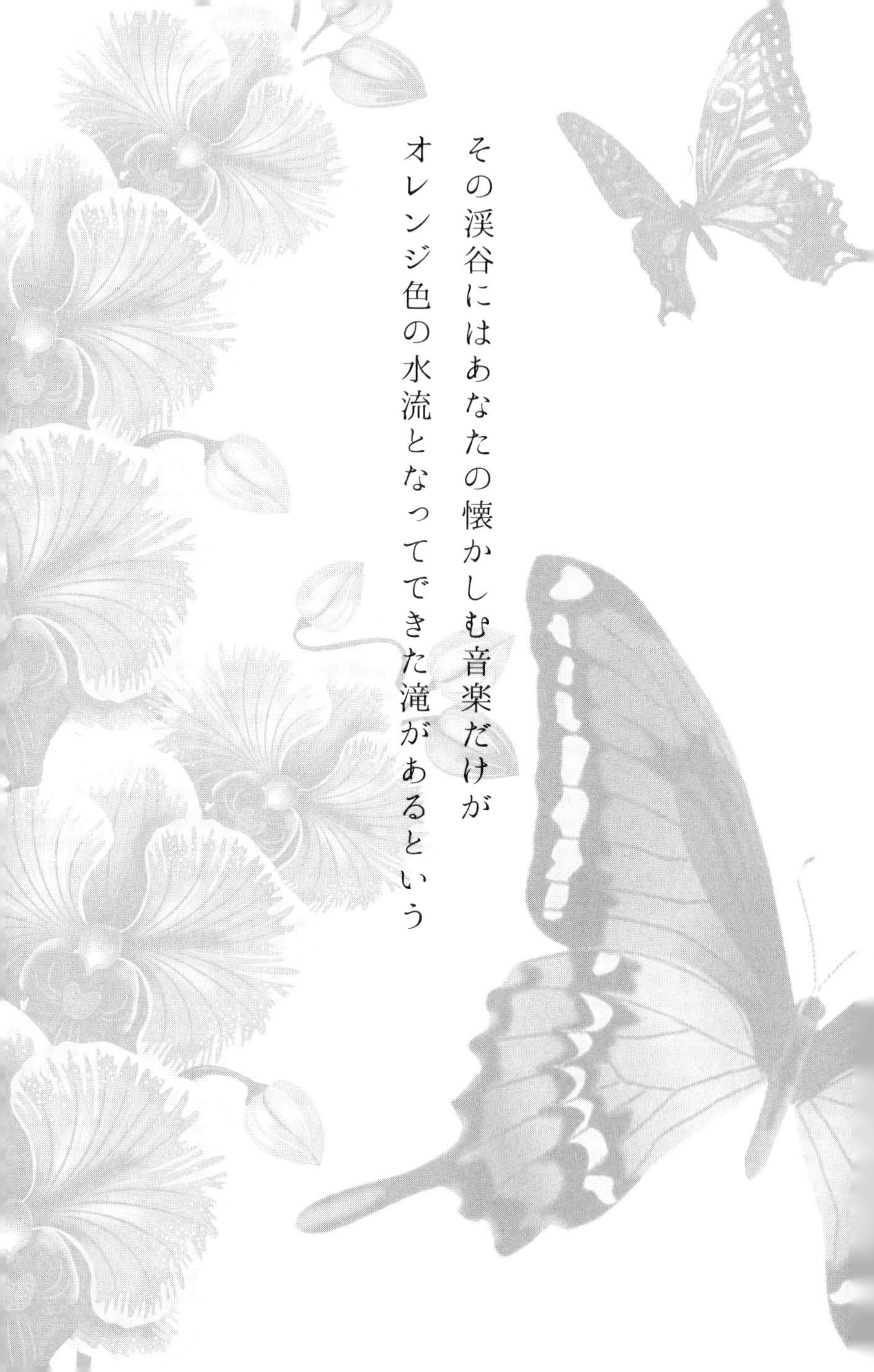

その渓谷にはあなたの懐かしむ音楽だけが
オレンジ色の水流となってできた滝があるという

木曜日の恋愛の神様の前で、先ほど出逢ったばかりのその美しい日本人女性は「玲子」と名乗った。玲子の情報はそれだけだったけど、果歩の方は短時間の間にほとんど自分自身の情報を玲子にさらしてしまった。まるで本名、生年月日、住所、職歴から既往歴から男性遍歴すべてを一枚の問診票に書いて玲子に提出してしまったかのように。

特に玲子にうちとけたわけでも心をひらいたわけでもなかった。聞いて欲しかったのだ。生まれて初めての一人旅に出てはみたものの、何故だか心細くなるほど淋しい気持ちになったことを。

そこで玲子は、

「旅は道づれ。果歩ちゃんを、素敵なクラブに案内するわ」

といった。そのクラブはカオサンロードにあるのだという。

「クラブってあの、シンセサイザーとかを大音量でこう、有名なDJとかがキュイッとか、ヒューンとかいう音を出しながら、大きなフロアでみんなノリノリで、レーザー光線とかカラフルで、盛大なパーティーをやっているとこですよね？」

いいながら果歩は左耳と左肩の間でヘッドフォンを挟みこみながら、右手でレコードをまわすスクラッチのジェスチャーをしてみせた。

「残念だけど、これから行くクラブはその手のクラブじゃないのよ。そんなのがよかった？　そういったクラブだったら、ＴＨＥ　ＣＬＵＢとかＲＣＡとかＲＯＵＴＥ66とか他にもたくさんあるけど…？

うーん、そうね……」

玲子は手繰り寄せるように考え始めたので、

「いえ、いいんです！　玲子さんのおススメだったらどんなクラブでもぜんぜん」

雨上がり。さっきのスコールはぴたりとなりをひそめていた。


カオサン通りはアジア有数の安宿街。

世界各国の旅人が集まることから「バックパッカーの聖地」として名を馳せ、世界中のバックパッカーから崇められている場所でもあった。三百メートルほどのこの通りには、欧米人、ロシア人、中国系の人、カンボジア人にベトナム人、多国籍の人々がひしめき合い、密集しながら歩いている。

通りの両脇には埋め尽くすように、たくさんの店が軒を連ねている。電柱、電線が乱れ雑多に入り組みながら続いている。驚くほどの電光看板の多さ。

ゲストハウス、ネットカフェ、旅行代理店、マック、セブンイレブン、ケンタッキー、マッサージ屋、おしゃれなレストラン、ディスコ、バー、お土産屋さん、Tシャツ屋さん。通り沿いにはオープンテラスのカフェ、屋台。

何を売っているのだろうとそこをのぞいてみれば、ケバブや果物、パッタイというタイ風焼きそば、アクセサリー、食用の虫、タイ風の甘いミルクティー。

大音量で音楽を流す店がたくさんあってか、どこまでいっても音楽はなりやまない。

このテンション、賑わい。そう、これはあれだ。日本でいう――縁日――だ。

「すごい熱気ですね」

「もうちょっとで見えてくるよ」


ディープブルーのペンキで塗り込められた外壁の小さな箱。その周りには棕櫚の木、ヘゴの木、アレカヤシなどの木が並んでいる。

ワット数の高いひときわ明るくライトアップされたクリーム色の看板、そこには外壁と同じディープブルーで「ROCKET」と記されている。

イーゼルのブラックボードには南国をイメージしたかのようなポップでカラフルなチョークアートが描かれていた。そのすぐ横にたてかけられているギターにも同じように。

店先には木製のベンチや野外席のための虹色を模したような色のパラソルがいくつかあって、どの席にも人が座ってドリンクを飲んでいた。踊りあぶれた人っていうんだろうか。

「サーズデイナイト！　今日はレゲエのイベントって書いてますね」

果歩がそういうと、

「レゲエ……？」

そこで、玲子が不思議そうな顔をした。

「どうかしました？」

「この店でレゲエが流れるなんて知らなかったから」

「木曜日の夜しかレゲエが流れない、とかじゃないですか」

果歩がそういうと、玲子はそばにあったチラシケースからフライヤーなるものを手にとった。その時、フライヤーと一緒に大きなヤモリが俊敏な動きで這い出てきた。果歩は驚いたけれど、玲子はまったくの知らん顔。

「バンドの生演奏とか、タイ楽器のセッションとか、せっかくだからそんなのを満喫してもらおうと思ったのに」

玲子はそういいながらも、じっとそしてフライヤーに載っているタイ語と英語の文言を読んでいる。

「私、レゲエ好きですから。構いませんよ？　ほんとに」

「あ、これこれ、ちゃんと書いてる。ここの店、毎週木曜日がレゲエイベントだったんだ。どうりで知らないわけだよね。だって、木曜日は毎週神様にお祈りしたあと、この界隈には近寄りもせず、まっすぐ家に帰ってたの。木曜日は禁酒デイ」

玲子はいった。

「木曜日だけ禁酒って、まさか、理由はさっきの恋愛の神様ですか⁉　戒律みたいなもの？」

宗教によって食べ物、飲み物には厳格な規律がある。この曜日はお酒を飲んではいけないとか、豚肉を食べちゃいけないとか、エビを食べてはいけない、この期間は断食しないといけないとか、コーヒーを飲むことだっていけないとか。だから果歩は本当にまさかと思いながらきいた。

「そうだね、でも、今日はもういいの。ちょっとくらい飲んでも、神様だって大目にみてくれるよね」

「そんなにいい加減で大丈夫なんですかね？」

果歩がそういうと、二人は笑い合った。

ドアを挟んで向こうから、レゲエ特有のギターのカッティング音や、パーカッションが聴こえてくる。鳴り響いている。

「あとで紹介するけど、ここには私の知人である日本人男性がいるのよ」

玲子はそういいながら大きなドアを手前にひく。扉が開いたと同時に音の熱気がとびだしてきた。と思ったらふたたび玲子はドアを押し戻した。

「どうしました？」

果歩が玲子にそうきくと、

「しまった、忘れてた」

玲子は口元にわざとらしく掌をあてた。

「忘れ物ですか？」

果歩がきょとんとして尋ねると、玲子は口角をあげたまま、大げさに首を大きく横に振った。とてももったいぶるかのような仕草、だ。

この女性の動きはまるで女優のそれだと果歩は思った。なんていえばいいのだろう、常に他者の目、カメラを意識しているというのだろうか。意識することが当たり前すぎるほど自然に染みついているのだ。

つまりこの人の近くにいると、自分も飛び入り参加でその絶え間なくまわっているカメラで撮影されているような気になる。一緒の舞台に立って、登場人物の一人になっているみたいに。ぱっとしない自分の単調な人生にも一緒にスポットライトがあたっているような気がする、そう、ここが映画のワンシーンみたいに。

そばにいるだけで周りの人をそんな気分にさせるなんて、すごい魅力、そう果歩が思っていた矢先、

「手が早いの。果歩ちゃん、気をつけてね」

だから、玲子が何のことを言ったのかすぐにわからなかった。

「気をつけてって……あ、その日本人男性のことですか？」

「そうそう。果歩ちゃんみたいな可愛い娘はとくに狙われる。でも、狙われただけでは恋は成立しないでしょ？　だから一番危険なことは、一番気をつけないといけないことは、その……」

「もう、玲子さん、なんでそんなもったいぶって話すんですか？」

果歩は店の前で話し込むよりもはやく店の中に入りたい。喉がかわいているし、むし暑いし、蚊にさされるし。デング熱に要注意。

「悪い男に気をつけろなんて、いくら私がいったところで意味がないよね。じゃあ、行きましょうか」

「玲子さん⁉　さっき私が話したことおぼえてますよね？　もうこりごりなんですよ、恋愛とか。私は失恋したばかりで、ボロボロになって傷心旅行にきてるってこれだけ言ってますよね、まるで不幸自慢みたいに……！」

玲子は果歩の叫びを聞いているのかいないのか、ドアをそおっと引いた。そして果歩の手のひらを引っ張って進み始めた。薄暗い通路を進む。サウンドロックというスペースを。

「悪い男っていうなら、もうそんな男は願い下げ！　まじでうんざり……っていうか、この世の中にいい男なんてそもそも存在するんでしょうかね？　それさえ疑いたくなる」

既視感。これはさっき、祠の前に連れて行ってもらったときとシンクロする。私の手を導いて誘い出す。

この美しい女性は私をどこにつれていこうとしてるんだろう？

玲子に背中をおされて果歩は光が乱れ飛ぶ店内へ、カーペットにつま先をふみいれた。

光が乱れ飛ぶ。店内は大音量で地面が割れそうだった。まるで満員電車のなかにいるかのようだ。

そこで果歩は頭上のスポットライトをたどりながら、ステージの方、ブースの中、リズムに乗っているように小気味よく揺れている背の高い男性がすぐに目についた。うつむきながら、首元にヘッドフォンをぶらさげて、ターンテーブルをまわし続けている。

この大音量はあそこから、彼の手元から放たれていたんだ。うつむいているから、面立ちははっきりわからないけれど、とても形のいい輪郭、骨格をしていることがわかった。無駄なものが何もない。黄色の半そでシャツ、そこからはタトゥーをしている腕がとても目立って見える。

オレンジ。

そう、彼の周りはオレンジ色のライトが無数に、繊細に、多く小さくちかちかと明滅していた。あでやかで派手ですべてをはじいてしまうような力強さ。

彼は顔をあげると客席のほうを見据えた。まるで刃物みたいに、するどい視線を放つ人だ。

気がつくと果歩は、言葉を放つ間もなく、ステージの中のその男の人をずっとみつめてしまっていたことに気がつく。

立ちふるまいも素敵で、流れてくる音楽も懐かしい。

ここにいたら、夜であるのに、日が差しているみたい。炎天下、太陽の下をゆっくりと歩いているみたいになる。そんな音楽だ。果歩はその音を浴びながら、幼い記憶の片隅のシーンがおきあがってきた。

父親がいっていた、果歩、おてんとさまは見ているんだから。

そういった父親が指さしていたものは、そう、それはいつも太陽の方向だった。

空をゆびさして、果歩、おてんとさまはみてるからなって、そういっていた。

そうか、おてんとさまは、つまり太陽のこと？

―う、てか、なんでこんなとこで、お父さんのこととか思いだしてんだろ―

「玲子さん？　あの人がその日本人男性？」

果歩は思わず、そういった。

「そうよ。龍祐くんっていうの。歳は果歩ちゃんと変わらないか、龍くんが一つうえくらいかな。ね？素敵な人でしょう？」

玲子さんはそういって、果歩に微笑みかけた。はい、小さく応えてつづけて、

「なんだか、おひさまみたいですね」

果歩は声に出していた。


チャン・ビールという象さんが向き合った絵のラベルが貼られた瓶ビールを飲み、テーブルにひじをつきながら立っていると、プレイを終えた彼は、龍祐はこっちにやってきた。

「おー、いらっしゃい。めっずらしい、初めてじゃない？　木曜日に来たのって」

まるで日本での居酒屋のにーちゃんのノリだった。

「こちらが龍祐くんです。で、彼女は中村果歩ちゃん」

「果歩ちゃん？　あ、ようこそ、アメージングタイランドへ」

そこで笑い顔をした。爽やかで、屈託のない笑顔をもっている人だった。


ステージに立っていた時の刃物みたいに鋭い瞳はもう影も形もなかった。

普段はものすごくノリがいいお兄ちゃんって感じがする。よく、学生時代に、うちの学校でイケてる男子生徒を五人くらい挙げてみようって話になった時に、誰だと思う？　みたいになって、毎回そのうちの一人に入っていそうなタイプ。はっきりして整った面立ち、バスケもうまくやれるし、サッカーもうまくやれるし、バンドを組んでいたり、でも、成績は中の下くらいな。つまり、この人絶対遊んでる。果歩はそう思った。

「果歩ちゃん、かわいーね」

そう龍祐がいったときに、ほらきたと果歩は思った。だから、適当に返した。

「龍祐さんもかっこいいですね」

と。

でも、その時だった。こっちに近づいてきた龍祐が果歩に差し出した握手の手、そこから、とてもいい香りがした。

なんだろう、この香りは。香水とかじゃなくて、ものすごく懐かしい匂い。

雨の匂い？　違う、雨のあとの太陽。ふりそそいでくる、おひさまの匂い。何かに守られているかのような、陽だまりの匂い。

現実で起きていることと、
想像の中で起きていることの違いは何なのか？
被害者と加害者が同一人物であるという論理は
この時代だから構築されることなのか？

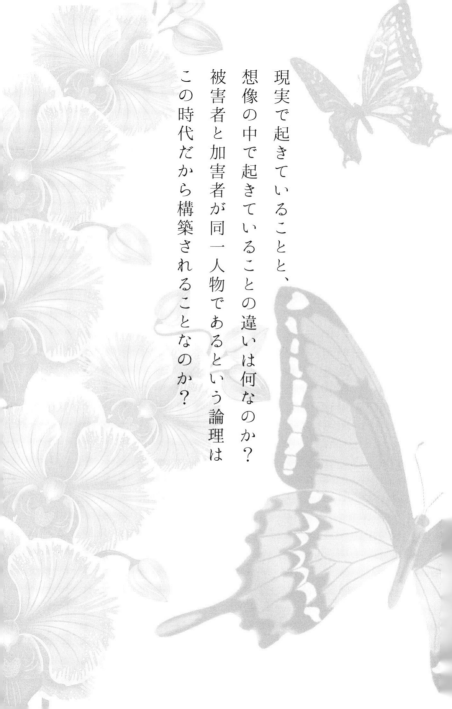

七月二十三日、木曜日の夕方。引き続き三武春菜から予約の電話が入った。七月二十五日土曜日の午前十時にとのことだった。それから佐野さんに託で、三武哲史は依然と姿をけしたまま音沙汰がない、会社のほうにも連絡は一切ない、三武哲史のご両親にきいてもわからないままであった。両親は離婚届けの保証人になっただけで、そのあとは一切息子の様子を知らないし、ごめんなさいね、あの子は昔から突拍子もないことをする子だったの、と言われたそうだ。

夜の二十二時を過ぎたところで弁護士は近くの松屋に行って、テイクアウトしてきたばかりの牛丼を一人淋しく事務所で食べているところだった。作業をするには自宅であるよりも事務所の机の方が断然捗るから、帰宅が零時を過ぎることはしょっちゅうだった。

ある程度お腹が膨れたところで、いよいよ本日のノルマに戻る。前回相談をうけたときに三武春菜が持ってきた分厚い冊子というか小説というか恐ろしいノートというかそれをもう一度読まないといけない、ということである。

一度は目を通したけれど内容の意味がさっぱりわからなかった。読解力、解読力には自信があった方だけど砕かれた。時間を置いてもう一度読めばと思ったけれどそれでもよくわからない。またしばらく間を置いた方がいい気がして、頭の隅に寝かせておこうと思っていた矢先に、三武春菜から夕方に予約の電話を受けたからには、せめて二十五日のその日に春菜と向き合えるようになんとか頭に入れておかねばならないだろう。

確かにこれ一冊では恋愛観もへったくれもないし、三武哲史と関連するその女性についての情報がここの中に到底あるとは思えない。つまり、いくら読んでみたとしても戦略外で徒労に終わってしまうのではという気もないわけじゃない。

しかし、とりたてて事件性はなく、たんなる離婚問題のこじれ話といってしまえばそうであるのに、弁護士は何故だかこの三武哲史という人物に興味が湧いていた。

「世界が終るその前にどうしても見つけ出さなければならない女がいる」

そんなロマンチックなJ‐POPの歌詞のようなセリフをひとこと吐いてどこかに出て行ってしまう男が、今の日本にどのくらいいるだろう？　なんて本気で考えてしまった。

そこでガタガタガタンッと物音がして弁護士は震えあがった。誰もいないこんな遅い時間の事務所に誰がいるのか！

コンコン、と音がした。

「は、はい？」

弁護士がいうと、先生、私です佐野です、といってドアがあいた。確かに佐野さんだった。

「ごめんなさい、驚かせるつもりはなかったんです。忘れものをしただけで」

「いや、いいんだよ。遅くにお疲れ様でしたね」

「はい。あっ、食事中ですか？」

佐野さんはそういって、またどこかへ行ってしまった。どうやら給湯室に行っているらしい。蛇口をひねる音、ガスコンロに点火する音が聞こえる。ややあって、失礼します、と佐野さんはまた戻ってきた。

佐野さんはお茶を淹れてきたらしい。職務時間外なのに気を遣っていただいてすまないねぇ、いえいえ、先生も遅い時間まで大変ですね、などのやりとり。弁護士はお茶に口をつけると、

「これは知覧茶だね」

「ええ、先生が出張先の鹿児島で買ってきたお茶を淹れてきました」

事務員の佐野さんは雨の日も風の日も一度も欠勤することなく仕事を勤め上げてくれた。とても有能で頼りがいのある人だ。齢は四十を過ぎた既婚女性。

「先生？　お仕事……じゃないの？　読書？」

佐野さんはそうやってノートを手にとる。

「まあ、すごいタイトル。しかも、中、びっしりですね。あ、これが例の離婚問題ですね、ひとつも証拠がないっていう」

佐野さんはノートに目を通す。タイトルがたくさん。タイトルに凝られているんですかね、タイトルが表題みたいな感じがしますね。といいながら。

「手掛かりはこの脚本だけしかないんだ。犯人は現場にこれだけをおいて消えたんだ！」

弁護士がそういってみたところで、佐野さんは、

「それだけを置いて？　まあなんて、ご親切な犯人だこと！」

なーんてね、といって佐野さんは笑う。弁護士はそこでハタと止まる。

「わざと？」

「あたりまえじゃないですか。絶対に現場に手掛かりを残さないように細心の注意をはらうのが基本中の基本」

「ということは、このノートには絶対証拠がないってことか」

弁護士は落胆する。

「そうですね、ドジをやらかして忘れちゃって現場にどうしても取りに行けない状態。それか、意図的に現場を攪乱させるため。でないと、ふつうそんなものを置いていきますかね？　残していくんじゃなくて残ってしまうものは避けられないと思いますよ？　たとえば、現場に落ちている髪の毛だとか指紋とか。生身の人間だったら必ず足跡とか。幽霊じゃない限りは」

佐野さんは平然と続ける。確かにそうだ。

三武哲史がぬかりなく証拠を残さないようにしていたとしたら、そんなケアレスミスはしない。そこで何かがひっかかり、弁護士は席を立つと三武春菜のファイルを探し始める。佐野さんは相性が合っ

たのか惹きこまれるかのようにノートを読んでいる。

前回話した内容で、不貞の証拠も、証拠の証拠もみあたらなかった。電話帳に女性の登録ゼロ、三武哲史をググっても昔の脚本活動のずいぶん古い記事がちらほらあるだけでブログもツイッターもホームページもなし、自宅のパソコンにいたっては――

「でもこれって、どちらかというと加害者の証拠というよりは、被害者の方の、なんでしたっけ、あれ、そう、ダイイングメッセージみたい。だって悲壮感がただよっていて」

佐野さんはノートを見ながら、弁護士に語りかける。けれども弁護士は佐野さんのいっていることを右耳でだけ聞きながら、ファイルの内容を確認している。

「ダイイングメッセージなわけないじゃないか、この人は加害者で被害者ではない。被害者はうちの依頼人の三武春菜さんです」

「自分が今にも死にそうでその前に愛する恋人にむけて必死に訴えかけているというか……たとえばここなんかそう。ねえ、先生聞いてくださいよ。ここちゃんと読みましたか？」

佐野さんも弁護士が聞いていようがいまいがお構いなしといったふうに話し続ける。

自宅のパソコンにいたってはフェイスブックだけ、しかもログインしたままの偽名アカウント一つきり見つかっただけで他には何も……。だって現場の人間が誰でもログインできる偽名アカウントに何の意味が……？

お願いだ、ガラシャ。だからどうか、別の人にはならないでくれ。時の流れに惑わされ、いろんな苦しみに心が折れてもどうか、君であることをやめないでくれ。僕は君がそうなったとき、君が別の人になってしまったとき、つまりすべての幸福を失うのだから。

「いいですね、私、こういうの好き」

ノストラ・ダムス。この偽アカウントを三武哲史がわざと残していたという可能性。

誰でもログインできるアカウントを残すことによって、フェイスブックは何も関係ないんだよと主張する意味。

俺は確かにフェイスブックをやっている、やっていても、ほらね、ここには何の証拠もないんだよと主張する意味。

そこでパキという電子音、携帯が音をたてた。どうやら佐野さんの旦那さまからのＬＩＮＥだったらしい。

「まだ帰ってこないのかー、ビールがなくなったから買ってきてくれーだって。ほんとにこの人めんどくさい。忘れものをとりに行っている時くらいゆっくりさせてくれたっていいじゃない。小説くらいゆっくり読ませてよ」

佐野さんはそうぶつぶつといいだした。

「佐野さん、あなたも旦那さまから逃れて、ふっとどこか遠くへいきたい時があるかい？」

「はい。もう、いっつもそう思っています」

そんなバカな。まったくそうは見えなかった。

「だけどそれを行動に移せるだけの勇気も知恵も希望もないってだけ」

「行動に移す。行動ねぇ」

「だって思っているだけではダメでしょう？　思っていても遠くへなんて行けませんから。最近モロッコに行きたいなって思うんです。そう思ってガイドブックを買って読んだりしていると、もう私の頭の中はモロッコにいますよ？　けれども現実に私がいるのはこのしがない日本の法律事務所」

「しがないってあんた」

「あ、すみませんっ」

けれども、と弁護士は考えた。

思っているだけでもう遠くへ行っていると同じではないだろうか。行動に移しても移さなくても、やっぱり最後は基底にある思いの強さだけなんじゃないだろうか。たとえば走りたいと思いながら走っている自分を想像する一秒と、実際に走っている一秒。行動している一秒と、思っている一秒と、当人にとっていったい何が違うのだろうか。

仮に違いがあるとしたらそれは、外側から見ている証人がいるかいないかの話で、当人にとってはなんら変わらない。走っている自分であることには変わらない。

「佐野さん、行動に移すことはそんなに重要なことかい？　だって君の頭の中はいまモロッコにいるんだろう？　だったらそこでモロッコに行っていることにはならないかね」

弁護士の問いに佐野さんはしばらく考え込む。

「現実のモロッコは違うものかもしれないじゃないですか。私が想像しているものとは」

「想像ねぇ」

ほうっておいたら、どっちが幅をきかせるんだろう？　現実と想像は。

ほうっておいたらおのずとそうなるもの。それが自然の姿だとしたら。どうしたって想像が勝っていくとしたら人間のあるがままというのは想像に生きる人々のほうだ。

「だけどいいんです。理想と現実の間を埋めるために、私はちゃんとストレス発散してますから」

「それはどんな」

「ブログです」

「佐野さん、ブログやってたんですか？」

そんなバカな。ちっともブログなんてやってそうに見えない。今日は佐野さんの意外性に気がつく日のようだ。

「偽名ですよ。だって主人に見られたくないもん。ほとんど愚痴みたいなもんですからね。でもそこで、吐き出して誰かに共感してもらうとすっきりするの。私いつも思うんですけど、人間ってずっと受け身ではいられないんですよ。ずっと人の意見だけふんふんって聴き続けることもできない。我慢してると、誰かと話したくなるはず。それが現実なのかネット上なのかはわからないけど」

「では、家でまったくしゃべらない、自室にこもっている、ネットではブログもしていない、社交性ゼロ、そんな人はどうやってストレス発散してるかな」

「ある意味すごいことですよね、それって」

「なぜ？」

「だってそんな状態でも保っていられる何かがあったわけですよ、その生活を続けていられる希望が」

でも保っていられなくなった、続けられなくなったから逃げ出した。

「きっとその人、陰ですごいですよ」

「何がすごいんだね？」

「何かすごいことをやってるはずってことしかわかりませんけどね」

すごいことねぇ。

「あ、先生。さっきの話の続き。もしも、加害者と被害者が同一人物の場合はどうなります？」

「ひょ？　いや、だからさ……」

　そもそもは、さっき冗談で犯人は脚本だけを残していったんだ！　といってみただけで、被害者は春菜さんだっていうのに。佐野さんは何をどう勘違いしているのか。

「自分で自分を殺すという場合ですよ。自殺とは違う、殺人って意味で。つまり、なんていったらいいかな、三武哲史が三武哲史を殺していたという場合」

「は？」

「現場で死にかけてダイイングメッセージを書いているAという自分。それを殺しかけているのはBという自分。被害者でもあると同時に加害者でもある自分。犯人であるほうの自分の証拠は隠滅しようと努める、あるいは攪乱させるために証拠を残す。つまり犯人であるほうは絶対にばれないようにする。けれど被害者であるほうの自分は証拠は誰かに向けて必ず残してく。なぜなら自分は殺されかけている。はやく誰かに助けてもらいたい。知ってもらいたい。この状況を理解してもらいたい。はやく犯人をつかまえてほしい。究極の自己矛盾」

「佐野さん、それはものすごく哲学的で抽象的で形而上学的過ぎやしないか」

「だって、現実に存在する人間の証拠が出てこないんだったらもうバーチャルの世界、想像上の中にしか証拠はないはずでしょう？　バーチャルだったら自分が何人にでもなれる。それに髪の毛も指紋もそもそもが存在しない。そういうことです。だって、被害者と加害者がわけて存在していられるのって現実世界だけじゃないですか？」

なるほど。それはもっともだという気がする。が、しかし。

「余談ですけどね、掲示板とかでもうここには絶対に書き込みに来ないぞっていってる人間ほど、必ず掲示板、つまり現場に戻ってくるんです。知りませんでした？　深層心理がそうさせるんでしょうね。犯人は必ず現場に戻る。それってきっとそこに不安があったり、やり残したことがあったり、つまり意識の中に気になることがあるうちは、遅かれ早かれそこに戻る」

パキ。とまたＬＩＮＥが鳴った。

「じゃあ、先生私帰りますね、この人がうるさいから」

佐野さんはそういうと、

「あ、ちょっと待ってください。確かに違いますね、やっぱり。現実と想像では、回数が違う」

「はい？」

「たとえば想像の中では何度でも死ねるけれど、死んだ気になったり、死んだことを想像することができるけれど、現実で死ねるのは一度だけです」

「そうです。回数というより、そもそもが、その想像している死が死ではないんですから」

弁護士はしかしそこでかぶりをふった。

「いいえ、それはあくまでも死です。本人がそれを死だと思い込んでいるということは、死、なんです」

佐野さんはそこでふっと笑うといった。

「そんなに躍起にならなくたっていいでしょう？　じゃあ、先生、あんまり夜更かしにならないように。また明日」

現実と想像の区別をするというのが非常に難しい時代を我々は生きているということなのか。

しかし、その障壁を軽々と超える人々が次世代の人々なのだろうか。ともすると、そういった世界でこそ開花され発揮される能力を持ち合わせた人間。それがここでいう、新人類といわれる人々なのか？

ノストラダムスの大予言をくつがえせ！

驚くべき新人類の物語！　この愛は永遠！

ここは太陽系にある地球。ザ・ブルー・マーブル。何者かの計らいによるものだとしか思えないほどの偶然と偶然の足し算と掛け算で生まれた奇跡の星。

おっと、自己紹介を忘れたね。私の名前はＧｆｗｆｇ氏。別名宇宙の傍観者。どこかで目にしたことがある奇妙な名前だって？　うん、愛書狂で読書家の本の虫の君たちならピンと来たはずだ。この名前はあのＱｆｗｆｑ老人、イタロ・カルヴィーノ『レ・コスミコミケ』からとったものだ。

私は死ぬほど、あの本が好きだった。あの本を抱きしめたまま死んでも構わないくらいに。

私の年齢は地球と同じの四十六億歳。私は宇宙に放り出されたまま浮いているだけの存在。ただ黙って地球のすぐそばに意識として存在しているだけ。あ、勘違いしないでくれよ？　私は月ではないから。月という衛星が誕生したのは、地球と私が生まれてからまだ一億年くらいあとの話。

私は常に思うのだ。偶然によって得たものはすべてまた偶然によって奪われるのだと。つまり、絶妙なバランスで成り立っているものは、バランスを崩すわずかな誤差が生じてしまえば歯車がくるってしまう。

四十六億年という歴史の中で少なくとも五回ほどここに生息する生物は絶滅しかけたといわれている。そして皮肉なことに、既存の生物の破局による大量死こそが新たな生物の誕生を導いた。恐竜が生息していた一億九千万年間。四十六億年の地球を二十四時間にたとえるとほんの一時間。あんなに強くて大きい恐竜だって環境の劇的な変化に耐えられなかったから絶滅してしまった。その終焉は、あっけなく、地球の歴史からするとほんの数分だったよ。

人類が誕生してからの期間は猿人という祖先にさかのぼったところでほんの六百万年間。地球からすると二分ほどの歴史しか持たない。

君は知っているだろうか？　地球が誕生して一番はじめに起きた環境激変の引き金が「酸素」だったってことを。我々は現在この酸素がないと生きられないが、生まれたての地球の大気はメタンと炭素で満ちていた。メタンと炭素に適応していた生物の集まりで動いていた地球。

今でいうと信じられない話だがその頃の地球上の生物にとっては、酸素は有毒なものでしかなかった。けれどもとあるバクテリアが酸素を大量に放出し始めるようになり、そのせいで大半の種族が滅してしまった。生き残ったのは酸素に触れても、それを吸っても大丈夫だった種族だけだった。地球上にあふれかえっていく酸素に適応できたものだけが生き残った。

環境そのものが変わったんだ。

そのあとだって、巨大隕石が衝突したり、巨大火山が噴火したり、大地殻変動があったり、新種のウイルスや感染症、いろんなことが起きた。大変動期に突入し、しばらくその現象が落ち着き、また混乱に突入する。そうやって、その繰り返しの中で、やっぱり、ごく一部の種族だけがなんらかの偶然と必然によって生き延びてこられたんだ。

だから忘れないでほしい、当たり前のことなんてどこにもないってことを。

太陽だっていつまでもあんなに燃えてるわけじゃない。あの偉大な太陽でさえ五十億年後には燃料にしている水素を使い果たし、あっという間に消えてしまうといわれているように。

そして西暦一九九九年。ここにきて地球は再び大変動期に突入した。地球がこれまでも繰り返してきたその大変動期に。つまり地球もそこに生きる人類も試練の時を迎えてしまったのだ。今までのやり方では生き延びることが難しい過渡期に入ってしまった。

ノストラダムスという怪しげな占星術者がいいたいのは、きっとこのことなんだ。彼の予言も、二〇一二年のマヤの予言も、多少年号の開きはあるけれど、これくらいの誤差は地球の歴史にとってあってないようなくらいの刹那だ。つまり彼らはこの同じ時期のことを指している。

ここにきて、あまたの生命体は、幸か不幸か我々は二手に分かれていく。裂かれていく。人類でいえば、旧人類と新人類に。

これから類をみないほどの大災害に政治的混乱が人々を襲うだろう。それまではありえなかったことが頻発するようになる。日常的に起きるようになる。けれどもその過渡期の中でも、必ず生き延びるものたちがいるのだ。

地球が一番初めに迎えたあの大災害時に、我々の祖先はどうしてそのときに酸素を選んだのだろう？

どうやって適応したのだろう？

恐竜にあって我々になかったもの、我々にあって恐竜になかったものはなんだろう？


一九九九年から徐々に試練は大きくなり、地球全体が混乱をむかえる。実際に現在地球上でそれを感じとっている人間もたくさんいる。ガイヤ理論だったり、一部ではこの時期を機にしてそこから地球の次元そのものが上昇を始めるとか、アセンションや、フォトンベルトの存在を力説している。

それからこの劇的な環境変化によって、地球上の生命体のＤＮＡ構造にも影響を及ぼすのは当然だといわんばかりに、直接我々の人体に起きうる現象としての例をあげている人々もいる。

例としては、脳内ホルモンの分泌異常、激しい耳鳴り、筋肉の痙攣、原因不明の微熱、吐き気、喉仏が異常に大きくなる、常に頭痛がする、体が軽くなる、思ったことがすぐに現実になる、離れている人の声が聞こえる、爪や体毛の伸びが通常の倍の速さになる、静電気のようなものが常に身体から放たれている、といったこと。

生命の存続の危機を無意識下で感じとっている細胞は、新たな環境に適応しようとし、新人類へとシフトし始めるためだ。

これらのロジックをどうか、ニューエイジの戯言だと片づけたりしないでおくれ。

それがどんなに信じられない話でも、それを一人でも信じている、認めている人間が地球上に存在する限りそれは真実だし、十分に「存在する」ことなのだ。

はじめの環境変化は一九九九年から二〇〇〇年の半年。次は二〇〇三年八月。それから二〇〇七年から急速になり、二〇一一年からはもうフルスピードで我々に試練が落ちてくる。

そしてマヤが記しているように、二〇一二年十二月にはついに旧人類と新人類に人類が枝分かれはじめる。

そう、地球はすっかり混乱の時期に突入した。でも、どうして混乱が起きると思う？　それはとても簡単なこと。

信じられるものが何一つないからだ。さっき私はいった。確かにいった。当たり前のことなんて何もないと。

でも、君の中で、信じられるものと当たり前のものの位置づけってとても近い、もしくは重ならないだろうか？

つまりだよ、君が当たり前に思えるものだけが君の信念ってことだ。それがどんなにくだらないものでも、それがどんなに意味のないものでも、それがどんなに価値のないものでも。たとえそれが目の前から消えても、奪われても。

これから私が語るのはダリオとガラシャというこの試練の地球で出逢って恋に落ちた二人の男女の物語。

新人類にシフトするためには過酷な試練をくぐりぬけていかねばならず、それに耐えられなければ旧人類のままで生きることになる。彼らもたいそうな苦難と危難を強いられていたが、彼らの特徴はあくまでも美しさにあった。思念の強さと美意識の高さ、肉体はライトで軽やかなのに強靭だった。旧人類の世界がどんどん汚れていけばいくほどに、新人類の世界はどんどん美しくなっていった。その美しさは際立ちさえも見せていく。旧人類が固執するものは、新人類にとってははやく手放すべきものだった。旧人類が喜んで食べ続けるものは、新人類にとっては毒にしかならない代物だった。

新人類。彼らは心から誰かを思いやることで、愛することでその意識は常に外に向かっていた。思いを電気のようにとばすのだ。つまりその能力が鍛え上げられていたために、類まれなテレパシー能力を手にすることになった。誰かのことを自分のことのように思える精神性の高さが、その高貴な精神性が、彼らの身を守る鎧のようになっていったのだ。

これから私が語るのは、愛の物語だ。本物の愛を手にすることで、この過酷で壮絶な大転換期をも、生き延びることができた新人類の物語さ。

ダリオとガラシャの真っ青なラジオと誓文

ダリオは私の恋人だ。生まれて初めて恋をした人で同時に初めて体を赦した人だ。ガラシャにとって異性とは、男とは、この世界でダリオのことでしかなかった。またダリオにとってのガラシャも同じだった。

生き別れた双子のように、二人は愛し合っていた。ダリオとガラシャは、けれどもこんな時代のジャパニで出会ってしまった。

ジャパニ、この国にはかつて四季というものがあった。

ガラシャは今の光景を目の当たりにしてそれが桃源郷の出来事かなにかのように懐かしむ。

満開のさくらが咲いては散り、夏の夕涼みには蝉しぐれがこだまし、秋の儚げな空には紅葉が影をおとし、冬の雪はしんしんと積もり静かな白を広げて見せる。その美しい四季折々がこの国で繰り広げられていたのかと気が遠くなる。

なぜなら今ここに何一つその頃の面影が見当たらないからだ。

たった今も背後でまた稲光が光った。暗く鼠色の空を幾重にも裂いて稲妻が走る。あたり一面は頻発する火山噴火のあとの灰がしきつめられたように落ちついている。そこでまた地鳴りがして大地は大きく揺れ動く。ガラシャはまるでシュノケールのような大きなマスクをはめなおす。ガラシャの美しい瞳は、ダリオがたいそう愛しているガラシャの美しい瞳はもう真っ赤に充血している。

近年、大災害が世界各地で相次いだ。ハリケーン、ボルケーノ、大地震、大飢饉、感染症、伝染病、地球磁場がどんどん弱くなったせいで太陽風は直に地球に到達する。気候は激変し、新種の奇病が蔓延した。

ひび割れた大地の裂け目に落ちて二度と帰ってこなかった人間、ビルの倒壊で下敷きになったままの人間、津波にのまれていなくなった人間、噴火した山のふもとにいた人間、ハリケーン、ゲリラ豪雨、あらゆる大災害で死んでしまった人間たち。

それら自然災害はそれだけにとどまらず二次災害も三次災害をももたらした。

まず交通の停止、物資の調達もストップ、電気がつかえなくなったことで、医療機器に頼らざるをえなかった病院の重篤者らの命も奪われ、薬が無くては生きられない体の人間の命も奪われ、そのうえ気候変化に伴い新種の奇病、感染症が流行、マラリアは今じゃジャパニの北部にもたくさん生息している。またそれら感染症の抗ウイルスさえ開発できないまま何万人の命が次々と奪われた。そもそも国という概念もなくなり、資源物資もなくなり、貨幣の価値もとっくに失われた。いままであった世界がなくなった。

しかしそれをわかちあえるテレビニュースも携帯もなにもない。

そこでゲリラ豪雨が発生し、ガラシャはマスクを外し口を大きく開けた。乾いているのだ。眼の奥も、喉の奥も、頭の中も、心の底から。

電話やインターネットなんて何の意味もなかった。いざ、こういう状況になった時に込み合って混乱して回線は誰とも繋がらなかったし、復興しないまま放置され、時が過ぎた。

偉い人も悪い人も大人も子供も、頼る人も頼られる人も、助ける人も助けを乞う人も誰もいない。立場、なんてものもない。だって、立場という場所すらもう一人一人にないのだから。

私はこの痛みを地球そのもののせいにすることしかできない。

地球め、容赦ない襲撃をし始めいったい何をたくらんでいるのか。

しかし、私がかろうじて呼吸していられるのもまたこの場所でしかなく、この主人の虫の居所に左右されているだけなのだと知った時、次は一体何を仕向けてくるのだろうと。

これは時間の問題だ。たまたま生き残っているだけで私の死もすぐそこに迫っているのだ。

この地球の怒りのような逆襲に抵抗することができない。

けれども私の恋人であるダリオはこんな時代の到来を予期していたのだろう。

ガラシャはそっと手の中にある真っ青でボロボロな一台のラジオのチューナーをまわす。

これはずっと昔にダリオがくれたものだ。

来るべき大転換期のためにとダリオが自分で作ったラジオだ。

これは普通のラジオとは構造が少し違う。ダリオ自身が放つ電波の周波数とチューニングが合わなければ受信することができない。シャチやイルカのような精度の高いメッセージの交信が私たち人類にも可能になる日がくるとダリオは信じていた。人類にもその高度な能力が備わっているのだと。精神性を発達させた時に、微細な音波を私たちは発信し受信できるようになるというのだ。発信する側にも力がなければならない、けれども受け取る側に機構がないといけない。


あれは地球がまだずっと美しかったころ。

空気がずっと澄んでいたころ。花揺れる午後。木漏れ日の中で。

「この世界で一番悲しいことは何だと思う？　ガラシャ」

悲しいこと。悲しい事ならたくさんある。

一番とか二番とか順序などつけられない。ダリオにはそんなところがあった。ひとりで物思いに耽って考え込むところが。何か確証を常に求めるところが。

「貨幣の価値も失われ、国という制度がなくなり、労働という概念もなくなる。ついこの間まで建っていた我が家も職場のビルも地震で壊れてしまう。これまで手に入れたもの、社会的地位、名誉、財産、貯蓄に不動産、すべてがないのも同然だ。最後は裸の生者である自分の体と心だけが残る」

「そんなに残酷なことが起こりうるというの？」

「電気だってつかえなくなる」

ダリオはいった。とてもはっきりと。

「電話だけでつながっていた恋人同士は破局をむかえる」

露骨に嫌な顔をしてダリオがいうのでガラシャは笑った。

「うわべだけの家族や夫婦、恋人たちは度重なる災害や食糧不足でピリピリしてストレスで互いに憎しみあうようになる始末」

ダリオのとまらない妄想にガラシャは黙っていた。

「だからこそガラシャ、一番悲しいことは何だと思う？」

「わからないわ」

「僕にははっきり分かる」

鳥のさえずりが聴こえてきた。こんな平和な春に初恋のあなたはとても残酷な物語を私に浴びせる。いったい何のために？　いつ起きるか分からないような最悪な事態をどうして私に伝えようとするの？

「明日世界が滅亡するという時に、心から会いたいという人がこの世界に誰もいないことだよ」

ややあって、

「だから僕はこの先どんなことが起きても悲しくない」

ダリオはそういうとガラシャを抱きしめた。

「真に愛し合うべき人がひとりだけこの世界にいるということで、すべての幸福を手にしたことになる」

ダリオはガラシャに口づけをした。

「お願いだ、ガラシャ。だからどうか、別の人にはならないでくれ。時の流れに惑わされ、いろんな苦しみに心が折れてもどうか、君であることをやめないでくれ。僕は君がそうなったとき、君が別の人になってしまったとき、つまりすべての幸福を失うのだから」

ガラシャは口づけをかわしながらけれども思った。


あなたはどうなの、ダリオ。あなたが違う人になったとき、私はどうなるの。

そうか。

世界でいちばん悲しい人に私はなるんだね。

世界が終るその時に心から会いたい人がいない、悲しい大人になるんだね。

だからそのぶん私は今、とても幸せなんだね。

すべての幸福を手にしているんだね。あなたと二人でここにいるだけで。


ダリオの横顔をみつめながらぼんやりとそう思った。

とても儚い夢の中を歩いているような春の午後だった。


凄まじい音がしてガラシャは現実に引き戻された。美しい過去に浸っている場合ではない。けれども真っ青なラジオからは今、何も聞こえない。

ダリオは今どこにいるんだろう。勢いよく氾濫する水にまさかダリオは飲み込まれ溺れてしまったのではないか。その悪夢のような事態を想像しただけでガラシャは息がつかえそうになる。

ただあなたもまだ生きていることだけを願っている。


だけどおかしいのは、ダリオの電波を拾えないことだ。私の受信機構が壊れてしまったのか。度重なる疲弊ですっかりアンテナが弱ってしまったのか。

ガラシャはそう思い真っ青でボロボロな一台のラジオをチューニングする。応答はなかった。ダリオ、あなたに会いたい。ガラシャの頬には涙がつたう。

「ガラシャ、聞こえるか」

突然つながった。ラジオから雑音のなかから微弱な声が送られてくる。

「神は灰をふらすが、リラの花びらもふらす」

ダリオの声が泣いていた。

ガラシャはダリオの声をきいただけで喉の渇きが癒される。灰色の空が刹那明るくなったように感じられる。この正体はいったい何なのだろう?

「ダリオ！　いまどこにいるの?」

「すまない、ガラシャ」

弱気な声が恐ろしくなった。ダリオに何かあったんじゃないか。

「神は僕からすべてを奪ったがガラシャ、君だけは残されている」

「すべてを奪った?」

簡単に想像することができた。ダリオの家はついになくなったんだろう。ダリオの家族も、きっと。

涙がとまらない。ガラシャは思い出したからだ。ガラシャの家族がバラバラになった時のことを。

ガラシャの家が崩れ去ったときのことを。あの恐怖を、あの同じ痛みを、ダリオは今知ってしまった。

ダリオにだけはそんな思いをさせたくなかった。ダリオの心が壊れてしまうことが怖い。

でもその前に私たちはもう二度と会えないんじゃないか。

「ダリオ！　どこにいるの？　すぐにそっちに行くわ！」

「今度ばかりは」

息切れのようにか細い声がひびく。

「今度ばかりは、自分のいる場所がわからないんだ、ガラシャ」

ダリオの超能力とも呼べる念力の強さもなりをひそめた。ひどく弱っている。

「なんでもいいの！　教えて、あなたが今見えるものを何でも」

「ここはとても水気が多い。アジア諸国のどこかであることは間違いない」

ガラシャは言葉をなくした。いつの間にか遠いところにダリオが行ってしまったこと。

「大きな川が流れている、おそらく川上は北だ。北から南に流れている大きな川」

「ほかにはないの？　そんなこともうまったくわからないわ」

「月がみえる」

ガラシャはほっとしたと同時に少し笑った。おかしい人。

「きれいに上弦の月が、浮かんでいる。夜空には」

ガラシャも灰色の空を見上げてみた。靄がかかった月が見えた。けれどもその形は、ダリオのいうものと違っていた。ダリオの気が違えているのか、私がおかしいのか。この正気と狂気の狭間はとても細く、足もとががくがくと震え始める。もう駄目だとガラシャは思った。生きてダリオに会うことはできない。

「ダリオ、私はもう生きてはいられない、きっと生きてあなたに会うことはできないわ」

「ガラシャ、それは君が決めることではない。ここに今、君を求めている人間がいることを忘れるな」

「だけどあなたに逢えない中でこんな時間を生き延びることができるなんて思えないのよ！」

ほとんど叫ぶようにガラシャは泣いていた。

「逢えないけれど僕にははっきり見える」

ガラシャはかさかさになった頬に手を当てる。

「君の姿がはっきり見える、その長い髪に、美しい瞳に、細くて長い手の指も」

ガラシャのかさかさになった頬にあたたかな気がとんできた。ダリオの手のひらだ。

これがダリオの手のひら、いつものように私の頬をなでるあの手のひらでなくていったい何だというのか。

「わかったかい？　僕たちは繋がっている。思いの強さだけで繋がっている」

ややあって、

「だからきっとまた逢える。現実は過酷でも、君に思いを飛ばしていく。君を思う限り僕の思いはそっちに飛んでいける。僕らが発達させたこの力があるかぎり僕らは生きのび、そしていつか必ずまた会える」

「うん」

「だから、最後まで希望を捨てないでくれ、ガラシャ。僕は必ず君を見つけ出す」

死んでたまるか、ガラシャは思った。こんなところで死にたくない。私が死ぬところはダリオの腕の中だけだ。ダリオの腕のなか以外、どこでも死ぬことなどできない。

ラジオの周波数が狂い始める。

「ダリオ、私たちまた会えるわよね？　必ず」

「会えるに決まっているさ。それはきっと僕たちが思いもよらぬ形でありながら、思ったような形で」

それを最後にダリオの声が途絶えた。


生身のダリオの声を拾えないけれど、ダリオを思うだけでダリオの声が頭の中で再生される。

ガラシャはその信じられないような当たり前の出来事に気が付く。すでに愛の何もかもを自分は手にしているということに気が付く。

あたりは焼け野原なのに、ダリオがどこにいるのかも、生きているのかも死んでいるのかももう何も分からないのに、ダリオはちゃんとここにいる。

地球規模の環境変化の中で、私たちに残されたものはこの想い以外に何もない。

勝手に音波をひろったようだ。ラジオからは美しい詩のような文章が、予言のような、暗号のようなエピックが流れた。こんなチャンネルにつながったのは初めてだった。

ガラシャはさきほど自分の周波が別のものに変わったのかと思った。周波数が合わないと、聞こえない未知のチャンネルにつながったのだ、と。

終末。

常にこの美しい曲は流れていたのだろう。ただ、自分が受信するアンテナを持ち合わせていなかったというだけで。

告白は上弦の月の日にしなくてはならない、
水気の多いアジア諸国のどこかでなければならない、
上弦の頃は太陽の日照りが強くなる。それから近くに川があった方がいい。
北から南へくだる川の近くは二人がちょうど乗れる箱舟が用意されているはずだから。

魔力のある接吻は人生で一度きりしかつかえない、
だからあなたは生涯一度しか使うことのできないそれを、
いつ使うべきかを慎重に考えつくさなければならない。
告白をする相手にはあくまでも偶然でくわさなければならない。
仕組まれた出会いや利己的な算段は君たちの恋を汚すことにしかならない。
それからくれぐれも注意してほしいことがある、
時とともに醒める恋を、真実の恋だと思ってはいけない。
時とともに消えてしまう愛など初めから存在しないものと同じである。
そんなもののために君、真実の恋を見落としてはならない、
真実の愛を見落としたら君はこの先、やがてくる終末までにシフトすることができない。
われら新人類に残された唯一のエネルギー源は愛からでしか摂取することができない。
君がこの時代に生まれてきた理由は、この時代でしか出会えない魂の伴侶に出会い、
愛し合い、互いの光となるためだ。
そして新人類になった僕たちには新たな名前がつく。
その名はネオ・ダリオ。ネオ・ガラシャ。
まるで冠のような、称号のような、新しい新時代にふさわしいその名前が。

だからどうか希望を捨てないでくれ、ガラシャ。

僕は必ず君を見つけ出す。

弁護士はそこでノートを閉じた。三度目の読後感。毎度必ず思うことの一つとしてまず、一番素朴な疑問としては、一体こんなものをどうして監督やプロデューサーたちは映像にしようと思えたんだろう？　もっとやりやすいものがいくらでも他にあったんじゃないだろうか、ということ。だが深く追求するのはやめにした。

次に思うことは、こういった思想を内包している三武哲史という男が、恋愛をしないでいられるんだろうか、ということ。つまり春菜がいっていたような、人を愛する思いが欠落しているとかそんな風には到底思えない。それにイタロ・カルヴィーノが好きだなんてなかなか粋ではないか。

それから、あくまでも書き続けることだけが救いである作家にとって筆を折ったあとの悲惨な人生を思った。

自分が何遍も想像の中で体験した出来事がそのまま当たり前のようにして目前で起き始める。思っていたことが現実になってしまったという恐怖。

地球が滅亡するとか、終末論などの話を書き続けていた人間の眼の前に、本当にそれが現実化した時に感じる恐怖はつまり、予知夢を見てしまう人間が抱く恐怖に近いものじゃないだろうか？　それは毎回夢占いがあたってしまう人が眠れなくなることと同じようなものだ。そうなるともう、おちおち夢も見ていられない。不眠症まっしぐらだ。

要するに、三武哲史は自分の作品に完璧に食われてしまったのだ。

三武哲史の蒸発は、自殺に限りなく近いものなのかもしれない。もしもその女性を見つけ出せなかった場合……。

弁護士はそこにきて初めて佐野さんの言葉を反芻した。

―自分で自分を殺すって自殺じゃなくて殺人の場合です―

「どうして、三武哲史は自分で自分を殺さなければいけなくなったのか。想像という魔物、悪夢のような世界の終りにとりつかれた自分自身を自分自身の手で始末する……？　それは誰のために？」

ダリオは私の恋人だ。

生まれて初めて恋をした人で同時に初めて体を赦した人だ。

ガラシャにとって異性とは、男とは、この世界でダリオのことでしかなかった。

またダリオにとってのガラシャも同じだった。

生き別れの双子のように、二人は愛し合っていた。
「ガラシャ」弁護士は声に出してつぶやいた。

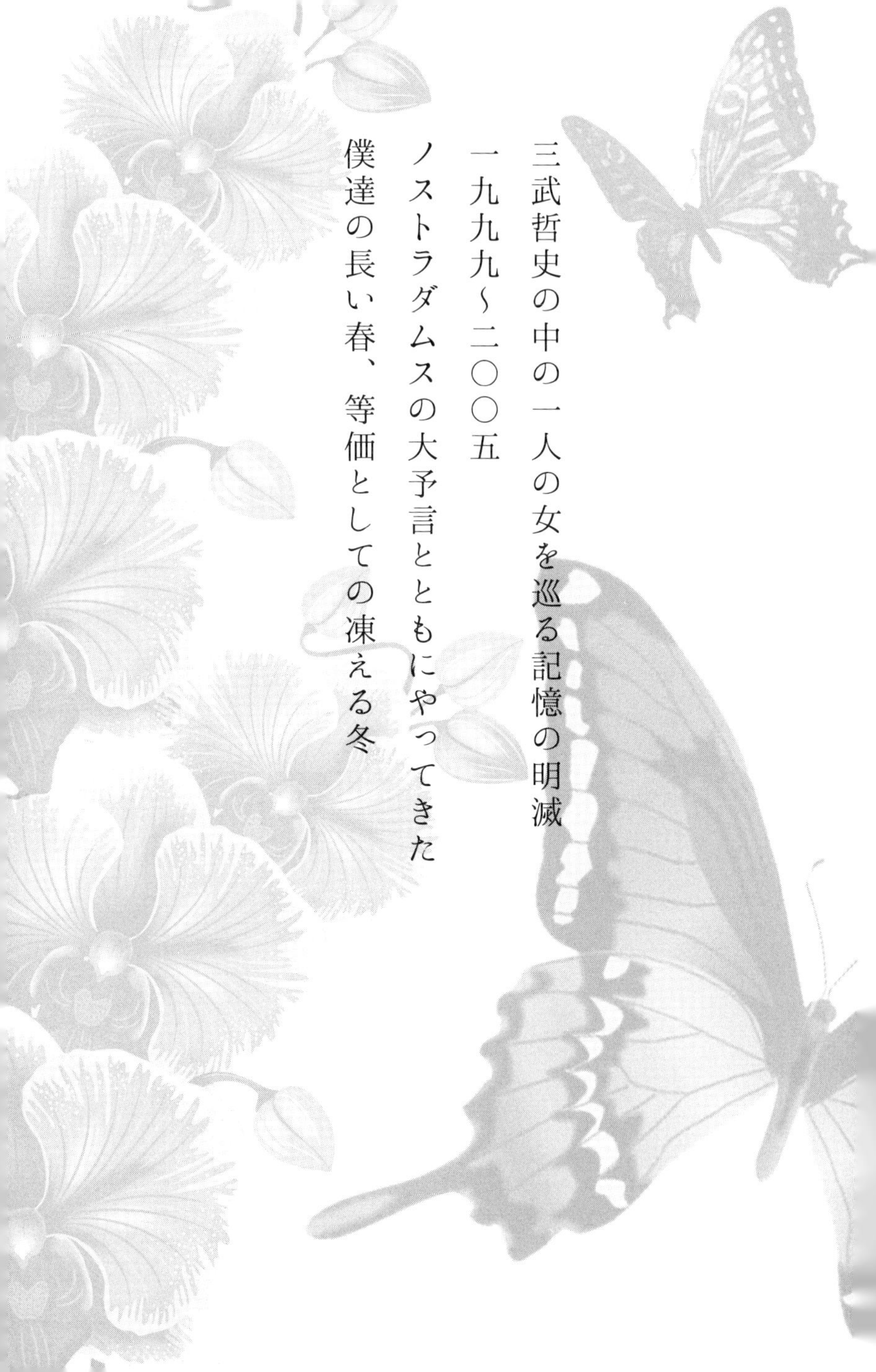

三武哲史の中の一人の女を巡る記憶の明滅

一九九九〜二〇〇五

ノストラダムスの大予言とともにやってきた

僕達の長い春、等価としての凍える冬

あの頃の二人を、あの頃の僕らのことをどんな風にして語ればいい？　どんな風に伝えたらいい？

でもついに二〇一五年がやってきてしまった。僕は先を急いでいる。簡潔にまとめたい。とにかく、もう時間がない。何故ならもうすぐ、ついに人類は滅亡する。

ほんのわずかに生き残る新人類を除いては、だが。


だけど、玲子。

もしもあの時の僕らの子供が生まれていたら、今頃何歳になっていただろう？

あの子は間違いなく僕の子供だった。


過去から現在まで連綿と続いてきたものの、どこに切り口を入れたら僕の経験してきたものをそのまま表現することができるんだろう。

僕は今、雄弁にならざるをえない。君のためにだ、玲子。

人は命をかけているものに対してだけは、雄弁にならざるをえないんだ。

僕らが経験したもののすべてを映写機でそのまま再現することができたらどんなにか楽だろう。けれどもそうするには、あの日から今日までの十六年間、黙ってその映像を見ていなければならないことになる。そんな時間はもう、残されていないんだ。

僕らが出会った一九九九年。あの年についてまず話す必要があると思う。

一九九九年、この年まだ大学一年生であった僕らの世代は、ほとんどの誰もが気もそぞろでなんとなく落ち着かなかった。

一九九九年七番目の月に、空から恐怖の大王がおりてくるというあの有名なノストラダムスの大予言が頭の片隅にあったからなんだと思う。

そんな迷信に左右されるもんか、そんなの嘘っぱちだ、そう正面切って拒絶できるほどの強い意味づけをもつ別の考え方。つまり、終末論の反対側にある思想。世界は終らないという論理。それを構築するにまだ至っていない幼すぎる僕らはやっぱりノストラダムスの大予言にはふりまわされることになった。

何事もそうだろう？　力強く何かを否定するためには、否定ができるだけの裏付けと確信に至る理由がなくてはならない。

それから、僕らは世界が終るという言葉も、何かのフレーズみたいで、ファジーなファッションだと捉えていたのかもしれない。

世界が終ることへの恐怖を抱けるほどの、個人的な経験や記憶という重荷なんてまだ僕らの背中に積まれていなかった。どうしても世界が終ってしまっては困ると強くいえるほどの何かを若すぎる僕らはまだそれぞれに手にしてもなかった。

風見鶏のようにしてふらりふらりと考え方を変えながら、周りに流されながら、イチゴジュースやマックを食しながら、この世界が終るのかどうかなんて冗談めかして口にできたのはつまり、それが僕らにとっては単なるゴシップにすぎず、実際、世界が終っても終らなくても、僕らがそれぞれ生きている本当の世界には何も関係もないことだからだった。

僕らが生きている本当の世界と、ノストラダムスが指している世界というのはまったく同質でまるっきり同じものであるのだという危機的で切迫した実感をまだ何も味わったことすらないからだった。

もちろん、一部の大人たちは妄信的にこの大予言を信じていた。あたりまえだ。ノストラダムスの大予言には世界の終りを象徴させるだけの裏付けがあったからこそ事実こうして信じきることができる人間がいたのだ。さっきも書いたけれど、裏付けと確信に至る理由がまったくないものを僕らは信じることができない。

けれどもそこでまた、今度はこの終末論にのっとり、人々の恐怖を煽り、その心理をうまく利用し人類を操ろうとする人々が出現した。それに付随してさまざまな社会現象がおきた。マスコミも賑わせていた。このころにどうせ世界が終るんだからと凶悪犯罪をやらかす人もいた。まったく底なし沼で身も世もないとはこのことだった。

だから、僕らは本質なんてよくわかっていないくせに、明らかに世界が不穏なことだけは肌で感じていた。

一九九九年というのは、僕にとってはそんな不穏な年でしかなかった、そうまさしくあの空から魔王が現れるといわれている七の月まで。


そして七月。ノストラダムスの予言は外れた。空から魔王なんて現れなかった。地球は静止なんてしなかった。最後の審判もなかった。人類は滅亡するどころか今もなお繁殖し続けている。つまり、外れも外れ、大外れだ。その後、ノストラダムスは案の定、僕らの中でいかさま預言者として笑い種になった。

今後、誰かがまた世界滅亡説を唱えたら、例えば今の僕のように二〇一五年終末論を唱えているなら、「そんなの当たんないよ、だってノストラダムスだって結局外れたじゃないか」と失敗例としてノストラダムスの名前は挙げられ、そういった意味で彼は今後も語り継がれるだろう。

なんて憐れな男だ。死後まで何ゆえ人に馬鹿にされねばならない？

けれど、ここで彼の沽券に関わるものを書いている以上、あくまで僕は彼の擁護派であるということを示しておこうと思う。

まず彼の予言が当たる当たらないとかいうまえに、そもそもミシェル・ド・ノートルダムことミシェル・ノストラダムスは、大体が本業は医者であり、占星術師であったものの、生前からそんなに驚くほど予言が当たる人ではなかった。

しかも、生前、その頃からも予言が外れるたびにそうとうバカにされた。ノストラダムスの立場にたつと、あくまで善意で行った予言のことで、生きている間も人々にバカにされ死んだ後までバカにされるとなればたまらないだろう。だからこうして、僕は彼を擁護する。でも、諸君、誤解してはならない。諸君は僕がノストラダムスを好意的にかばっているからといって、肩を持っているからといって、へえ、ああ、そうなんだって、ノストラダムスだってかわいそうだねって簡単に納得してはいけない。

人が何かを力強く擁護するというのは、明らかにそこにその人自身の個人的な利害、もしくは好意が発生しているに他ならない。その何かが性別でも乗り物でも血液型でも思想でも時代でも年号でも蝶でも内臓でも漢字一文字でも、もうなんでもいい。

人が何かに対して強く思い入れするというのは、それ相当の理由がその何かにあるということをきちんと見極めるべきだ。その何かがその人自身の尊厳の問題と少なからず関係している証拠だ。

つまり、僕が実際に知りもしないノストラダムスのことを擁護するのには、ノストラダムスに関わる何かにとても個人的な思い入れ、理由があるからということになる。僕自身の尊厳の問題がそこに潜んでいるゆえのことだ。

ノストラダムスをバカにできない理由があるからだ。なぜなら、彼の予言が僕の中では通用してしまったからだ。つまり、彼の予言は当たった。

そしてそれをここで告げることで僕は僕自身の尊厳そのものに降りかかってくる危険を回避できると信じているからなのだ。ノストラダムスの予言は僕にとっては当たっていたということにしなくては、僕自身の尊厳そのものが危険におかされてしまう。


そこまでして人が守ろうしている尊厳とは何だろうか。


僕の尊厳？　そんなのはいわずもがなだろう。

玲子との恋愛以外に、僕は人様に誇れるものも自分の存在の意味そのものを肯定できるものなんて何も持っていない。何一つとして、他には。


そうさ、一九九九年七月、僕の世界は滅亡した。

ノストラダムスの予言は見事にあたった。

それは、一九九九年の七月二十一日の夕方の出来事だった。

僕と君は、そう、三武哲史と稲瀬玲子は同じ都内の大学でついに出逢った。

稲瀬玲子という女と出逢ってしまったがために、それまで生きていた僕の世界はすっかり絶え滅んでしまった。つまりノストラダムスがいっていた通りに、世界は滅亡した。

いや、どっちなんだろう？　僕のほうが、世界から消滅したのか？

だとしたら願ったりだ。あのくそ汚い俗世から消滅できたのだとしたら。

玲子に出逢ったことにより、玲子の持つ女神の視点を手に入れられたのだとしたら。

いずれにせよ、僕はもうそれまでの僕ではなくなった。


玲子。おぼえているかい？

君はその鋭利な第六感で、僕を探し当てたよね。君を世界の最後まで愛しぬく男を見事に探し当てたよね。

でも忘れるな。

僕だって君のような女を探して、ずっとずっとずっと探して、あの膨大な闇を、宇宙を漂っていたってことを。

ここでいっておく。僕は今更ここで、君と元の鞘にもどりたいからと君を口説いているわけでもないし、ただ甘い言葉をかけるだけの、つまり君のその美しさだけに引き寄せられたその他の男たちと同じにしないで欲しいということを。

僕と君は遺伝子レベルで繋がりあっていた。

それが僕にはわかったし、今でも……あれから十六年が経った今でも、それは変わらない。

君といたころ。僕はとても若かった。若すぎて、恐いものが何も無かった。とくに君が隣にいた青春時代のほうが長かった。本来の若いエネルギーに、君という女神がくっついていてくれていてその輝きは倍加した。

ほら、光のさなかにいると、闇に気がつかないよね。

若き日の僕は周りの闇の濃さを馬鹿にしてた。大人の正論なんて、くずだと思ってた。


だから、あの雨が降る夜。

玲子が真珠のような涙をみせて出て行ったあと、僕は追いかけていけばよかったんだ。

そして抱きしめたらよかったんだ。

あの瞬間に帰りたい。


たったひとつ願いが叶うなら、僕はあの日に帰りたい。


出会いの場面に話を戻そう。僕らが出会うきっかけとなった話だ。

僕は子供の頃から宇宙に思いを馳せるのが好きで仕方がなかった。『ニュートン』なんて欠かさず購読していた。その影響からなのか、すでに中学生の段階から、僕は宇宙を舞台にした小説や漫画を書くようになった。他の惑星に移住する話だの、月に生息している人間の話だの、よくある話を少しだけいじったようなよくある話を。

高校に入ると僕は興味本位で脚本クラブにはいった。演劇部の舞台演劇に提供する脚本を書き始めるようになった。泉のようにアイディアが湧いていたし、学生時代の環境は僕の創作活動とそりが合っていたんだろう。僕は多産で、よく書けた方だと思う。誰もが熱狂的になれる面白いストーリーを。

大学に入ると、僕は迷わず映画制作部に入部した。

その頃にはすでに、自分の脚本を舞台で誰かに演じてもらうだけでは満足がいかなくなっていたからだ。

舞台はそこ一回きりで終ってしまう。そうではなくて、想像したものをそのまま映像化することへの熱にうかされていた。埃の舞う部屋を、西日の傾くさまを、涙に濡れた睫毛を、自動販売機の鈍い灯りも、ポトスの葉裏も、バスの中に隣り合わせた人の表情も、僕はいたるところでキャノンのスーパー8カメラをまわした。

まるでそれまでの世界への惜別みたいに、見おさめするみたいに必死で。

入部してすぐに、たった二十分のショートムービーだったけれどそこで監督をつとめたことですっかり実写するおもしろさにはまってしまった。そこではすべてを意のままにすることができた。撮影中の演技指導も編集作業も口が出せるぶん納得ができる。キャスティングも何もかもイメージに近い役者にお願いすることができた。そして僕が映画を生業としたいと思ったのは、その初めて撮ったショートムービー『日常の幕切れ』で、毎年五月末に開催される日本学生映画祭のショートフィルム部門最優秀賞を受賞したことだった。

そんな中、サイエンスフィクションみたいなものしか書いたことがなかった僕に転機が訪れる。生まれて初めてラブストーリーを書いたのだ。自分でも驚いたものだったけど、しょうがなかったんだ、何故なら天から勝手にそのアイディアが降ってきたのだから。

これを書いている間、何者かに憑依されていた、というのが一番しっくりくる。その年がちょうど一九九九年だったということもあって、タイトルが『ノストラダムスの大予言をくつがえせ！　驚くべき新人類の物語！　この愛は永遠！』

いささかタイトルが長すぎる。でも、それはわざとだ。簡潔にまとまるようなタイトルの中に、どうやってノストラダムスという怪しげな医者兼占星術師の個性を表現することができるかい？

もちろん、内容は良いものになった。だいたい、僕の作品に外れなどないからだ。案の定、映像化への運びになったまではとんとんだった。そう、そこまでは。

障壁は演技する人間だった。つまり俳優だ。

ラブストーリーの実写化にあたり反響を呼ぶのに必須条件、それは演じる人間がきわめて魅力的でなければならない。さらにいうと、僕の想像通りならばなおさら、美しい男と女でなくちゃならない。そしてまたさらにいえば、このラブストーリーで求められてる人間たちは、一般的な美意識の、その上をいくものでなければダメだったのだ。なぜならここに登場する二人の男女は心身の美しさだけで地球規模の大転換期を乗り越える、いわゆる厳しい生存競争の中を生き残る「超絶美的新人類」という設定だったからだ。

世紀末のラブストーリー。僕はだからここから役者選びに相当な苦労を強いられることになった。この段階にきて、途方もないスランプに陥ってしまった。

僕が美しいと信じて疑わない理想そのものを現実に探し出さなければならないという必要に駆り立てられたからだ。

美しさ、それは何だろうね、玲子。

僕が勘案するに、造型の美しさならば巷に溢れかえる日がくるだろう。形、色、質の美しさ。そんな金で買える美しさが、いずれ跳梁跋扈するはずだ。

そして皆が同じようなメイクアップをし、同じような顔をした男を美男子と誉めそやし、同じような顔をした女を美女と褒めたたえるのだろう。もしかすると全てが均質に美しくなれば、そうでないものが美しいといわれる、つまりまたそこでひっくり返るような事態だって起こるかもしれない、なんてね。標準というのは安定感のことだ。生まれて見てきたもののすべての中で、僕らは平均値を無意識にはじきだしている。

つまり標準に近いものを人は無難に美しいと認識する。不快指数が跳ね上がらない基準ということだ。けれどそんなもの、本物の美しさでは断じてない。

だって飽きられて廃れて消えてしまうものなんて、ホンモノじゃない。ホンモノはね、飽きられても廃れても消えることはないんだよ。

僕は一九九九年のこの作品を書き上げた時点でそんな未来の到来を予期していた。何故なら僕は新鋭作家で、今後も親しまれる脚本、つまり映像化しても愛され続けるような脚本を作る使命感に燃えていたからね。だから僕がこの時求めてやまなかった美しさの中にはすでに造型の美は排除されていたというのはいうまでもないだろう。なぜなら凡人が追求する美しさなんて、相対的な美の枠を超えることができないからだ。

これからの地球、その上で生き残るホンモノの美しさには目を見張るような〝驚きと新しさ〟が加味されるのではないか、そこには図らずとも希少価値や、珍妙さというのが含まれるはずではないかと僕は信じていた。その項目にあてはまってこそ、このストーリーの新人類となるわけだ。

美しさとはね、玲子。

他の全てがなくなっても、比べる対象がなくても、それだけではっきり美しさの純度を保っていられるもののことだよ。そういった意味で絶対的なもののことだ。

月なんてその最たるものだよ。何故月はあそこまで美しいのか。比べるものが、比べられる概念が、存在していないからだ。どう見ても、唯一無二の存在だろう、月というのは。

だから、君は僕にとっての月。簡単に言えばそういうことになるね。

僕にとって月のような女を描かなければ、僕のラブストーリーは嘘になると思ったし、脚本を舞台化したときも、そこに乖離があってはならないと思った。

つまり僕にとっての月の女をそこに立たせなければ、僕のラブストーリーは偽物ってことになるんだ。

だから、玲子。僕はそこで、君を選んだし、その後も、僕が書くラブストーリーの主役の女の座には、君が君臨している、今でもね。

僕はどの女性に対しても首を縦に振ることができなかった。男性は早い段階で決まったのに、だ。とにかくもう時間が迫っている。けれどもそれを意識すればするほど焦燥の念にかられて、さらに僕は首を横に振りつづけた。もう、いい加減に妥協しませんか？　といってきたのは衣装メイク担当の女性で彼女は「撮り方によって、女優の雰囲気なんていかようにもできる」とのたまった。問題はコンクールに間に合うかの期日だとのたまった。映画制作部の名誉がかかっているのだと。それでも僕は妥協できなかった。名誉がかかっているならなおのことだろう。

次は、映画制作部の部長である女性が、つまり僕にとっては大先輩の彼女がひっぱってきた読者モデル、音声担当の男性が何度も声をかけたという他大学のミスコン受賞者の女の子でも。

僕は断るごとに申し訳なくて、胃に穴があきそうに胸やけがしたし、気をつかいすぎて神経がちぎれるかと思った。

その他にも、演出係の薦める女、軽音楽部に在籍していてインディーズでデビューしたばかりだというボーカル女性、レースクイーンをやっているコンパニオンでとても足が長い女も、とてもスタイルが良いと評判の女性も。とにかく僕はその時期、地球上にいる一通りの女性を見尽くした気になったほど、色んな女を見る羽目になった。

なのに、どれもダメだった。けして選り好みしているわけじゃなかった。ほんの一ミリ妥協すれば大丈夫な女はたくさんいた。しかし、この一ミリというのは、実は目に見えて計れる単位にすぎず、場合によっては、その一ミリは、僕の理想から、地球一周ぶんくらい離れていたことと同じだった。

つまり、どれもピンとこなかったのだ。

そんな中、苛立たしげに吸っていた煙草。銘柄はキャメルだ。キャンパス内の四号棟の裏の、さびれた喫煙所で、ぷかぷかと濃い煙を吐き出していたあの七月の夕方。

外気は涼しげだった。運動部の連中の掛け声やら、トランペットの演奏などがかすかにきこえていた。僕は耳を澄ました。そろそろもう本当にタイムリミットだと思った。女優のシーンだけまったく撮れていないし、このままでは広報の奴らからもぐちっと言われるに違いない。探したけれど見つからない。ということは、自分のつめが甘かったというだけだ。現実にいない女性を描いただけの話だ、そう潔く諦めなくちゃならん時が来たのだ。


するとその時だった。


こっちに向かってすごい勢いで走ってくる女がいた。うつむきながら。ハンカチなのかスカーフなのか、鮮やかな布で顔を覆いながら。しくしくといいながら。

—げ、泣いている—咄嗟にそう思ったと同時に僕は彼女の醸している気のようなものに引き寄せられた。

女はわざわざ僕の隣に座り、それもとても堂々と座り、革鞄の中から煙草なるものをとりだした。とにかくその一挙手一投足に何故なのか目を奪われた。女は顔をあげた。その横顔、頬に涙がきらめいていた。その横顔は、とても斬新で驚くような類の美しさだった。珍しい、というのだろうか。僕の基準をぶっ壊す力強さがあった。確かに泣いて走ってきて僕の前に現れたという点だけでもすごいアドバンテージではあったのかも。

驚くというのは、未知のものに出会った証拠だよ、玲子。

頭の中で整理、振り分け、系譜だって処理できないシステムエラーが生じていることの証なんだ。ある種の恐怖をはらんだ何かだ。

つまりだよ、あなたは恐いくらいに美しかった。


僕がその彼女の存在そのものに目を奪われているのを察知したのか、こっちを向いた。その眼球の色は黒いのだが、どこか蒼みがかっていた。二重瞼で大きく、とても野性的だった。艶やかな長い髪の毛は、今すぐ触れたくなるほどしっとりとして見える。

「すみません」

女はいった。

泣きながら現れて、突然すみませんといわれて、僕は返答に困ったものだった。

「とても悲しくて」

そして煙草に火をつけた。

息がつまりそうに、煙をふっと吐き出してまた泣いた。もはや、煙草の味などわかる状況ではないといいたげに。

この一分で、僕の心はもう決まっていた。

彼女だ、と。彼女が主役だ、と。そう、彼女が稲瀬玲子だった。

出会ってその次の日。僕は玲子をほとんど無理やり連れだして、心配をかけていた周りの人々にお披露目した。役作りする必要性がないことは一目瞭然だった。僕にとってこのとき、玲子は勝利の女神か何かに見えた。誰も僕にガタガタいってこなかった。そのまま玲子は他の出演者たちと顔合わせを済ませ、僕らは二人で部室に残っていた。

「書きはじめた時はタダの想像だった。ありったけの理想、それを超えた女を描いた。すると、その女が本当に現実に現れた。そんなことってあるかな。少なくとも、僕は生まれて初めてだ。夢の女が眼前にいるっていうのは。本当にありがたいよ」

美貌の玲子は、生まれつきちやほやされることに慣れっこだったんだろう。僕が何をいおうと動じなかった。

「でも私、演技なんてしたことないのに、本当にそれでもいいんですか？」

「たとえ世界の名女優が百万回演技の練習をしたところで、それでも誰も君にはなれないよ」

僕はよく考えてそういった。すると玲子は意味深に笑う。

「それ、本当なの？」

「僕が嘘をついているように見えるなら、信じなくてもいいよ。でも嘘をついていないと思ったら、君は僕と生涯の愛を誓うべきかもしれない」

玲子は唖然としていた。二重瞼、長い睫。

「生涯？」

「君が思い描く生涯の男が僕にはわかるよ」

「はい？」

「君が好きになるのは、僕のように暗くて知的な男」

また玲子が笑う。

「ともかく僕についてくれば、僕のクリエイティブについてくれば、僕は君をハリウッドでもボリウッドでも通用する女優にしてやる」

立派な誇張だった。でも玲子の蒼い瞳は、きわめて優しくなって、小さく微笑んでくれた。

「とにかくまず、脚本を読ませていただけない？」

そうなのだ。とにかくバタバタしていて、玲子はまだ台本にすら目を通していない状態。

「これだよ」

僕は生まれたての冊子、ラブストーリーを差し出した。

玲子はずいぶん長い間、じっと台本に見入っていた。この時の伏し目の真剣さ。

僕はものを書くということがどういうことなのかを初めて知った気がした。よく知らない人間に、少しずつ裸にされることと同じ。

「サルバドール・ダリとガラ・エリュアールのこと？　主人公の男女の呼称、ダリオとガラシャって、そこからきてるのかしら？」

僕は黙っていた。何もかも見透かされていたらしいのだ。

「お見事。誰も気がつかなかったよ、今まで読んでくれた人間の中では」

「信じられないわ、こんなにわかりやすいのに？　みんな何を読んでるのかしらね。ジョンとヨーコとか、カートとコートニーとか、シドとナンシー、ボニーとクライドとかにすればよかったんじゃない？」

玲子はいいながら人を見下したように笑った。玲子は僕のことを笑っているんじゃなかった。僕の脚本をポーズだけでちっとも真剣に読んでない人間に対しての侮蔑で笑っているのだ。

そんなことをされたら、僕はもう逃げ場がなかった。彼女を好きにならずにいられる理由が何一つないじゃないか。

「登場人物に名前をつけるのが苦手なんだ。なんでだろう？」

「わかる気がする」

それからまた読み始めた。

「あなたってどこまでダリが好きなのよ。ここに出てくる単語の一つ一つがもうダリの世界観に影響をうけてる感じがするわ。きっとわざとなんでしょうけど。たとえば、新人類。『新人類の誕生を見つめる地政学の子供』、あのタイトルが浮かぶわ」

それはちょっとだけ違った。僕は単に「新人類」について言及したかっただけだ。

この荒んだ地球上で愛だけを信じ生き残る高潔な人々のことを。高度な精神性を発達させ、それがオーラのように彼らの鎧となり彼ら自身を守り、どんな天変地異の中もやすやすと生き延びる。優雅で野蛮で誇り高き人々のことを。

「あなたは何かコンプレックスでもあるの？　アジアに生まれたことに対して」

「は？」

僕は聞き返した。いったい何をいい出すのかと。

「ダリの絵の中では新人類はアメリカで誕生するということになってる。けれどもあなたの文のなかでは、新人類はアジア諸国のどこかで誕生するってことでしょう？　ほら」

ここはとても水気が多い。アジア諸国のどこかであることは間違いない僕はそこで興奮した。自分の書いた文章にそこまで思いを巡らせたりひっかかってくる人に初めて会ったような気がしたのだ。

「コンプレックスというんじゃない。これからの時代は、人種に優劣をつけている場合ではなくなる。地球が大災害に見舞われるんだから。そんな中でさ、アメリカやヨーロッパが優れているとか、どっちの国がすごいとか駄目だとかそんな風潮はとても古いって、そういうことだよ。新人類というからには、どこででも誕生する。アメリカでも日本でもマレーシアでもカナダでも。僕らにはいずれもう国籍という垣根すらなくなる」

「じゃあちょっと深読みしすぎたかしら」

あなたに深読みされるのはとても嬉しい。そう思ったが、それはいわずにこう訊いた。

「君こそそんなにダリが好きなのか？」

「人並に、よ。たいして好きなわけではないわ。だってあの人も奇人でしょう？　誰かさんみたいに」

「なんだ、僕のことがおかしいとでもいうのかい？」

「うん」

ややあって、

「ダリの『記憶の固執』という作品を観た時だったかしら」

ダリの絵には時計がよく描かれる。『記憶の固執』に描かれている時計はぐにゃりとしてはりついている、チーズのように時計が溶けている絵。

「とっても驚いたの。衝撃的だったからずっと残っていたわ。あんなもの、それまで見たことがなかったから」

玲子のその言葉を聞いて僕はすぐに思い出した。ガラはダリのこの作品を見てこういったのだ。

「一度この絵を見たら、誰もがこのイメージを忘れることができないわ」と。

玲子、だから君はまんまとダリとガラの思惑通りになってしまったってことなんだよ、と。

それから玲子は続きをまた読み始めた。

しばらく時間が流れたんだろう。けれども僕はちっとも時間の流れを感じることができなかった。一人でいるときの時間と二人でいるときの時間は決して同じ濃度ではない。歪む時計、硬い時計、柔らかい時計。あの時計が表現していることはこういうことなんだろうか。

「悲しくなるくらいに、美しいわ」

玲子はため息を漏らすみたいに小さくそういった。顔をあげて玲子はこっちをじっと見つめた。

「ねえ、これは本当にあなたが書いたものよね？」

「そうだよ。人聞き悪いな」

「ということは、あなたそのものなのよね？」

「もちろん。嘘をついてるようにみえる?」

「いいえ」

玲子はまた驚いたような顔をして僕をじっと見つめた。

その目力たるや強烈で、その視線のせいで、何者かに頭を殴られたように、グラグラと視界が揺れて、星みたいな点がちかちか見えた。

台本を読み終えた玲子と僕はそのまま部室を後にして歩き始めた。

玲子を駅までおくっていく間、僕は足元がふわふわして、トランポリンにのっているように平衡感覚がなくなり、まっすぐ歩けなくなるという非常事態に陥った。

「大丈夫? 三武くん、さっきからよれよれしてない?」

「恋人同士みたいに、哲史と呼んでくれないか?」

サービス精神が旺盛なのか玲子はちゃんと僕の名前を呼んでくれた。

「哲史」

玲子のその声に、僕はまた倒れそうになった。

構内で切符を買うと玲子は少し戸惑いながらこういった。

「明日の読み合わせでまた逢えるのよね? 哲史」

「もちろんだよ。逢わずにいられるわけがない」

僕がそういうと玲子はやにわに僕に抱きついた。ミモザのような香りがした。

体中に電流が走ったようにびりびりとした。僕こそ本当に新人類へのシフトを始めているまさにその張本人なんじゃないかと見紛うほど。何をするんだ、やめないか、到底そんなことをいえるはずがなかった。

「どうしよう」玲子はそう呟いた。何がどうしようなのか、わからなかった。


次の日の読み合わせで僕は肝をつぶした。玲子はもう完璧に台本のセリフを覚えていた。これはもうプロの所業だった。臨場感たっぷりの演技。そのうえ演じることが大層楽しそうにみえた。休憩の時間に思わず玲子に訊いてしまったほどだった。

「演劇の経験はないっていってなかったっけ？」

「うん、まったくないです」

「なのに、この出来？」

「……感情移入ができたから」

今となってはガラシャと玲子はどちらが先だったのかと思うんだ。あの役があなたを呼んだのか、それともあなたがあの役を呼んでいたのか。

僕の心から根こそぎ何かを生み出させたあの力はもしかすると、あなたが呼んだものだったのかもしれないと疑えるほどに。

ぴったりの役者を得た僕の映画。滞っていた撮影は、ここにきてまた一気に進むことになった。

そして、七月二十四日。撮影が終わった後、僕らは二人でキャンパス内にある広場の噴水の前にいた。

僕はこのときはもう既に、玲子にまつわる何もかもを知りたかった。生い立ち、家族構成、恋愛の経験、どんなものが好きでどんなものが嫌いで、そんなことを。けれども僕が初めに訊いてしまったのは別のことだった。

「こうやって見ず知らずの他人に選ばれるというのはどんな感じ？」

「どんなって？」

「選ばれたわけだよね、君はそこらの女子大生やらとはちょっと違うのだと。だから、そういったユダヤ人の選民思想みたいなのも強いわけ？」

「……まったくないわけじゃない」

いきなり玲子は強くそういった。

「だけどあなたがいう選民意識とはまた別モノ。昔から、お前は少し人と違うって周りにいわれてきた。だからなのか、確かに私は心許せる人がいなかったし、会話が合う人もいなかった。それに、いつも思ってしまうの。世の中についていけない」

「そんなものに、ついていかなくていい。周りにふりまわされちゃだめだ」

「ずいぶんと強気ね」

「君がいれば」と僕はいったのに軽く流された。

「だから、そんな意味で、他人とは違うって思うことがある」

玲子はそういった。あなたは、私のことをふつうの人たちと同じ扱いをするってことなの？あなたわかってないわね、人を馬鹿にする気？　という態度。つまり、私は違うの、というその美意識の高さ。玲子が他人と明らかに違うのは、その点である気がした。

「それにしても、他人と話が合わないなんて、君のような取り巻きが多い女性でも感じるの？」

「何をいうの？　いつも気が遠くなるほど孤独を感じてるわ」

玲子が答えると、僕は驚いた。驚いたけれど、確かに本当に美しい人は最後、孤独になるものだろうから、思った通りという気もした。

「だけど、哲史。あなたとは合うと思うの。だってあなた、他の人とはからきし違うもの。はじめてよ、こんな気持ち。とても変わっていておもしろいわ」

そしてこっちを見てくすくす笑う。

「変わっているのは、僕のせいじゃない。僕の魂のせいだろう」

何がおかしいのか、玲子はお腹を抱えて笑い出し、しばらくとまらなかった。とても楽しそうに笑うのでこっちまでなぜか照れてしまう。

一昨日、別れ際に抱きついてきた玲子の感触とミモザの香りがよぎる。またそうしてほしい、と思った。

噴水のため池をじっと見つめて、玲子はいった。

「これから世界は旧人類と新人類にわかれていく。哲史の書いたとおりに、おそかれはやかれ旧人類は滅びる。私はずっとそう信じてきたの」

僕は何か冷たいものが胸に広がるのを感じた。

「どうしてそんなに驚いた顔をするの？　なぜ？　だってあなただってそう思ってるから書いたんでしょう？」

「確かにそうだが」

「だけど、決定的な世界の終りはまだまだ先のお話。ただ、しばらくはこんな風にざわざわした感じが続くのよ、それでやがて致命的な出来事がどんどん頻発するようになる。まさにあなたが書いていたみたいに」

なんて悲壮なことを飄々と語る女だろう。

「二〇一五年人類滅亡説が有力だと私は思ってるの」

あんたも好きねぇ、と僕はいってやりたかった。

「その理由を聞かせてもらいたいね、こちらとしても」

「マヤ文明は知ってるでしょう？」

「知らない人がいたらお目にかかりたいよ」

「二〇一二年十二月二十二日だっていわれてるけれど、これにだって解釈がたくさんあって本当は二〇一五年ということになってるし、同じく二〇一五年にノストラダムスは予言してるじゃない、王たちが森を奪い、空が空き、大地は熱で焼け焦げる。オゾン層や放射能のことをいってるんじゃないかしら？　人工知能やコンピューター、核戦争。予言にはいろんな解釈があるけど、はっきりわかるのは、自分はきっと生き残れない」

なんて悲惨なことを堂々と口にする女だろう。

「なんでまた」

「だって私は旧人類だもの。変わり身がはやくて、暴力的、荒々しくて、物欲と金銭欲がはびこった脂ぎったつまらない世界の住人。無神経で鈍感な人間たちばかりの中からとびだしたい、だけど、そこまでの勇気や美しい信念はもっていない。それに、どこかでこんな世界なんて滅びちゃえばいいと思ってるから、新しい世界では生き残れないし、そこで生への未練なんてないわ」

僕は黙っていた。

初めて会った時に玲子は泣いていたということを思った。とても悲しくて、そうあなたはいった。何があったんだろう。僕はまだ訊けずにいる。

「十六年後、世界の終わり、その頃の私が何をしているか見当もつかないけど、いまでさえこうなんだもの、もうくたびれちゃってるわ。計算すると三十四歳？　結婚してたり子供を産んだりしてるのかしら？　私にそんなことができるはずないわね。私に合う人なんて誰もいないもの」

玲子の瞳が少し翳る。

「ここにいる」

本心からそのままいってしまった。玲子は顔をあげた。

「君は旧人類ではない。新しい時代に対応しようと必死でもがいている、新人類だよ」

「どうして私が新人類だなんていいきれるのよ？」

「君は美しい。新人類というのは、身も心も美しい人たちのことだ。台本通りに」

僕は思った。玲子の美しさの秘密。それは、意識だ。

私は違うの。その潔癖なまでの美意識こそが彼女を特別に美しくみせているのだった。その意識という念力の強さが。

「あなたおかしいわ。美しければ生き残れるだなんて……」

照れたようにいい返す玲子。ほんとは嬉しいくせに。ほんとはそんなこともあるかもって思ったくせに。

「君はその日、つまり人類が滅亡するという時、僕といるよ」つづけて、

「僕と一緒に、今日のことをふりかえってる。その、世界が終る日にね」

玲子は伏せていた瞳をあげて、それで、じっと僕を見つめた。

「ほんとに？」

「ほんとだ」

「今日は一九九九年七月二十四日か。二〇一五年まであと十六年もあるのよ？」

「十六年後の七月二十四日も、一緒に迎えてるさ」

「あなた、まるで小説の登場人物みたいなことを普通に話すのね」

「そうかな。でも、君も全然、僕に負けてないと思う」

「私、読書が趣味なの」つづけて、

「だから、あなたのような小説の中からとびだしてきたような人を探してた」といった。

そして僕らはその場所で、そのまま抱きあった。人目も憚らず、とても深い、どこまでも求めあって堕ちていくようなそんな口づけをかわした。

初めて玲子を抱いたその夜。つまり、出逢って三日目だったその七月二十四日。一人暮らしをしている僕の池袋にある部屋だった。僕たちはどちらからともなく寄り添って、永遠のような口づけを重ね、互いの服を脱がせあうときはもう、僕は、これまでとこれからの人生から切り離されたような気になっていた。互いに初めての体験。

それはイブが食べた林檎みたいなものだったかもしれない。ともかく僕は初めて抱く女がこれ以上にない夢の女という幸運を、手にした。さらに幸運なことに、玲子にとっても僕は初めての男だ。それはディズニー映画のように完璧で美しい性体験に違いなかった。夢物語ともいえそうな……。

僕たちには、つまり、望んだ形で、望んだような性体験が用意されていた。足掻いて望まずとも、すべての幸せが勝手に転がり込んできたようなものだった。

でも果たしてそれは本当に幸運だったのだろうか、なんて時に思ったりするんだよ。今となっては。

僕の身体は男として覚めやらぬ興奮に覚醒し、僕の心は神話の果てにぶっとんだ。抱いているさなかに感じてた。僕にはその頃から第六感があったようだ。玲子といなければ、これまでも、これからも、僕は死んだ人のようになるだろう。僕の感性も遺伝子も何もかもつまらない茶番に成り下がるだろう。玲子と離れたら、僕は死んだ大人になるだろう。何故なら、僕にとって彼女は絶対的な美しさになってしまっていたのだから。

月はひとつ。月はふたつもないから。

それはシグナルだったのかもしれない。玲子の存在が僕を根こそぎかえてしまうことへの危険信号。玲子の存在が楽園であればあるほど、奈落の底に変貌することだってありうるから。危ない橋をわたってる。

誰かが僕らを止めようとしたのかちょっとした地震が起きた。

それでも僕と玲子は、そんなこと忘れていた。玲子はその蒼みを帯びた瞳で、僕の目を見たり、僕の胸元を見たりする。初々しくも大胆に。

玲子の色白な裸体は、僕の身体によって上下に揺さぶられ、その間ずっと、泣いてるような声をだしていた。僕は玲子の身体をもう一度強くかき抱いた。

この女から発散される微粒子は、僕のおおいなる渇きをうるおすのだった。

「どうしてあの日、泣いていたのか？」僕は尋ねた。

「悲しいことがあったから。どうして生きていくのかわからなかったから」

タオルケットを羽織ってベッドの上で体育座りをしていた玲子はそういったあとやにわに僕のほうにおおいかぶさってきた。

「だけど、泣いていたから、あなたを見つけることができた。もう悲しくない」

若い僕らの身体はいつでも合体を求め合った。禁断症状がでることもない頻度で、身体を重ね合わせた。来る日も来る日も、朝でも昼でも晩でも。

「愛してる」しきりに玲子はそういった。

愛してる、と。

たとえ世界が終っても、あなたと一緒なら何も恐くない、と。

君がそう思っていたということはつまりだ、玲子。僕もそう思っていたということなんだよ。

映画は無事に完成した。この作品はこの冬の大々的な映画祭にノミネートされ、三日間に及ぶ上映会は連日満席で、大盛況に終わった。作品ももちろんだが、ひときわ注目されたのは玲子の俳優としての資質だった。

「演じることがこんなに楽しいなんて思わなかった」

その夜も僕の腕の中。つくったばかりのこの部屋のスペアキーを手にしながら、玲子はいった。出逢ってからというもの僕らに「逢えない日」なんてなかった。片時も離れないで一緒にいるようになった。

「女優になれたら、こんなに楽しいことを仕事にできるのね。いいな」

説明するのが遅れたけれど、玲子の生い立ちというのは僕に比べると非常に孤独だった。家庭環境に恵まれていなかった方だ。両親はおらず、家族もいない。富裕の独身貴族である大伯父から学費や生活費をもらっていた。しかし、その大伯父もいつ手のひらを返すかわからないという不安定な状態だ。

だからなのか、玲子は大学一年の時点で、貯蓄に精を出していたのだろう、アルバイトを掛け持ちしていたし、それに。

「スカウト？」

驚いて僕は尋ねた。

「そうなの。実は最終公演が終わった日に、この人から」

玲子はそういって名刺をバッグの中から取り出した。大手芸能プロダクションのマネージャーという肩書きを持つ男性からもらったものだった。

「本物のスカウトマンが来たりするのなんて知らなかったわ。軽い気持ちでやってみないかっていわれてるの。いまどき、珍しいことでもないって。雑誌に出るだけでもいいバイトになるそうよ？　異論はない？」

僕は黙っていた。

これから脚本という博打のようなものを追いかけていこうとしている身の上だったし、生活費だって親からの仕送りをもらっているだけ。大学を卒業してもまだまだ親からの仕送りを当てにする日々が続くに決まっている。要するに、自称物書きの端くれってだけで、その芽が本当に出るのかすら何にも解らないような男。それだっていつになることやらもわからない。保証されたものなんて何もない。そんな僕に玲子がするアルバイトに関して何かいえるような立場ではない。玲子が少しでも態のいい仕事をしたがるのは無理もないし、止めることもできない。

「異議なし」

玲子はスカウトを受け入れた。


それからあっという間に大学二年生になり、三年生になり、最後の年になった。映画制作部にいながら、僕は短いものから長いものまで、脚本を書き続けた。

舞台公演にまでこじつけられたものもあったし、映像作品だって何本か新しいのが増えた。

僕はノストラダムス以来、ラブストーリーを書いていなかったし、いかんせん、女が本格的に出てくるようなラブロマンスは書いてなかったのだ。

玲子は「稲葉レイ」という芸名で、初めほとんど読者モデルのようなことをやっていたが、少しずつ仕事が増え、大学を卒業したと同時にトレンディドラマの脇役に抜擢されたのだ。

露出が増えたけれども、日頃から友達付き合いなどまったくしていない玲子は学内でも神出鬼没のような存在となっていたし、他人に変に首をつっこまれたりするようなことはなかった。

相変わらず、僕らはいつも一緒にいた。玲子がロケで遠くに行った中では千葉が一番遠かったけれどその時も玲子は僕についてきて、といった。

今回のトレンディドラマでの玲子は、マジシャンの女の子という役柄で、冷たい不思議ちゃんという設定だったから恋愛絡みのシーンなんてもちろんなかった。けれども、玲子がこうして何かを演じるようになれば当然にラブシーンの一つや二つ演じなければならない時があるだろう。それは僕にとって赦せないものだった。玲子が仮に演技だとしても他の男に抱かれたり、唇を奪われたりするなど到底考えられない。いったい、どうしたらいいのか。


「なあ、玲子。ラブストーリーの出演依頼なんかは来てないのかい？」

「たまーに来ても断ってる。けど、うーん、ほとんどない」

玲子は何気なしにそういった。安心したと同時にびっくりした。

「それはまたどうして」

「いやだわ。哲史以外の誰かと恋愛をするなんて、そんなこと嘘でも嫌！　それに、あなたが書くラブストーリー以外、やりたくない。ノストラダムスのときはしょうがなかったけど、あれはまあ抱き合うだけで、キスシーンとかはなかったからできたってだけで」

僕はそこで笑った。

「けれども、そんなことばかりいってられないだろ？」

「じゃあ、でろっていうの？」

玲子はそこで突然敵意の目をむけてきた。

「哲史は、私が演技でも誰かと恋愛をすることを赦せるの!?」

「赦せるわけないだろ？　赦せないから聞いたんじゃないか」

僕がそういうと、玲子はすぐに優しい表情になって抱きついてきた。

「きっと、絶対にそんなことはあり得ないと思うけど、もしラブシーンをどうしてもしなくちゃならない時は、必ずあなたに相談するわ、哲史」

玲子はそういって僕の唇に唇をおしあてた。

「あなたとじゃなきゃ、誰かと触れ合うこともイヤ」

そのまま玲子は服を脱ぎはじめる。白い裸体になってすぐに、僕を求めてくる。

哲史しか欲しくない。哲史しかいらない。他には何もいらないと、僕に抱かれながら若き日のあなたはそんなことばかりいっていたよね。

僕に抱かれて歓んでいたあなたのあの表情を、僕はいまだに、一日たりとも忘れたことなんてない。

出逢ったころは十八歳だった僕らは二十三歳になっていた。そして、玲子と付き合って五年目の春。まるで僕らを引き離そうとする出来事が起きたのだった。

火種は僕の書いた新しい脚本だった。

『蝶になるまえ、繭の中で思いついたこと』

というタイトルの、それまでただのギャンブラーでしかない男たちが、突然、蝶にならなければいけない事態に陥って、繭の中でハチャメチャな仮死状態を経験するというなんともハチャメチャな作品、なかばやけっぱちで面白おかしくふざけて書いたような作品が大手テレビ局の脚本募集コンクールで金賞をとったのだ。

業界のコネも無いし、とりたてて実力もない僕がどうしてそんな賞をとれたのかが、あんな人を馬鹿にするだけ馬鹿にしてますというふざけた作品が何故金賞なのか僕は到底信じられなかったけれど、今ならわかるのだ。

あれは、僕と玲子を引き離すための罠だったということが。

僕の好きな小説の言葉をかりるとすれば—罠は二重仕掛けになっている—とのこと。何か霧の様なものが、僕らに襲いかかろうとしていた。

『蝶になるまえ、繭の中で思いついたこと』の授賞式が終わり、同時に映画化にむけて動き出すという旨をプロデューサーから伝えられた。

もともと映画化のための脚本募集であったから、話は早いだろう。キャスティングに、監督、主題歌、演出家。細かい打ち合わせに入るのだが、書いた当人である僕はここからはほとんどノータッチだ。よほど何か問題が起きない限りは、無関係といってもいい。

金賞をとってからというもの、立て続けに仕事が舞い込んできた。中にはアニメの仕事、ラジオ番組、シリーズものの中の一話だけ、とか。

とにかくこの作品を契機に忙殺されるようになったんだ。

そのあわただしい中で、玲子は僕に話したいことがあるの、そういっていた。将来のことで、相談があるの、と。僕は締め切りに間に合わせることだけに集中していて、わかった、ちょっと待ってくれ。これが終ったら存分に話を聞くから、と返事をしては、佳境にはいった脚本に意識を奪われていた。

本当はもっとその頃に、きちんと玲子と向き合えばよかったのに。

いよいよ明日締め切りというその前夜に、玲子から携帯電話が鳴った。ほとんど当たり前のようにして時計を見た。二十一時だった。

「あ、哲史？　ごめんなさい、作業中に」

玲子の周りは騒がしかった。居酒屋のようなところにいるみたいだった。今日、玲子はスタジオで撮影するだけだといっていたはずだった。

「どうした？」

「晩御飯は食べた？」

「ああ、もうすんだよ」

「そっか、じゃあ何も買ってくる必要ないわね？」

「うん、もう仕事は終ったのか？」

騒がしい職場から電話してきている可能性だってあるからとりあえず僕はきいた。

「うん。もうずいぶん前に仕事は終ってたんだけど、どうしてもっていわれて居酒屋に来てたの。でね、友達が酔っ払って大変なの。自宅まで送ってから帰るわね」

「友達？」

友達がいるなんて初めて聞いたような気がした。

「女性の友達よ、決まってるでしょ？」

玲子はそういって電話を切った。僕はそういう意味でいったわけではなかった。友達が男性であろうと女性であろうと、とにかく玲子の周りにどんな人間がいるのかさえ、見落とし始めていたことに気がついたのだ。

僕はその夜、初めて玲子との生活をふりかえった。窓をあけて煙草を吸った。道路を猫が走り去って行った。黒い猫だった。僕は何故だか、とても嫌な予感がした。

玲子はその夜、案の定遅い時間に帰ってきた。午前二時は過ぎたところで、鍵穴がこもるような音がして。

「おそかったじゃないか」

「ごめんなさい」

玲子はきっぱりとあやまった。僕は玲子からあやまれることが、こんなに息苦しいものをひっかけてくるなんて知らなかった。

「どうしてあやまるの?」

「だって初めてだから、こんなに遅くなってしまったこと」

そうだった。僕と玲子はいつも一緒にいた。別々のことをしながらもいつも同じ空間にいた。だいたい、付き合ってからの間、僕らは別の寝床についたことがなかった。

「友達の介抱が大変だったのかい？」

「そうなの、彼女ったら本当に飲みすぎちゃって。家に送りとどけた後も、すごすご帰ってくるわけにはいかなかったのよ」

「そうだね、確かに」

「それに、哲史だって明日締め切りだっていってたし、あんまりはやく帰ってもその、哲史の邪魔になるんじゃないかって」

「こうやって、心配かけられる方がちっとも捗らないことに気がついたよ」

僕はそういうと、そのまま玲子をかき抱いていた。性交をはじめた。

出逢ってからずっと毎晩こうして、玲子と体が繋がっていた僕は、玲子の身辺に対してそれまで一度も疑いを抱いたことすらなかった。玲子と僕はお互いしか見ていない、それは当り前のことだと思っていた。僕はけれども初めて想像した。この身体に違う誰かが触れることを。

そして眠りについた。

まっしろな雪山。夢の中でしんしんと静かに降る雪。

僕と玲子はその雪山を歩いて登っていた。ずっと二人で歩いていた。繋いでいた手。隣にいた玲子は何もしゃべらず始終微笑んでいた。ほどなくして、山の頂にたどりついた。あたりいちめん、神々しいほど白い雪景色だった。けれども気がつくと隣に玲子はいなかった。玲子が隣にいない雪景色は恐ろしかった。あたりには誰もいないし、夢の中の僕は玲子がもう二度と帰ってこないと思っているのだった。僕だけが、その雪景色にとり残された。

目がさめると、玲子はもう既に起きていた。玲子は昨夜、僕が仕上げたばかりの脚本を読んでいたのだった。起き上がった僕に気がつくと第一声がこれだった。

「ねえ、哲史。本気で脚本家になりたいのよね？」

「何をいまさら。そんなの当たり前のことじゃないか。だいたい、君は無職の男を愛せるのか？」

「でも、最近のあなたのストーリー、あまりよくない」

玲子は呟いた。

「これも、これも、これも……全然、よくないね」

早い時間から起きた玲子は机の上にあったここ数日で書き上げた原稿をほとんど読破していた。

「おいおい、何てことを？　僕が必死で書いたのに」

玲子にそういわれて、多少傷ついたのは確かだった。

「あなたが必死で書いたこと、それはわかるの。あなたは売れっ子脚本家になりたい。だから、書きたくないものでも懸命に書いてる……」玲子は続ける。

「あなたが書きたいことを書けるようになるには、どうしたらいいの」

「君はちょっと寝ぼけているね」

「またノストラダムスみたいなのを書いてね。あなたが売れっ子になったら」

「は？」

「ノストラダムスよ。世紀末、恋をして生き延びる二人を」

思い出した。

その瞬間まで長いこと、僕はノストラダムスの存在すら忘れていた。僕の究極のラブロマンス。あとにもさきにもひとつだけ、渾身のラブストーリー。

「もちろん。僕が売れっ子になれば、そこで初めて好きなものを好きなように、きっと書ける。君がそばにいて好きにモノが書ければ、なんて自由だろうね」

玲子に対して初めて疑念をもったのは事実だったが、彼女はこうして僕のことを考えてくれている。玲子の帰りが少し遅れたくらいで、黒い猫を見たくらいで、恐い夢を見たくらいで、そんなのはただの偶然だと僕は確信した。そこで玲子を抱きしめる。

そうさ、僕にはこの女がついている。たとえ世界が敵になってもこの女だけは僕のそばにいて、僕の思想を認めてくれる。忘れちゃいけない。忙しいと人は忘れがちになる。眼前の世界の成り立ちを。構造を。その表層はすべて、源があって初めて現れているということを。

つつがなくそれからまた日々は流れた。間違いなく僕と玲子は以前にまして忙しくなった。けれども毎日同じ寝床についていたことだけは確かだった。

そんな中、あの冬の日。ロケで、東京を離れるといった。

「撮影って、どこまで行くんだい？」

「北海道」

ロケーション地は北海道だ。

玲子は初めて全国ロードショーの映画の出演が決まった。その映画プロデューサーの名前は僕も知っていた。聞いて驚くほどの、業界きっての大御所だった。玲子はいったいいつそのオーディションを受けていたのかと不思議に思えた。

「さすがに北海道まではついてこられないわよね？」

玲子は僕にそう聞いた。それは何だか僕についてきてほしくない、と思っているかのような口ぶりに思えた。その時、ドラマの脚本をほかの脚本家たちと共同で書いていた僕は当然こっちのスケジュールに穴をあけるわけにはいかなかった。

「どのくらいかかるの？　撮影日数」

「そんなのわからないわ。うまくいけば二、三日で終るかもしれないけど。監督の機嫌次第じゃないかしら」

その監督が大層厳しい人であるというのも噂で聞いたことがあった。そうであるからには、今回の作品は玲子にとっても大勝負であるということだけはひしひしと伝わってきた。

「毎日欠かさず連絡してくれ」

「もちろんよ、哲史」


初日の夕方、玲子から北海道についたという連絡がきた。

「哲史、すごいの！　あたりいちめん雪景色。あなたと一緒に見たかったわ」

ややあって、

「悲しくなるくらいに、美しいわ」

ため息を漏らすみたいに小さな声でそういった。その声は、あの時の声とよく似ていた。初めて玲子が僕の台本を読んだ時の、泣きそうな声と。

その一本の連絡。玲子が北海道から寄越した最初で最後のものになった。ぴたりとなりをひそめた携帯の音。その夜も、次の日の朝も、夕方も夜も、僕が電話をすると―電源が入っていないためかかりません―。それが三日間も続いたのだった。

しかし、ねぇ、玲子。

君がいない、君の声も聴けない三日間はまるで闇だったよ。

ああ、この暗黒の長さ、何光年？　この暗さ。太陽が消え、一切の光が絶たれた。

地球の表層が氷で覆われる、吹雪にさらされる。辺りは真っ暗で、電気がつかえない闇。電波は届かず、凍えるほど寒い冬の夜。僕と君の間に走る電磁波がないという恐ろしさ。


そうか、これが世界の終りということなのか。


世界が終る時に、僕はまたこの闇を見るんだろう。

ずっと昔に自分が書いた暗黒の世界が眼前に広がっていた。凍えるような寒さ、この星は氷になってしまったんじゃないか。

眠れなくて、書くべき話も無くて、僕はそんなことを考えて三日間も過ごしたんだよ。

僕にとってこの三日間の体験はすっかり脅威になっていた。後々、僕は脳裏にやきついてしまったこの三日間の闇にうなされることになるのだ。

隈ができたところで、玲子は突然帰ってきた。四日目の朝。

「哲史、ごめんなさい」

「…………」

「移動中に携帯を落として水没してしまったのよ。うんともすんともいわなくて」

「そうかい」

「携帯ショップに行く時間もなかったし、とにかくはやく撮影を終らせることに必死だったの」

「公衆電話やその他にも手段があったんじゃないのか、連絡を取ろうと思えばいくらでも」

「哲史の番号、携帯にしか登録してなかったのよ」

おお、そうかい。

僕は君の番号、携帯にしか登録していないけど、ちゃんとそらんじることができるんだけど。

玲子は元気な姿で帰ってきたし、北海道オニオンスープというお土産まで買って来てくれた。ラベンダーのポプリまで買ってきて部屋に飾った。

でも僕はあの永遠にもみえた三日間のうちで、すっかりはじめて味わった恐怖にさらされ始めた。

僕は玲子を疑うようになった。玲子は仕事の上で、他に親しくしている男がいるんじゃないだろうか。これまではあえて考えないようにしてきたことを考え始めた。

僕は多分、疲れ始めていた。

その数週間後のクリスマス・イブだった。

テレビ局の番組プロデューサーの男から、何の面識も無い男から電話が入った。映像制作会社のつながりから僕の携帯番号を聞きだしたようだ。

「三武哲史さん。大切なお話があってお電話差し上げました」

「はいはい、何でしょう？」

「ノストラダムスのお話を映画化させていただきたい。企画段階ですが」

「………」なぜ？

「稲葉レイ、稲瀬玲子はご存知ですよね？　もちろん」

「ええ」

「彼女の事務所は、稲葉レイに賭けています。彼女を追い風にのせようと必死です。いまや、二十代の女優ものの企画があがれば必ず彼女の名前が挙がります。でも稲葉レイは、自分が十代の頃、一番初めにやった作品、つまり三武さんのものでなければという理由ですでに四本も断っています」

玲子。君は一体、何を考えているのか。

「ちょっとまってください。あの作品はとてもじゃないけれど、映像処理しても脚色しても二時間に引き延ばせるようなものではないし、とてもじゃないけれど、大衆に愛される可能性があるようなもんじゃないことくらいわかりますよね？　ラブストーリーにみせかけた、オカルトものですよ？　どうかするとアングラ」

「ええ、それは確かにそうですが、その……上からの指示でして……」

「なんて我儘な女優だろう、稲葉レイは」

僕はいった。

「しかし、三武さんも稲葉レイと同等に、今、追い風に乗っている若手脚本家であるとお見受けします。それにノストラダムスは一度完成しています。稲葉レイはそのまま主役の定位置。他のキャストは様変わりしますが、より豪華キャストになって、つまりパワーアップして全国ロードショー。三武さんにとっては、マイナスの要因は何ひとつないのでは？」

もう何も聞きたくなかったから僕は、好きにしてください、といった。

「好きにしてというのはつまりこちらでもう……」

「ノストラダムスは過去の作品です。僕は過去の作品なんてどうでもいい」

電話を切ると、僕はいいようのない怒りに駆られた。


大体、玲子だ。玲子は一体何をやっている？　こんなことをして僕が喜ぶとでも思っているのか？　こんなにうまい話があるわけがないだろう？　まるでこれでは、一国を動かせるほどの権限がある大女優じゃないか。なぜだ。いつの間に玲子はそうなってしまったんだ。

まさか。

僕は怒りとともに急いで今朝から不在の稲瀬玲子に電話した。すると長いコールの果てに「メッセージをどうぞ」と留守番電話サービスにつながった。

「おい、玲子！」

まさか。

―またノストラダムスみたいなの書いてね。あなたが売れっ子になったら―

まさか。

「玲子！　電話にでてくれないか。まさか君、僕のために……」

木枯しが吹いてきた。


玲子。

まさか僕は、僕の宿命は君を喪うことの方に向かっているんじゃないだろうか？

究極のラブロマンスを書くという壮大な自由と引き換えに。

―世紀末、このすさんだ世界の中、恋をして生き延びる二人、美しき新人類の物語を―

その時、ピピピピピピ。やけに空々しく音がその場に響いた。玲子からの折り返しの電話だった。

「もしもし」

怒りが恐怖に悲しみに変わりつつあったから、静かにそう応答した。

「留守電のメッセージ。いったい、なんて声をだしてるの？」

大騒動ね、そういってくすっと玲子は笑った。

「これから帰る。ケーキかっていこうか？　クリスマスケーキ。サンタクロースの格好したケーキ売りを発見したとこだから」

冬の香りがいっきに僕のまわりを漂った。

「玲子、ひとつ聞かせてくれないか」

「なに」

「君は僕を愛してる？」

「愛してるに決まってる」

「身も心も潔白かい？」

僕は希った。イエスという答えが欲しくて。なのに、

「ねえ、哲史？」僕は泣き出しそうになった。玲子はこたえなかったから。こたえずにそのまま「逢いたい」といった。―逢いたい―「いますぐ逢いたい」僕はいった。

疑問と疑念が頭を占めていた。あの三日間の恐怖。僕は恐れをなしていた。

「哲史」

玲子がクリスマスケーキの入った紙袋をかかえて帰ってきた。ブーツを脱いで、部屋に入ってきたそばから、僕は激しく彼女を抱きしめていた。ケーキの箱を冷蔵庫にしまうのさえ忘れて、僕らは即座に合体をした。話なんてしていられなかった。玲子の顔を見ると僕は、難しいことがすぐにふっとんでいくのだ。現在の快楽とか、神秘的な瞬間とか、それだけがクローズアップされるゆえに。だけどこの日の結合は、獰猛な獣同士が争っているようなもの。そこには愛情よりも奪い合いがあった。もしかするともう潔白ではない玲子から放出される色香が僕を狂わせていたのかもしれない。まるで獣のように君を抱いた後の、僕の腕枕はどんなだったかい?

体中に在った、君への疑いや疑念に嫉妬すべてを悟られないようにしていたけれど、何しろもう玲子は僕だけのもののようで違うもののようだったのだ。

文明という言葉が浮かんだ。その犠牲になるのだろうか、僕らの恋愛は。

「君は一網打尽だと思っているんだろう？」

玲子は黙っていた。

「君は女優になった。そして、そのおかげで僕のずいぶん昔の脚本がふってわいたように映画になる……」

「そうよ。すべては哲史のため。哲史が自由に書ければ、私も同じ、自由になれる」

「本当かな」

玲子は動作がとまる。そして振り返った。

「君はそのプロデューサーやら社長やら、つまり権限がある男と」

「寝たっていいたいの？」

「よくある話だよ。僕だって脚本家の端くれだ。全然知らないわけじゃないよ」

すると玲子は僕の腕枕をはずして起き上がった。

「確かに、誘われたわ」

僕は傷ついた。よくある話だよ、とか、かっこいいことをいっておきながら。

「でも、寝てないわ」

「それは何だか、他の男と寝ないことが、偉いとでも思っているような口ぶりだね」

玲子は黙り込んだ。

この美しさが、羽ばたき始める。僕はそれを繋ぎとめることができなくなっている。この大いなる嫉妬と疑心暗鬼のせいだ。玲子が、絶対的に美しいせいだ。

だから、疑わざるをえない。

「責められるのに、うんざりという顔をしないでくれないか？」僕はいった。

もしも僕が脚本を書かなければ、ノストラダムスを書かなければ、僕らは出逢うこともない代わりに、こんな奇妙な形の別れを予期することもなかったんだろう。

出会いの引き金は君の美しさで、別れの引き金も君の美しさ？　ということになる。

「哲史は私を信じてないのね」

「好きなようにしておいて、それでも信じてくれといえるのかい？」

「じゃあ、私はどうしたらいいの」

きらきらの水晶にひびが入った。


年が明けてから、僕は―ノストラダムス―の打ち合わせに呼ばれた。

打ち合わせといっても、僕にとっては単なる事後報告会みたいなもんだった。タイトルもプロットも大幅に改編されていたし、キャスティングもスタッフ編成もロケハンもすべて済んだ後。来週からクランクインするという旨を伝えてもらっただけだ。撮影台本の内容も僕は知らない。要するに、この作品に関しては単なる原作者で、ここでの存在はあってないようなものだった。

その時に、ダリオ役に扮する暁彦という俳優の、きわめて美男子と言葉を交わすことになった。

「三武哲史さん」

なかなかフルネームで呼びとめられることがなかったから、僕は背後から聞こえたその声に立ち止まった。エスカレーターが交錯する空港みたいなビルの中のエントランスで。

僕の方に向かって歩いてくる美丈夫で長身のこの男性が暁彦だった。確かに、長身で美貌の玲子と釣り合いがとれる俳優だと僕はひどく納得した。

「この後は何か予定がありますか？」

暁彦がそう誘ってきた。

「いえ、とくには」

「マスターの自家焙煎の珈琲がとても評判のダイニングバーがあるんです、恵比寿に」

「そうですか」

「お話ししたいこともありますし、一緒にどうですか？」

断る理由がなにも思いつかなかった。

暁彦は気さくで、あけすけにものをいうところがあった。正直。おそらく嘘をついたらすぐに周りが気づいてしまうタイプだろう。実直な好青年という印象。といっても当時、僕より四歳ほど年上だったのだが。

暁彦は、自分は役作りには毎回異常なくらい熱心になってしまう性分であるといった。だから、これからの撮影が始まるにあたって、主人公の男・ダリオの気持ちや、癖や、雰囲気、人となりを原作者である僕の口から詳しく教えてほしかったのだと。

僕らの珈琲が半分になったところで、そろそろかな、と思っていた。

彼が本当に話そうとしていることは、本当に話したいと思っている題目がもう少しで浮上するはずだ。

「これ書いたのって三武さん、十代のころ？　ですよね」

「はい」

「まだ若い身空で、よくもこんな素晴らしいものを書き上げられましたね」

「素晴らしい？」

僕は大体が、素晴らしいなどと誉められるのが嫌いだ。暁彦は、ええ、まったく素晴らしい、という。あなたの作品は、パワフルですね。あなたの華奢なそのいかにも文学青年的な雰囲気とは違って……。はあ。とこんな会話がしばらく続く。それから暁彦はついに題目に入った。

「稲葉レイさんって、三武さんの何なの？　中学とか高校とか、そんな昔からの知り合い？　関係があるわけ？」

お題目を発したと同時に、いきなり馴れ馴れしいような感じのため口になった。といっても僕は年下だから構わないのだが。

上げて落とす、というのが暁彦のやり口なのかもしれない。僕はさっきまで、玲子の話題に入るまで、さんざん褒めちぎられたからだ。

「どうしてそんなことをあなたに話さなくてはならないんだ」

僕はそういった。

「もう一年ちかく経った。レイさんと顔合わせしてから。ま、僕が一方的に気にしていただけですけどね」

一年……？　ということは以前にも玲子は暁彦と同じ仕事をしたことがあったのだろうか？　僕は途端にえもいわれぬ不安に駆られた。暁彦と共演していたメディアがあったなんて、僕はひとつも知らなかった。

「なのに、まったくわからない。レイさんはつかみどころのない女性ですよね」

暁彦はそういった。僕は顔をあげる。

「それは、つまり、稲葉レイに気があるということを僕に正直に告げていることと同じですよ」

暁彦は一瞬、驚いたような顔をしたが照れたように微笑んだ。

「そう……なんでしょうかねぇ」

ややあって、

「初めて会った時に感じたのは、思っていたよりも清潔感のある人だと」

「思ったよりもって、稲葉レイが何か不潔なことをしたとでもいいたいのか」

胸の中で怒りのようなものがせめぎあい始めた。ややあって、

「はい。さっきもいいましたけど、ものすごく役作りに凝ってしまうわけですよ、僕は。だからね、いつも事前に、他のキャストと顔合わせをする前の段階で、互いに仕事がしやすいように共演する役者のことを予習するんです。どんな人か、どんな経歴で、どんな交遊範囲があって、とか。だって、うっかり粗相があったらやりにくいですから。狭いので」

「それで、稲葉レイに関しては不潔なことしかきいてなかったってわけか」

「まあ、そんなとこだね」

玲子は今頃、何も知らないで広告班と仕事をしているのか。

「レイさんに関しては、こっちからとりたてて調べる必要もないくらいの情報があった。顔合わせする前からもう、ほんと色々、周りの人から噂を聞いていて、どれが何かよくわからなくなって。もちろん悪い噂です。耳にしたのは」

「どんな噂なんだい？」

「稲葉レイは某テレビ局長の愛人だとか、プロデューサーの女とか、脚本家である三武さん、あなたと昔から夫婦同然の関係にあるだとか、あとね、あの凄腕脚本家のさ……」

「そ、そんなに」そんな噂があるのだとは……。

しかも僕の名前まで挙がっている、ということは火のないところに煙はたたないも同然であって、すべてが噂だとも思えない。僕はもう発する言葉もなくなっていた。

「はい。ですから、直接、三武さんに聞いてみようと思いましてね。あ、俺、口堅いから」

ややあって、

「今回の映画化だってプロデューサーが稲葉レイのことを気に入っているということが、一枚噛んでるはずだよ。だいたい、あの人が気に入ってからだもんね、レイさんが売れだしたの」

─確かに、誘われたわ。でも、寝てないわ─玲子の言葉が蘇ってきた。僕はもう結構前から、玲子のことを疑いながら信じているという状態なのに。

「昔、この業界に入る前、付き合っていた女性がいました。僕よりずいぶん年上で、あなたもご存知の女優です。彼女は結婚していたので、要するに不倫ですね。でも、僕が売れだしたら、さっと身をひいてくれました。今思うと、お互いそれでよかったと思ってますよ。こう、変な噂ばかりあるから、彼女にとってもマイナスだったろうし、僕だって当時売り出し中ですからね、仕事に影響が出るし」

僕と玲子は不倫関係ではない、といいたかったが黙っていた。おそらく暁彦はこれから僕にとどめを刺すつもりでいるのだろう。

「確かに三武さんも若手脚本家としていいと思う。でも、聞いたでしょ？　三武さんの脚本じゃなきゃ仕事しないとかさ。ありえないですよ。仕事の幅狭めすぎ」

「玲子は僕の恋人だ。もう何年も一緒に住んでいる。もちろん結婚だって直にする。タイミングを見計らっているだけだ」

僕はここで改めて気が付いてしまった。そうだ、僕らはどうして結婚しなかったのか。

「玲子？　あ、レイさんの本名か」暁彦はいった。

僕らはどうして結婚しなかったのか。そういう発想がなかったのか。いつも一心同体だったからなのか、結婚という契約を交わすことを度外視してきたのだった。

だから僕は付け足すようにいった。

「僕らは忙しいけれど、毎晩抱き合ってきた」

「仕事は忙しいのに、毎晩セックスだけは、かかさないってわけだ」続けて、

「毎日セックスだけはしてるのに、互いのココロの変化には気がつかないってわけだね」

「何がいいたいんだ？」

「ほら、なんだっけ、あれあれ、あっと思い出した。共依存っていうやつなんじゃないのかな、それ。二人だけの世界にどっぷり浸ってしまって、閉じこもってるっていうか。あえて外に出ようとし

ないっていうか。子供がさ、よくやるでしょ、ここは僕の陣地だとか、縄張りをはるじゃない。二人だけの約束だよ、とか。あの子と仲良くしないでとか。お互いに初恋だったらなおさらさ、そういう側面があるんじゃないかな」

僕らの初恋が汚される、と思った。

「まるで、ダリオとガラシャみたいに」

その言葉を聞いて僕は席を立った。

「ちょっと三武さん、座って座って。怒らせるつもりじゃなかったんだから、すみません」

暁彦はそういった。

「僕はただ、二人がお互いに足の引っ張りあいになるんじゃないかって思ったわけですよ。それにほら、もうこんな手に負えない噂だってあふれてるんだし、自分が憐れに思えない？」

共依存？　けれどもどんな生き物だって、それぞれに依存し合っている。依存し合うことは生きることそのものだ。僕と玲子は確かに互いがいなければもう絶え滅んでしまうのかもしれない。

「彼女、すごく光りますよ。今後」

暁彦がそういって、僕は胸のそこで沸々と怒りがわいてくるのを感じた。

「玲子の美しさに、初めに気がついたのは僕なんですがね。あなた方が、俗世の美に捕らわれている間に僕が世界の片隅でひっそりと見つけた……」

すると暁彦は二重瞼の目を大きくして、笑った。

「ほんとに子供みたいなことというんだね、あなたという人は。だいたい三武さん、変わってる。まあ、そこが魅力なんでしょうね、あなたの」

なんとも優雅な感じで暁彦はまだ笑っている。玲子の美しさに初めに気がついたのは僕だ、とか、あー、おもろい、ふつう、そんなこといわないだろ、と。

「なんか、三武さんのこと好きだな」

「悪いが、僕にはそんな趣味はないですよ、いくらあなたが美青年でも」

少しむかっときたのか、一瞬だけ僕を睨むように見た後、暁彦は腕を組んだ。

「十代のころから毎晩レイさんとセックスしてきたわけだよね？　じゃあ、他に女は知らないんだ」

他に女は知らない？　それはいったいどういう意味だろう。知る必要がどこにあるのだろう。

「玲子は初めての女だった。玲子を抱いてからもずっと、玲子以外の女に欲情を覚えたことすらない」

そこで暁彦の表情は固まった。まるでとても奇妙なものを見たかのような。

「やばいじゃん、それ。異常な感じがしたよ、今」

「おかしいかね？」

僕はそういった。

「理解しがたいな、そこまでは」

理解するのにそこまでとか、ここまでとかがあるんだろうか？

ただ単にあなたにはわからないということだろう。

本当に誰かを愛したことがないから、あなたには、わからないだけなんだ。

「あなたが玲子のことを気に入っている程度と、僕が玲子のことを想う気持ちはケタはずれで違うから、一生追いつけるはずがない。だからもう玲子に構わず、他の女優にシフトしてくれ」

「レイさんの方は違うかもしれないのにね」

「なんだって君はそこまで僕と玲子に突っかかってくるんだ？」

「これ」

玲子のピアスだった。真珠とダイヤの。

「彼女に届けてくれませんか？」

「なぜ君がこんなものを持っているんだ？」

「去年、十二月に北海道でロケがあったんです。一緒に住んでいるなら知っているはずですよね？僕も同行していましたから。その時ですよ、ホテルの僕の部屋にきて忘れていった。すぐに返そうと思って連絡しているのにずっと無視されたままでさ。ったく、これから撮影に入るのに、どうするつもりでいるんだろう。まさにやりづらいですよね、こうゆうの」

心臓が早鐘をうった。あの三日間の恐怖がありありとどこまでも絶望的にひろがっていった。

「そっか、まだ上映されてないから知らないよね。僕ら共演したんですよ」

──もしも、万が一、ラブシーンがある映画に出るときは必ずいうから──

僕は愕然とした。

「三武さん、あなたは稲葉レイとは別れた方がいいと思う。彼女はけして、あなたが思っているような女じゃないから。あなたが脚本で書いていたような、女神ではない。あなたが不憫でならないよ。僕はそれを伝えたかった。次回作も、楽しみにしています。じゃあ」

そういって、つったっている僕の横を避けるみたいにすっと通って、暁彦は行ってしまった。

暁彦を走って追いかけて、呼び止めてぶん殴ってやればよかったのかもしれない。けれどもそれだって、僕が玲子を信じきっていて初めてできることだった。

否定できるだけの何かを持っていなければ、僕らは否定することなんてできないのだ。


僕は疲れていた。なぜなら、心底ひとりの女だけを愛し続けてきたから。


薄暗い店内のテーブルの上に無造作に置かれた小さなピアス。

音楽は流れていたが、暁彦との話に耳を傾けすぎていたらしい。今になってやっとウッドベースのこもった音が大きくなっていく。そして、僕の初恋がどんどん汚されていく。

僕の初恋が汚されていく。

例えば玲子はもうすでにいつからか、他の男のことを知っていたとする。僕のことをにべもなく平気で裏切っていたとする。だとしたらどんなに高邁な思いで僕がこの想いを貫いたとしても、それは偽物だったということになるわけなのか。

例えば玲子ではない女と恋愛をして、その女が僕と同じような思いで僕とともにいてくれたら僕は裏切られたわけじゃないから、信じつづけることができたのか。

酒を飲む習慣なんてなかったが、最寄りの別のバーにふらりと立ち寄った。

僕は玲子を傷つけたかった。今すぐ飛んで帰ってすべてを洗いざらし、ひどい言葉をたくさん浴びせて、どうかすると首をしめてやりたいくらいに。ともすると、怒り狂って玲子を殺してしまうかもしれない。

僕は本気でそう思ってしまったから、じっとしていた。手の震えがとまらないのがわかる。ボックス席の方は混んでいたけれど、カウンター席は九席中、二席が埋まっていた。とにかくどうにかして傷つけてやりたい、玲子のことを。僕はそう希い、強い酒を飲んだ。

すると隣の席に腰掛けてきた女がいた。

「待ち合わせですか？」

答える気などなかったが、

「いいえ、ひとりですよ」といった。

この感覚。

僕は玲子以外の女とこれくらいの至近距離で言葉を交わしたことだってもうずっとなかった。なのに、玲子は今までこうして散々僕を裏切ってきたのだろう。

「一軒目ですか？」

そういって僕に笑いかけてくる。

目の前の女がやっていることがすべて、玲子は他の男にこうやって過去、僕の知らないところでこの至近距離でやっていたかのようにダブり始めた。なんなんだろう、これは。

「いえ、バーは二軒目です。でもお酒を飲むのはここが一軒目です」

女はひとまずちょっとうなずいたみたいだったが、たぶん、僕のいい方が悪かったんだろう。

「ここは来たことありますか？　私はよく来るんですよ」

「そうですか」

「ここのおススメは何のカクテルだと思います？」

そういいながらメニュー表をとりだした。この店のまわしものか何かだろうか。愛想がよくて、耳触りのいいことを平気でいってくる。玲子はこういう風にして、僕ではない男性に近づいていったのだろうか。


いいようにのせられて杯を重ねた僕は久しぶりにひどく酔っていた。池袋まで埼京線に乗って帰ることにした。頭がふらふらした。嘔吐をもよおした。

電車をおりると、肌寒さに震えあがった。よろめく足もとがもつれて転んだ道端に、その場に膝と手のひらをついた。すると手のひらにチューインガムなるものがべったりとひっついた。

―あなたが脚本で書いていたような、女神ではない―

ああ、なんてみすぼらしいのだろう。

一人の女を必死になって探し回り、見つけ出し、とことん惚れて、愛し、愛され、信じ、裏切られ、愛し、信じ、泣かされ、信じ、愛想尽かされ、信じ、愛し、痛めつけられ、信じ。そして、一人の女との幸せのために、いいものを書き、ろくでもないものを書き、直し、添削され、破り、発狂し、書き、落選し、批判され、書き、まぐれで入賞し、ぬか喜び、また書き、スランプに陥り、いらだち、また落選し、鬱になり、悶々とし、書き。その苦労の集大成が実を結んだ矢先、美男子の俳優にその女を寝取られ……。どこかの映画プロデューサーにも寝取られ……。

一体、この業の深さはなんぞや。まるでただのアホウドリじゃないか。

二人の巣へと続くマンションの非常階段をのぼり、ドアを開けた。

ヒールの高い黒いミュール、玲子の靴がある。僕はそれをけっとばし、よろめいてドアに手をついてしまった。

「哲史、おかえり。どこに行ってたの？」

何も喋らない。絶対に。

「どうして電話しても出てくれなかったの、こんな遅くまで、一体誰と飲んでたの？」

不安そうに、玲子がそういって、そばにきて僕の腕を掴もうとしたとき、それをふりはらった。その時の僕の目はとても恐かったのかもしれない。

「ねえ、哲史？　誰と飲んでたの？　まさか、女の人？」

ひらひらと落ちた名刺を拾い上げた玲子。さっき玲子の腕をふりはらった時に、どこからともなく女からもらったものが落ちたんだろう。

「ビューティーアドバイザー？　村田祥子。この女の人と飲んでたの？」

僕は黙っていた。

「ねえ、この人は誰なの？」

玲子はそう声を張り上げていった後、その名刺を破いた。縦に横に、マッチをするような音をたてて。

その姿は、僕を誰にもわたさないという意思からきているものなのか、それとも、さんざん浮気のようなことをしている自分から逃れたいがために大げさに僕を想う女であることを演じているのか、区別がつかなかった。

稲瀬玲子のことを僕は憎んでいた。

玲子のことを思いっきり傷つけてやろうと思った。あなたが僕に嘘をついた分、あの三日間凍えるような寒さを、あの闇を僕に植えつけたこともぜんぶ、あなたに同じ思いをして欲しいと思った。

僕らは一心同体だった。だったら、苦しみも傷も同じように味わうべきだろう？　そんなものがなくて、何が愛だ？　その悪夢をあなただって知るべきだ、僕と同じように。

この時はもう、僕の中にあった愛がすっかりすべて憎悪に変わっていたことを覚えているよ、玲子。

そして、ここから一気にあなたと別れた瞬間までこの回想はカットなしで進んでいく。

だからいっておくよ。ごめん、玲子。

その節は、本当にごめんなさい。


「ノストラダムス」僕はそう呟いた。酒臭い息でそう呟いたと同時に、目頭が熱くなる。

「ノストラダムス？」

「あれを書いた頃、こんな女性が現実にいたらいいなと夢見てたんだ」

つづけて、

「そんな夢に描いた女をさっき渋谷の交番の前で見つけて……その名刺の人がその、さっき見つけたその女性で。それで」

酔っている方が断然滑らかに思いを伝えられている気になれるのは何故だろう。

「渋谷？　交番？　女⁉」

ひとつひとつの単語に玲子は食いついてきた。

「その女と酒を飲んでいた」

僕は思いつく限りの嘘をついた。脚本を書く時よりも切実に。

「そして、その女を愛してしまった」僕がいうと、玲子はただ黙っていた。

「………」と。

その無言な姿に僕はまた苛立ちを覚えた。

何かいい返してみろ。僕はそう思った。

憎しみでみちていた。玲子に対して、これから玲子が共演する俳優の存在に対して、これから玲子を愛そうとするまだ知らない男の存在すべてに対して。

あの暗く凍えるような闇によってうえつけられた心的外傷がうずき始める。あの氷河。

「ダリオ」思わずそう呟いてしまった。

「そうか、君はこれから僕が書いたようにまたもや、あの暁彦という男と口づけを交わすんだな、まいったよ、もういい加減にこんな生活はうんざりだ！」

僕はほとんど頭を抱えて叫んだ。玲子と暁彦のために、あの作品を書いたのかと思うと悲しくてたまらなかった。何でいつもこうなるのか。

「ダリオ？　またもやあの男って？　ねえ、哲史、一体どうしたのよ！」

僕はもうこの悪夢としかいえないような現実に、たえうることができない。

「好きな女ができたんだ、新しい好きな人がね。だから別れてくれないか」

「………」

玲子はうつむいた。でもややあって、

「哲史、あなた今日はどうかしてるって自分でわからないの？」つづけて、断固として玲子はいった。

「私に嘘は通用しないわよ、哲史」

「なんだって？　ここまで心をこめて、好きな女ができたといっているじゃないか」

「好きな女？　だったら何？　その女に一体何ができるっていうの？　哲史の何をわかるっていうの？」

玲子はそもそもこの言葉の意味がわかっているのだろうか？　僕は好きな女性ができたから別れてくれといっているのに、ちっとも伝わらないどころか別の方向へいってしまった。

「名刺を交換して、一緒に飲んできただけなんでしょう？」

玲子はひとつも傷ついていない。少なくともそう見えた。どうしたら、僕と同じように傷ついてくれるんだろう？　何ていえば玲子は傷つくんだろう。

「ねえ、一度一緒にお酒を飲んだだけで、あなたの何がその女にわかるっていうの⁉　だって、私は自信があるもの！　あなたを想う気持ちだけは、そんなぽっと出てきたような女に負けるわけがないもの！　私たちいったいどのくらい一緒にいると思ってるの？」

じゃあ、そのあなたが僕を思う気持ちに自信がある限りは、僕は君のいいなりのようにして、この悪夢にたえていかなければならないんだろうか。

僕を愛している気持ちに自信があることをいいことに、他の男性と関係を持つことに対しては良心の呵責ひとつないわけなのか。ふざけるな。

「あなたがその女性を好きだというだけで、別に一線を越えたわけじゃないんでしょう？」

玲子の眼は瞳孔がひらかれていくように、肌でいうなら、青ざめていくみたいだった。

「どうして黙ってるの？　さっきからずっと」

「一線を越えたら、わかり合えるのかね」

だとしたら、君は僕以外の男と何を分かち合ってしまったんだ？　あの三日間で。

「どういうこと？」

「一緒に飲んできただけじゃなくて、さっき、その女を抱いたばかりだといったら、君は納得して僕と別れてくれるのか⁉」

そこで、玲子は初めて、傷ついたような悲しい眼をみせた。

不思議な感覚が襲ってきた。

あれ、僕はさっきまで暁彦という男といたのではなく、二軒目のバーでただ単に相席した女性に名刺をもらって飲んでいたんじゃなくて、本当に、渋谷の交番前で、玲子よりも遥かに優れたその違う女に会い、本当に彼女を好きになり、彼女を抱いて今帰ってきたような気がしたのだ。

頭が途端に痛みだす。あれ？　いったい、どっちが本当なんだ？

思いつく限りの嘘、と、現実は、同じとしか思えなかった。つまり、僕はそれらを思いめぐらした時点で、玲子をあっさりと裏切ってしまったのだ。

理想という、思いつく限りのなかで、僕は初めて玲子以外の女をこの腕に抱きしめていた。これが、他の女に欲情したことでなくて一体何だというのか。

虚しさ。大きな虚しさがやってきた。玲子を裏切るということは、つまり、それまでの自分を裏切ることと同義だった。

いつの間にか僕はこんなに一瞬で、容易にそんなことを想像できるようになっていた。玲子ではないべつの、玲子とのことでずたずたになっているここから僕を救ってくれるような、もっとべつの女神を。

そこではっとした。

僕は、完璧に玲子を相対的に見ていた。不安のあまり。か弱きちっぽけな人間。

いつからだろう、いつから玲子のことをそんなふうに捉えていたのか。また頭が痛みだす。

ここ一年、それ以上の間に感じていた玲子を喪ってしまうかもしれないという危機感、生命の危機にさらされ始めた僕はいつの間にか心の中にちゃんと別の新しいフィールドを作り始めていたのか。無意識の中の意識。超自我の世界で。なぜならそれは、決して意図的ではなかった。

なんて恐ろしいのだろう、なんて醜いのだろう、人間とはこんなにも。

僕はもう止まらないだろう、このまま、ひどい男になるんだ。僕はそれらの罪の意識をおいはらうかのように、がなりたてた。

「悪いが、君は、僕の理想とはほど遠い女だ」

「一体、何をいい出すの？」

玲子の瞳からは涙がこぼれていた。

「大体が、六年前、ガラシャを君に演じてもらう必要なんてなかったんだ。たまたまそこに、あの喫煙所に君がいたってだけだった。いいか、君はベストじゃなくてベターなだけだ。だがな、今後一切、僕は、僕の脚本にぜったいに、君をつかいたくない。僕の世界からいますぐ消えろ」

ほとんどまくし立てるように早口になってそういっている。玲子は、

「ちょっと待って？　あなたが何をいいたいのか、まったくわからないの」

「だから、僕の世界から消えてくれ。まず、頭の中から、次に、胸の中から、次、視界の中から、次は胃袋の……」

「私のお腹には、あなたの赤ちゃんがいるのよ⁉」

玲子は突然、大きな声を出した。「なのに、あなたはさっきから一体何をいってるの⁉」

ややあって
「この子が可哀そうだわ」

玲子はそういう。

「最近、身体の様子がちょっとおかしいなと思っていた。生理が遅れているのも、きっと忙しいから睡眠不足が重なって体調を崩しているだけなんじゃないかって放っておいたの。でもこの前、思いきって産婦人科にいったら、十二週目だって」

酔っていたし、嫉妬もあり、とにかく僕の頭は急激に混乱していったはずだったが、もう一人の、冷静沈着な、客観的な僕はきちんと計算していた。

――十二週――？

「だけどなかなか哲史にいえなかった。だって、そしたら映画に出ることだってよしとしないでしょう？　でもこの映画はどうしてもやりたいの。だって私が心底好きなあなたの作品だもの、それに……」

「やめてくれよ。もう、あれは僕の作品ではない」

玲子は僕に背を向けた。

「哲史。私、頭がおかしくなりそうだわ。突然、あなたは好きな人ができたという、その人を抱いてきたかもしれないという、せっかくあなたに妊娠をうちあけたのに、どうでもいいように……」

「その子は」僕がそういってるのに、玲子は続けた。

「私だって…」こんなに忙しい人生になるなんて思いもしなかったのよ……そう玲子がいったと同時に僕は、

「その子は、僕の子かい？　神に誓っていえるか？」

「え……？」

玲子の野性的で力強かった蒼黒い瞳がおびえたように見えた。

「だって、おかしいじゃないか？　三か月だぞ。君が北海道へ行き、連絡が途絶えたあの三日間。いや、その前なのかそのあとなのかよくわからないが、君は僕がいながら他の男とも関係があったんだろう？」

「ねえ、哲史、正気でいってるの⁉」

玲子の瞳はいつの間にか涙であふれていた。

「この子は自分の子供ではないと、産むなというの……？」

玲子の白い顔は紅くなっていた。僕も心に溜めていたことがあふれ出した。

「どっちが最低なんだ？　君は権限のある男たちをそそのかすという卑怯な手をつかった。それで、僕の作品の映画化も、まるで自分が手腕をふるったかのようにしたり顔だ。君がしたことは、素晴らしいことでもなんでもない！　ただ単に男と寝ただけじゃないか。ノストラダムスはもう終ったも同然さ。そんなに微力なのか？　この作品は⁉　君のような女の助けがなければだめなのか？　僕を馬鹿にするのもいい加減にしろ！　どんな思いで言葉を紡いでやってきたのか、この苦悩が君にわかるのか⁉　君のようにただ笑っていれば仕事になるってわけじゃないんだ！　何が妊娠しただ、僕に育てろというのか？　誰の子かわからないその子を！　僕はそんな役回りはもう願い下げだ。男ならいくらでもいるだろう？　かまうな」

玲子は非難するような涙の目でじっと怒鳴る僕を見ていた。

「つまり、あなたは、私を信じていないのね？　私はあなたにしか抱かれたことがないのよ？」

僕はその時思った。


もしも玲子が、誰からも誉めそやされるような美しい女でなかったら、つまり、いつまでもその美しさを手の中におさめていられたら、僕は玲子を信じたかもしれない。

例えば、玲子が女優になんてなっていなかったら、それが嘘でも他の男と口づけを交わすことだってなくてすんだ。どれが嘘でどれが本当かなんて、もう僕にはわからなくなっていた。

彼女はたくさんの男にこれから愛されるだろう。そして、抱かれるのだろう。僕といういささか怪しい脚本家の男なんて、すぐに忘れてしまうだろう。

僕はもうほとんど玲子を信じられなくなっていた。この苦しみに耐えうる力なんてない。

いま、あなたのお腹にいる子供が僕の子供であると確信できないこの苦しみ。

僕は暁彦から預かったピアスをとりだした。

「暁彦と会ってきたよ」

そういってピアスをわたした。すると玲子は途端に驚いた顔をした。

「その子は、一体誰の子なんだろうね。暁彦ではなくてあのプロデューサーかな、僕には見当もつかない」

「違うの、これにはわけがあって！　あの男が……」

「男に抱かれるのにワケも何もないさ。少なくとも君という女は、誰でもいいんだ」

玲子はそこでまるで子供みたいに泣き出すと、しゃがみこんで、ひざをかかえた。

「違うのよ、何もないわ！　あなた、そんなこともわからないの!?」

しばらく玲子はただそこで泣いていた。

「どうかしてるわ。脚本の書き過ぎで、頭がおかしくなってるのよ……どうして？　どうしてあなたはそんなことに惑わされているの？」

うつむいて泣いている玲子の旋毛がはっきり見えた。

それは何故だかとても悲しかった。

僕は心にも無いことを、取り返しのつかないひどい言葉をいってしまったんじゃないかと思い始めていた。

自分に潜む、嫉妬と疑心暗鬼の醜い男のせいで、彼女を深く今傷つけているのではないだろうか、と。もしも玲子が何一つ嘘なんてついていなくて、女神のような女だったら、僕はこの日を一生後悔するのだと思った。だけども、もう前も後ろも後がない。


やっぱりそうだ。

文明の犠牲になるんだ、僕たちの恋愛は。


外で雨が降り出した。雨の音が聞こえてきた。ずっとしゃがみこんでいる玲子。

「愛してるの、哲史。愛してるの、離れたくないの、あなたは他の女性を好きになったと思い込んでいるだけなの……だからまだ間に合うわ、哲史」

玲子はそういった。

間に合うもなにも、そんなこと嘘に決まってるだろう、玲子。

君のことを愛しすぎてそれが強すぎてだから僕は君を疑うことしかできなくて、それがあまりに苦しくて、それを君にどうしてもわかってほしくて君をめちゃくちゃに傷つけたかったんだ、今すぐここで前言撤回するよ。

そう、いえたらいいのにと思った。すぐにそしたら仲直りができるのに。

けれども今、たとえ僕がそういったところで、僕の中にある玲子に対する疑いは晴れないだろう。

僕の妄想はきえないだろう。欠陥があるんだろう、僕には。

妄想や想像に苦しめられてしまうという欠点があるかぎり僕はおそらくもう誰のことも幸せにできないし、幸せになれる人間ではないのだろう。

思い切り嫌われてしまったほうが楽だった。愛しているなんてこの女の口からは二度と聞きたくないと思った。

「その女性に、何ができるの？　私ほどあなたのことを愛せる女なんていないっていってるじゃない……」

僕の苦しみの真意を知らない玲子は、僕が他の女性を好きになったという言葉をきいて苦しんでいる。

「愛してるだと？」

「そうよ、愛してるの」

愛してるなんて、もう聞きたくない。だから、もう二度と玲子が僕にそんな言葉をいえなくするしかなかった。

「さっき僕は他の女を抱いた。それでも軽々しくそうやって僕に愛してるといえるか？」

玲子は顔をあげた。息がとまったような表情をした。

「うそ……うそでしょう？」

「嘘じゃない」

「うそだわ！」

玲子はそういうと立ち上がって僕の肩に掴みかかってきた。がくんがくんと僕の肩を力いっぱい揺さぶった。

「うそ！　うそよ！　やめて哲史！　どうして！　いつそんなことをしたのよ？　ねぇ！」

涙で急にあふれた玲子の瞳。玲子はほとんど叫んでいた。

「君が僕を裏切ったんじゃないか……だから僕も」

涙をこらえて、息ができない。

「うそ……。ねえっ」

きれぎれに叫び続けながら、そこらへんにあったものを投げ飛ばしてきた。気が違えたようになったのは玲子も同じだった。僕はだまって下を向いていた。

「あなたの心も体も私だけのものじゃなかったの⁉」

玲子は、そうやって醜さをむき出しにした。僕らは互いに醜さをさらけ出して、争い合った。お互いがお互いのものではなくなるという恐ろしさ、そう、欲望のために。

—共依存みたいなものじゃないですかね—

あの頃、僕らは確かに互いを互いでがんじがらめにしていたよね。僕らは醜かった。

互いを互いのモノにしておくことは、だけど、玲子、とても力がいることだったよね。

だって僕らは生身の人間同士だったから。

「あなたなんか死ねばいいのよ！　ねえ、はやくここで死んでよ！　死んで、お願い、死になさいよ！　私の人生返して！」

玲子はそこで僕の首根っこを絞めた。泣きながら。

「君だって死んでしまえ！　人生返せとはこっちのセリフだ！」

そこで玲子は手の力を緩めて、しゃがみ込んだ。玲子はそれからずっと泣いていた。どのくらい時間が流れただろう？


僕たちはこうやって同じ傷を背負った。それまで同じ幸せを手にしていたと同じ分の傷を。


やがて、玲子はゆっくり立ち上がった。だけどずっと、しくしくいっていた。しくしくいいながら、必要最低限の荷物をまとめ始めた。

たちまちに、玲子が天涯孤独なかわいそうな女に見えてきたのは何故だったのか。

玲子は取り巻きの多い、これからだって大女優となるべき女なのに。これから僕なんて必要ないくせに。僕みたいな害虫に出る幕は無いはずなのに。

玲子の小さな、しくしく、しくしく、そして、玲子は涙声で口をひらいた。雨にきえいりそうな細い声音。

「初めてあなたと逢った日。六年前の七月の夕方、喫煙所で。あの日、私は回り続ける地球の上で、たった一人ぼっち、たった一人で生きていかなくちゃいけないって思って悲しくて泣いていた。だけど、あなただけは。あなたとだけは一心同体だと思えたのに。ずっとずっと一緒にいるんじゃなかったの？　哲史。私の心と体は世界であなた一人のもので、あなたの心と体は世界で私一人のものだとずっとずっとずっと信じていたのに」

そして、玲子は玄関のほうに向かう。瞬間、玲子が玄関までワープしてしまったように見えた。異次元へと向かってしまうかのように。

「あなたは小説の中の人じゃなかったのね、やっぱりあなたも、普通の人だったのね。私が嫌いな世界の住人だったのね。もう二度と誰も信じない。だけど哲史」

ややあって、

「愛してるわ、あなたのことを。一生私はあなたしか愛せないままだってことはわかるわ。こんなにひどいことをされたのに」

ややあって、

「だけど、あなたのことは一生赦さないわ、哲史。あなただけが幸せになんて、絶対になれるはずがないわ。あなたは私とこの子を殺したも同然なの」

玲子はそこでまた涙声になると、そして、蓋を閉めるような最後、勢いを増した重力で、バタンッ。

玲子は一人、しくしくいいながら、出て行ったのだった。雨の中へ。


顔中が涙でぬれていた。

頬を生温い涙があとからあとからたどっていた。

おかしかった。僕も一緒にずっと玲子と一緒に泣いていたのだ。

どうして気がつかなかったんだろう。

体中が玲子と離れたくないとうったえていたことに。

故郷喪失者がひいたタロットは「運命の輪」

タイ　バンコク都　稲瀬玲子

三武哲史は私の運命の人だ。

王宮周辺をひとりで歩きながら稲瀬玲子はそう思った。

なぜだろう、今日はいつもに増して三武哲史の顔がちらつく。澄んだ瞳も、細くて高い鼻梁も、形のいい唇も、わりと大きめな喉仏も。

熱っぽい夜気とともに歩いているのに、これじゃまるで隣に哲史がいるみたいだ。

もう十年以上も逢っていない人だというのに。

こんな時、単純に玲子は驚くのだった。そのあとに出会った人たち、時間を共にした人たち、そのほとんどはあっという間に忘れてしまい、思いだすのにも大変で、記憶さえ抜けおちている始末なのだから。

私と哲史は他のどんな恋人たちよりも強く愛し合った。それまで持っていたスピードメーターがふりきれて、全壊してしまうほどに。私の人生は三武哲史と出逢った瞬間を起点としてその前も後もすべて、過去も未来もすべてを、あの人に変えられてしまった。つまり運命を思いっきり変えられてしまった。

だから、あの人が私の運命の人でなくていったい他に誰がいるというのか。

人は生まれる前から恋愛の絶対量が決まっている。それは純潔という狂気の熱を帯びた、星よりも強く光る水みたいなものだ。だからとても丁重に扱わないとだめだったのに。

玲子はそこで若気の至りみたいな過去に思いをはせた。私はとてもめちゃくちゃな使い方をしてそれを失ってしまった。あの若い季節にわずかにもっていたそれをすべて三武哲史につぎこんでしまったのだ。無我夢中で、後先何も考えずに。

そうして残ったのは、絶望的に空っぽの心だけだった。まるで潤いを欠いた底、埃をかぶってぽつねんと倒れた空き壜。

たった一度きりの運のすべてを注ぎ込まれていたその恋愛は、大きくて華麗で美しかったけれど、荒々しくて乱暴でもあった。

猛るような、うねるような、高波が一気におしよせてきて、私たちを離れ離れにした。引潮になってあたりをみまわした時、哲史の姿はどこにも見当たらなかった。正確にいうと高波にさらわれる前の哲史の姿、だ。

哲史はそのあと、きっとまったく違う人のようになって人生を生きた。

玲子は哲史に変えられたままの姿で、そのまま変わらぬ姿で、このままどこまでいけるんだろうかと半ば諦めにも似た気持ちを抱きながら、いつづけている。

私と哲史は真反対の方向に向かっているのだ。

丸い軌道のうえを突き進んでいるのが私で、引き返したのが哲史だ。

あの人は一体何者だったんだろう？　私に普通ではない、奇妙な人生だけを残して去ったあの人は一体？


ここバンコクは天使の都、なのだそうだ。王宮の黄金仏塔の頂きが夜空を突いている。


ここから徒歩圏内にあるコンドミニアムに玲子は住んでいた。

２ＬＤＫ、気に入っているのはプールとサウナが設備されている点。家具だってほとんどが備え付けだったたから特にそろえる必要はなかった。

冷蔵庫の中にはＳＰＹという銘柄のワインクーラーと獅子のラベルがついたシンハビールの瓶がストックされてある。玲子がお酒を飲めるようになったのは哲史と別れてからだ。あの頃は、アルコールは一滴も飲めないくらいの下戸だった。

時々、だけどひどく飲み過ぎてしまう。いつの間にか、バルコニーで飲んでいた記憶がとんでいて、朝ベッドの上で目が覚めることがある。

ひとりで産んで育てるつもりでいた哲史と私の子供は、逝ってしまった。四か月目にして流れてしまった。

チャオプラヤー川を挟んで向こう岸にライトアップされた「暁の寺」。チャオプラヤー川。その色はとても濁っていて今までもついぞ底は見たことがなかったけれど。

私の帰るところは、哲史と何年も暮らした池袋のあの部屋ひとつきりだ、と玲子は思う。

あの部屋が失われてからは、もうどこにも帰れないし、どこにいてもそこが家だと認識したことがない。いつの間にかもうどこにも帰れない故郷喪失者になっていた。

いまからもう五年以上も前に、哲史が家庭を築いたという話を耳にした。以前やっていた仕事の共通の知人から情報が入ってきた。

信じられなかった。信じられなかったけれど哲史らしい選択だと思った。

哲史は哲史で必死だったのだ。抜け殻のようになって全壊した自分を立て直すことに。帰る場所を確保することに。

　でも、と玲子は思った。

　でも、だからこそ、家庭をもった哲史が、つまり「帰る場所」を現実につくった哲史が、いつの日にかこの残酷なまでに絶対的な真実に気がついてしまわないことだけを願った。

　私たちはどんなに離れていても同じだということの決定的な真実に。

　「帰る場所」を持たないでさまようことも、「帰る場所」を持ってそこに帰りつづけることも、どちらの選択をしたところで本質は変わらないということを。

　その場所が「本当に帰るところ」ではないかぎり、私たちはこうして離れている間も、同じ場所に向かって帰っているということになる。

　仕方がない、と思っている。私たちが帰る場所はひとつしかないのだから。

　あの池袋の部屋ひとつきり。それもあの頃のただ二人で共有している記憶の中にある、もう今はどこにもない部屋。

　人生を返せ、と哲史は最後そう私にいった。けれど、それは私も同じだった。

　バンコク都。ここは欲望が渦巻く、だけど天使の都。もうどこにも帰れない故郷喪失者たちが集い癒しあう。折れた翼をもちよって。

逢う人会う人の誰もが、どこにも帰れないみなしごのようだった。どこにも帰れないみなしご。そう成山龍祐もその一人だったし、昨夜出逢ったばかりの中村果歩も。

そこで玲子は画面に表示されている時間を確かめる。本日二十四日金曜日はＲＯＣＫＥＴで二十二時からのイベントに参加することになっている。きっと果歩ちゃんもくるはずだ、玲子はそう思うと微笑ましくなった。

タイミングよくそこで携帯が音をたてた。

エフのアイコンに赤で①と表示されている。フェイスブックだ。

玲子は少しだけとり乱したかのような表情になって、急いでそこをタップする。友達リクエストとメッセージのところが赤くなっていた。いったい誰だろう？「高田和也」その名前を目にしたところで玲子は少しだけほっとする。その名前は三武哲史ではなかった。

だから、いつものようにスルーして終わった。友達リクエストの欄には昔の知人の名が何十と連なっているけれど、ずっと承認しないままでいる。

そもそもが「三武哲史」はフェイスブックをしていなかった。けれどもこうやって玲子のところに、リクエストやメッセージが届いてそこが赤くなると、毎回「三武哲史」なのではないかと思う。三武哲史がフェイスブックに登録してアカウントをつくったのが今日なのかもしれない、なんて思うからだ。やっぱり、と玲子は思う。

―やっぱり私はどうしたって三武哲史のことを愛している―

検索窓で三武哲史を入力するために始めたフェイスブックだった。本名での登録が原則だから玲子はその通りにしたというだけで友達を作ろうという気などなかった。

けれどもどうしても普段会う頻度が多い人から、フェイスブックをしてるんだったら友達になろうよと誘われると無下に断ることもできないから、承認した。けれども友達になったとしても玲子にとっては何がどう変わるわけでもない。

玲子は笑えてくる。一番に繋がりたい人とは簡単に「友達」にはなれないようだから。

きっと、天使はそんなにお人よしではないんだろう。一生に一度しかないような貴重な縁ほど、アイコンをタップするだけではたやすく繋がせてはくれないんだろう。

玲子はそのままフェイスブックページに移動した。

私が気にする眼は、三武哲史のそれ以外何もない。彼はいつの日かきっと、私を探しにくるだろう。それが、二年後でも五年後でも十年後でも。たとえば、今日でも。ある日、ある時、ふっとそう思い立った時に。

帰るところは、たったひとつしかないという抜き差しならぬ残酷な真実に哲史が気がついた時に。だから玲子はメッセージを送りつづけていた。哲史が読んでいてくれなければまるで意味のない言葉を紡ぎだしながら、意味のない写真を載せて。私はここにいる、ということを。

携帯がピコンという音をたてた。

今度はＬＩＮＥだった。ＲＹＵ、成山龍祐からだ。

「今日の二十二時からのイベント、くるんだよね？」

そのあとに、目がハートになった顔の大きなスタンプがはいってきた。玲子は既読にし、何て返信しようかと思っていたらつづけてまた入った。

「それと……玲子さん！　昨夜はどうかしてた。ごめんなさい」

そのあとに、泣いている顔の大きなスタンプがはいった。

昨夜はどうかしてたって、龍くんがあやまってくるようなことって何かあったっけ……？

玲子は昨夜のことを思い出そうとする。

けれどもそれは、さきほど哲史のことを思い出していたよりもずっと遠くてずっと曖昧な昨日の夜に思われた。玲子は龍祐からのＬＩＮＥの返信をする。

「昨夜のこと？　何も気にしてないよ。もちろん今夜行きますよ」

すると既読になった。龍祐は仕事中であるというのにすぐにＬＩＮＥが既読になるのだ。

玲子はそれでまたフェイスブックページに移動した。

夜空にうかぶ美しい上弦の月が、こちらをみおろしている。

木曜日の神様だって、時に間違うことがある

金曜日、時刻は二十時だった。龍祐はモヒートにミントを飾ったところだった。二十二時からのイベントにむけて続々と人があふれてくる。今宵も盛り上がることは間違いなさそうだけど、と龍祐はため息をもらした。ため息をもらして、お客さんのテーブルまで運ぶ。

昨夜のことを思い出していた。どうしてあんなことになったのか、よくわからなかった。

リズムに合わせて音にのる人々の間を縫ってグラスを運ぶ。プレイしているのはタイ人だ。

そこでポケットの携帯が振動した。モヒートをテーブルにおいて、キッチンに戻る時、携帯を取りだして玲子からＬＩＮＥの返信を確認した。

「昨夜のこと？　何も気にしてないよ。もちろん今夜行きますよ」

よかった。いつも通り、玲子さんは今日のイベントに出席するらしい。そこで何故だか龍祐はほっとした。

そうそう、それで昨夜の出来事。ひとまず龍祐が思い出すのは、昨夜の前半の出来事。

昨夜は木曜日、サーズデイナイトだった。ブースの中で龍祐はレゲエ曲ばかり繋いでプレイをしていた。古いものから新しいもの。だからまさか玲子が店内にいるとは思っていなかった。

波にゆられているような、そのレゲエの音が響いていた夜に玲子はいつもいなかった。いままでかつて木曜日に玲子が店に来ることなんてなかった。

ＲＯＣＫＥＴの造りは、ステージ側、つまりブースの近くにＬ字カウンターがあり、入口付近にもバーカウンターがあり、ダンススペースそのものは真ん中にあって、テーブルと椅子は壁側によせられている。

だから、いつものように龍祐はプレイを終えると、中心で踊っている人たちの合間を縫うようにしながら、酒をつくりに入口付近のバーカウンターの方へと向かっていた。

すると最も出入り口に近いテーブル。つまり、ブースから一番離れたところに玲子は他に女性を連れて座っていた。チャン・ビールを手にして。

龍祐に気がつくと、玲子は待っていましたといわんばかりの勢いで、連れてきていたその女性に龍祐のことを紹介した。

「こんばんはー。龍くんに紹介する、中村果歩ちゃん。タイ初心者です」

なんでも伊勢丹前で先ほど偶然二人は出会い、そのまま玲子が果歩のことを誘ってここまで連れてきたのだという。まるでナンパじゃないか。

伊勢丹前？　そんなところで玲子は何をしていたんだろう？　といささか気にはなったけれど、

「そうなんです、はじめまして。タイのこと、いろいろ教えてください」

果歩はそう笑って龍祐に話しかける。

正直に、すごく可愛いらしい人だと思った。ブラウンの髪に、整った眉に、きめ細かそうな肌。うん、久しぶりに見た日本人女性という感じだった。

「サワディーカップ。果歩ちゃん？　かわいーひと」

龍祐がそんなふうにいうと、確かに果歩は少なからず照れてそして、

「龍祐さんだって、かっこいいですよ」

という風に、高い声でそう告げられた。なんかいい気分だった。

だから龍祐がいつも出逢った人に必ずするやつ、そう握手。握手をしようと果歩に手をさしだした。果歩はそのとき束の間、驚いたような表情をした。けれどもしっかりと龍祐の手を握った。それからというもの、果歩はずっと龍祐に話しかけてきたと思う。何を返しても食いついてくる？　というのだろうか。

「ディスクジョッキーって難しくないですか？」とか、「刺青すごいですね、痛くなかったですか？」とか。それから、「ずっとタイに住んでるんですか？」

「そうだね、ずいぶんと住みやすいし、ごらんのとおり、外歩いてても多いでしょ？　日本人。果歩ちゃんも住んだらいい」

そう答えた時にドリンクを手にしていない龍祐を察して玲子が、

「果歩ちゃん、龍くんにあとでカクテルつくってもらったらいいよ、タイのトロピカルフルーツカクテル。ほら、だから龍くんも何か飲んで」

つまり、龍祐が酒を手にする間もないくらいに果歩は話しかけてきたのだった。

「じゃ、お言葉に甘えて」

そういって、龍祐はバーカウンターの方へとむかうと、ひとまずシンハビールを持って玲子たちのテーブルに戻って着いた。

その後も、中村果歩との会話は弾んだ。明らかに、果歩は龍祐になんらかの興味を示していた。だから、会話が途切れることがなかったんだと思う。

だけど、龍祐にそこまで興味がない玲子にいたっては、ずっとお酒を飲んでいたし、時折会話に入り込んでくるくらいで、目をつむって、リズムにたゆたっていた。

そして料理の会話をしていたところだ。

果歩がタイ料理についてたずねてきた、タイスキだの、マッサマンカレーだの、この近辺ではどこの店がおいしいのかって。すると玲子がこういった。

「龍くん、ほら、果歩ちゃんご飯に連れて行ってあげなよ」

「めし？」

龍祐は聞き返した。玲子の口からそんな言葉が出ると思っていなかったからだ。

「べつに、いいけど」

「本当にいいんですか？」

果歩はきらきらに輝かせた眼でそういった。龍祐はその感じが懐かしかった。

自分と食事に行くということで喜んでいる女性の存在？　が。けれどもそこで、同時にいらだちを覚えた。―じゃあ、玲子さんは？―

「もちろん、玲子さんも一緒に行くよね？」

龍祐がいうと玲子は即答で、

「私は、今出たメニューの中で食べられるのがないの、ごめんね」

といったのだった。まじですか！　どんだけ偏食なんですか、玲子さんっ、だからそんなに細いわけですか、という果歩の声も響いた。

それからしばらくすると、果歩はとても気持ちよさそうに酔っていた。それは同時にとても眠たそうな顔として龍祐にはうつったが本人はまったく眠気がないのだといった。

果歩はタイに旅行に来た経緯を話した。以前付き合っていたという浮気男の話。アロマサロンでの激務の話。果歩がお酒を次々に飲んでしまう状態であるということだけは、よくわかった。

恋している異性にそっけなくされたり、恋人から思いっきりふられたり、不運にも浮気されたりすると、普段に増して酒がすすむっていうのは。

だから果歩は当然によく飲んだ。けれども玲子は相変わらず姿勢は崩さぬまま、相変わらず二人の会話にも入ってこない。なんていうかこれではまるで果歩と龍祐の仲をとりもとうとしているようだ。だから、龍祐はうがったものの見方をした。

玲子はいままでだって何度誘っても一向につれない。そのうえ、日本人女性を連れてきた。まさか果歩のことを俺にあてがおうとしてるんだろうか？

俺は玲子にとって、そこまでめんどくさい男だったのか。そう思っていた矢先に、玲子は、

「果歩ちゃん、私そろそろ帰ろうかな。どうする？　一緒に帰る？　それとも……」

「うーん」

果歩は心底悩んでいる風だった。悩んだすえに、

「私はもうちょっと飲んでいくことにします。ってか、踊ります！」

そういいながら、果歩はグラスをもってフロアの方へと向かってしまう始末。玲子はそこでくすくすと笑うだけだった。

「じゃ、お先に失礼するね」

玲子はさらっとそういって、それでアイフォーンをとりだすと、何やらＬＩＮＥをうちながらすたすたと出口の方へと向かっていった。なに、これから果歩ちゃんを置いて誰かと会う予定？　いった

い誰とＬＩＮＥしてるんだよ？

気になったと同時に龍祐のＬＩＮＥが鳴った。

―果歩ちゃんのことたのんだ。ちゃんとホテルまでおくりとどけてあげて―

玲子が果歩を残して去っていく時に、龍祐はいったんブースの方に戻って、玲子にわたそうとしていた足元に置いていたお土産をとりだし、急いで追いかけた。


ＲＯＣＫＥＴから飛び出して、カオサン通りの人々に紛れ込もうとしている玲子を引き留めようと大きな声を出していた。湿った外気に、自分の声が震えるんじゃないかと思った。

「玲子さん！」

その声に玲子は振り向いた。どこにいてもその表情はとくに代わり映えがしない。

「これ！　チェンマイで買ってきた」

龍祐はそこでお土産をわたした。

それは傘だった。

チェンマイ特産の紙と竹でつくられている。カラフルで彩度の高い傘。玲子に選んだのは青色だった。青くて孔雀の絵がついたもの。

「まあ、ボーサーン傘じゃない。とってもきれい、ありがとう！」

玲子は喜んでくれた。ほんとは明日わたそうと思ってたけど、不意打ちで来られたから、もういいや。

「本当は明日わたすつもりだった。だってまさか今日来るとか思ってなかったし」

「どうしても果歩ちゃんをＲＯＣＫＥＴにつれてきたかったの」

「あのさ、あの子何？」

「何ってなに？」

「ごめん、俺、今日すごい腹立ってる」

「どうして？」

「あの子に俺をあてがってるつもり？」

玲子はそこで表情を変えた。明らかに不快な感じの。

「そんないい方しないで。果歩ちゃんに失礼だと思わない？」

「じゃあ、なんでよ。果歩ちゃんを飯に連れて行け、とかさ、帰りはホテルまで送っていけって？」

「果歩ちゃんが、嫌なことを忘れて楽しんでるんだから、そのくらいいいでしょう？」

「ついさっき逢ったばかりの子だろ？　なんでそこまでするの？　っていうか、なんか不自然じゃない？　玲子さんがやってること。はっきりいえば？　俺のこと、顔を見るのも嫌だとか、飯に誘われるのさえ嫌だとか」

「私はそれが嫌で嫌で、果歩ちゃんをここに連れてきたっていいたいわけなの？　龍くん、頭の方は大丈夫？」

玲子はそこで初めて姿勢を崩したようにくすくす笑ったのだった。

「どうして二人で会ってくれないの？　外で。別に何するわけでもないだろ？　結婚しているわけでも、彼氏がいるわけでもないんだったら別にいいんじゃないの？　傷つく人もいないわけだし。なのに断りつづけるもんだから、俺が相当嫌われてるのかなって思うでしょ？」

いつの間にかごねる子供のようになっていた。

「いると思うから」

「何が？」

「傷つく人がどこかにいると思うから」

玲子が小さくその台詞を吐きだしたと同時に、あっという間に、龍祐は玲子を抱きしめていた。本能的なものだった。

「ちょっと、はなして」

「いまごろ、その人は傷ついてるかな？　こうやって、玲子さんが他の男に抱き締められてさ」

その言葉に玲子は黙った。抵抗する力すら抜けたようになった。

「それはなに、一体どんな人のこと？　彼氏でも好きな人でも旦那でもなくて、なんなの。まさかアイドルかなんかのこと？」

玲子はふきだした。すっぽりと龍祐の胸におさまっているままで。

「そうだね、そんなとこ」

「アイドルに操をたてて、こんなにおひとり様みたいになってるの？　頭のほうは大丈夫？　玲子さん」

ややあって、

「大丈夫なわけないでしょ……」

心なしか玲子の声がふるえているように聞こえた。あるいは泣いているようにも。

玲子は、完全に、抱きしめられるにまかせていた。


出会った時、稲瀬玲子と自分は絶対に相性が合うと龍祐は思った。精神的にも肉体的にもどっちも合うはずだ、と。それは野生の勘のようなものだった。玲子もそれを感じているに違いない（とどこかで信じていた）。

「その、他に恋人がいるかもしれないようなアイドルなんかのために、俺との幸せな未来へのチャンスを棒にふりつづけるわけだ。勇気を出してっていうか、始めてみれば、もっともっと素敵な恋愛がまってるかもしれないのに」

玲子はそこでびくっとした。そして、離して、というのだった。

「いやだ、離さない」

龍祐はさらに力を込めた。ミモザ？　かすかに玲子の耳元から香水の香りがした。

「こんなに綺麗なのに……」

そういって口づけをしようとしたら、玲子は思いっきり横を向いたのだった。

「龍くん、お願いだからもう離して！」

とても強い口調で玲子はそういい放った。龍祐は、我に返ったかのように手を離した。

「おみやげ、ありがとう。じゃあ、あとはよろしくね」

玲子はそういうとすぐに踵をかえした。

「玲子さん！」

立ち止まらずに行ってしまうかと思ったのに玲子は立ち止まった。とても誇り高い後ろ姿に見えた。

「そんなにいい男なんだ、玲子さんのアイドル。俺も見てみたいな」

龍祐はいった。

いったと同時に、龍祐は、あの小説の主人公がふっと浮かんだ。どこにもいない架空の人物がどこかにいるはずだと思い込んで、チェンマイまでの短い旅をいまだに繰り返している、オレ。

「ん？　まさかその人ってさ、アイドルとかじゃなくて、小説の中の登場人物とか、そんなこたーないよね？」

するとそこで、玲子のワンショルダーの肩の骨がくっくっと動いて見える。笑ってるのだろうか？

玲子はそれには何も答えず、振り向いた。珍しく笑顔だった。玲子は笑っていた。

「明日のイベント、くるから、場所確保しといて。いつも通り」

だからもう何も文句がいえなくなった。

「はいはい。もー、じゃあ、果歩ちゃんのことはまかせて。気をつけて。また、明日ね」

たくさんのテラス席がならんでいるカオサン通りを進んでいった。


あと少し、だったのに。いったい、こうも俺と玲子を邪魔するその男とは何者なんだろ。

玲子を抱きしめた感触と、ミモザの香りだけが残っていた。とても切なくなった。胸がズキンとした。これはやっぱり、恋なんだろうか？　でも抱き締めてしまった。なんか悪いことしたかも。これは、あやまらないといけないかも。そう思ったけれど、玲子はもう雑踏に消えていって、見当たらなかった。

そうここまでが、昨夜木曜日の前半戦のできごとだ。

だからとりあえず龍祐は、玲子に対して「昨夜は抱きしめたりしてすまなかった」という謝罪の意をこめて、玲子が今夜店に現れる前に、ＬＩＮＥを送ったのだった。

だけど玲子からの返信はこの「昨夜のこと？　何かあった？」これだけだった。悲しいくらいにいつものようにそっけない。だから返信もせずに龍祐はそのままカウンターの中に入って、注文が来たカクテルをつくり始めた。

すると、そこでまた携帯が音を立てる。またもやＬＩＮＥ。しかも、立て続け。トークのところに一気に②と増える。誰だろうと思いきや、中村果歩だった。

「こんばんは。おそくまで寝ちゃった。昨夜はどうかしてました。ごめんなさい」

そこで泣き顔のスタンプ。龍祐は笑えてきた。

先ほど、玲子さんに送ったＬＩＮＥの内容そっくりそのまんまのような文面を、果歩が自分に送ってきていたからだ。

おかしな夜というのは確かに存在する。それで、たった今龍祐がたどりなおしていた記憶は、昨夜の前半についてだけだ。玲子が帰って行ってしまった後にあった出来事は後半に入る。

昨夜の後半、そこでも確かにめまぐるしいほどに短時間で色々なことが起きたっけ？

だから、龍祐は果歩に返信した。

「昨夜のことはどうぞ、お気になさらずに」

続けて、白ウサギが両手をあげて―ＯＫＡＹ―と記されたプレートをもっているスタンプを送った。

ふっと一息ついたところだった。


龍祐は急に、そこでＬ字カウンターの端にいましがた腰をおろしたかのような細身の男が視界に入った。サングラスをした日本人だ。年齢は三十いくかいかないか、つまり俺と同じ歳くらいだろうか？豊かな黒髪が耳にかぶっている。形の良い鼻筋、喉仏が目立つような細い首。顎も細い。少し猫背ぎみ。彼はアイフォーンを右手に持ってじっとそこに見入っている。

リピーターが多いうちの店にしては、一度も見たこともないような男だったし、ひょっこりやってくる一見さんとしても、観光客の日本人はほとんど他の有名クラブに流れてしまう。だけどこの男、ダンスクラブにひょっこり踊りにくるようにも思えない。

不健康な感じがする文学青年、アマチュアのロックバンドのボーカルにいそうな雰囲気。暗くておとなしい人柄がにじみ出ているかのようだ。とてもじゃないが、酒を飲んだり、踊りだしそうには思えない。

これまで、水面下にずっと潜っていたかのような。地下室にこもっていたというか。なんていうか監獄の檻の中で生きていたみたいな。とにかく、男の背後にそういった、人知の及ばない力でねじ伏せられた人間特有の不穏な何かがあるような気がした。

でも、どうして惹きつけられたのかわからないが、龍祐はちらちらとその男のことを見ていた。カウンターの端から端と、二人の距離は離れている。

男はずっとそこに座って、携帯を触っているようだった。ゲームか何かをやってるのだろうか？　男の眼の前には酒はおろかソフトドリンクも置かれていなかった。

音楽が流れていることも、周りの人間が踊っていることも、何に対しても無関心であるかのように。何かお酒を頼んでください、といわなければならない。龍祐はそう思った。うちの店は入場料が無い代わりに、ドリンクで稼いでいるんだからさ。このカクテルを作ったらそういおう、龍祐はそう決めた。

すると、男は突然、席を立つ。そして出入り口のドアの近くをうろうろしている。そしてまた座る。そしてまた席を立つ、今度は踊っている人間たちの中に入ろうか入るまいかと検討しているかのよう。人だかりの外側に突っ立って、背伸びしたりしながら、ダンスフロアで踊っている人たちの輪をのぞいている。恥ずかしいから踊れないんだろうか？　誰もが踊っていたり、酒を飲んでいる中でそういった行動をする人間は逆にとても目立つということをこの人はわかっていないんだろうか？

そしてまたカウンターに戻ってくる。戻ってくるとショルダーバッグから財布らしきものをとりだした。そしてまた立ちあがってフロアの方へ移動。まさに彼は店内を右往左往している。

おそらくうちのシステムを全く知らないんだろうと思った。

ひとこと、ここにいる俺に声をかけてくれればいいのに。でも、なんだか、かわいいやつだ、と龍祐は思った。たぶん、酒の頼み方も踊り方もわかんないんだろう。

「日本のクラブとは違って入場料は必要ないです、バーカウンターでお酒を頼んでそこで支払えばいいだけですよ」龍祐はそう説明しようと思い立ち、彼の座っている端の方へと向かう。

スピーカーから漏れ響く、この大音響の中、カウンターの端から端だったら声が届かないのである。

でも、むかっている途中だった。

男はいきなりサングラスを外したのだ。サングラスを外して、もう一度ダンスフロアの方へ向かおうと立ち上がった。もしかすると、もう、サングラスが踊りの邪魔になるとでも本気で思うくらい追い詰められたのかもしれない。けれどもサングラスを外してフロアの方へ向かったくせに、結局輪の外に黙って立っているだけだった。

そしてまたしばらくしてカウンター、こちらに向かって帰ってきた。その時、龍祐は男の座っている席の前に立った。話しかけるために。

「無理して踊ることなんてないですよ、こうゆう形態のクラブは初めてですか？」

龍祐がそう声をかけたら、男は顔をあげて初めて真正面からこっちを見た。見据えた、というのか。

龍祐は一瞬だけ引け目を感じた。

男のその目は澄んでいた。それも異常に澄み切っていた。

潤っていて、その輝きがこっちにまで伝わるほどに。

こんなに暗いクラブの光の中なのに、はっきりとわかったのだった。

「ええ、初めてです」

話してみると、年齢不詳だと思った。年若い青年にも、年老いた老人にも見える。

「この音楽が宇宙的？」

男はそういいながら、そのまま手のひらを自分の耳たぶの後ろにもっていった。本気で、耳を澄ましている、ステージでディグするタイ人の音楽に耳を傾けていた。

けれどもその動きは、音楽そのものに耳を傾けるというより、まるで、その音楽の中から何かを拾い出そう、見つけ出そうとしているかのように見えた。音楽そのものの全体像をとらえようとするんじゃなくて、その音楽の中でたまに入り込んでくるノイズ、それを探しあてようとする仕草だった。

「そうです。うちの売りみたいなもんですね。よくご存知ですね」

「ええ、フェイスブックでこのお店のページ見ましたから」

「それは、どうもありがとうございます」

初めて見たタイプの男だ、と龍祐は思った。瞳はこの上なく澄んでいるのに、濁ってぐちゃぐちゃになったものを内包しているような。だけど初めて会ったばかりの人に対して、初めて見たタイプだなんて判断するというのは、もしかすると遠い過去に一度見たことがあるのかもしれない。

「あなたは、今日はプレイしないのですか？」

「はい、とりあえず二十二時からのイベントまではお酒をつくったり、だから今はプールの監視員みたいなもんです」

「プール？」

男は何がおかしいのか笑う。不自然だった。この人のこの不自然な感じ。何かを必死で隠し持っているような、自然に生きることができない、もしくは忘れてしまった人間のかもす独特な雰囲気。

「あの、ここの店で誰かと待ち合わせか何かですか？　これから誰かと合流して飲むのかと」

龍祐がきくと、

「待ち合わせ。そうですね、待ち合わせができれば一番いいんでしょうけど、そうではありません」

その時にまた入口から人が入ってきた。男はその方向を見ては、必死で目を動かした。

待ち人？　もしかするとこの男はさっきからずっと、ここに来る誰かを待っているのかもしれない。

「じゃあ、とりあえず何か作りましょうか？」

「はい。ですが、そんなに強いのは飲めません。風邪薬を飲んでいるから。あ、そうだ、ちょっとまってください」

カウンターに座るとまた彼はアイフォーンをいじり始めた。そして、また背後をふりかえって踊っている人の中をみる。新たに入ってくる人々のひとりひとりを入国審査してるかのよう。男は手元の携帯の画面をみつめながらつぶやくように、

「えっと、さ、さい、サイアム・サンレイを作ってください」

「へ？」

意外だった。男はそこでまだ画面を見つめながら、

「白濁していて、トウガラシがのっているカクテル、わかりますよね？」

「はい」

龍祐が返事をするとひとまず男は携帯をテーブルに置いた。おそらくカクテルの画像か何かが携帯にあったのだろう。龍祐は注文通りカクテルを準備した。

仕上がったカクテルをテーブルの上におくと、男はシャッターを切った。そして垣間見えたのはフェイスブックだった。男はたったいま、八時半。その写真をアップしたようだ。

「失礼ですが、ちょっとおたずねしたいことがあります」

「はい、なんすか」

「もしも明日、世界が終るとしたら、あなたはどうしますか？」

「どうって、え？」

「そこはとても寒くて凍えそうなくらいの氷河。電気もつかえず、すべての光は断たれます。例えばあなたの好きなこの音楽もそこではかなでることができない。なぜなら、シンセサイザーやアンプがつかえないのですから」

「考えられないですね、そんなこと。そんなの絶対に嫌ですから」

「僕はゆうに想像することができます」

龍祐は首を傾げる。

「それはつまり……。そんなことを想像できるというのは、考えられるってのはたぶん……」

龍祐は眉間に皺をよせてうまく表現する言葉をみつけようとする。

「良くも悪くも、どこかであなたがそれを望んでいるから」

龍祐がそういうと、男は一瞬表情がこわばった。

「いや、まいったな。そんな答えが返ってくるとは」

男はそういうと、自嘲気味にふっと笑う。

「初めてですよ、初めていらしたお客さんにこんなこと聞かれたの。びびりました」

龍祐もそれで笑った。するとそこで、男は、

「あの、すみません、ＤＪさん？」

「えーっと、僕のことですよね？」

龍祐はまた笑って返した。ＤＪさんとかって呼ばれたのも初めてだったから。

「はい、あなたのことですＤＪさん」

そして、男は澄んだ目でまた続ける。

「あなたのその腕の蝶は、とても美しい」

男はそういって、龍祐の蝶を見つめる。男はいつから気が付いていたんだろう？　ちっとも腕の方なんて見たそぶりもなかったのに。

「けれども美しさは、罪つくりです。なのに、どうして人間はいつも、美しいものに憧れてしまうのか」

「え？　ええ」

ややあって、

「あなたには、優れた審美眼がある。だからその美しい蝶はあなたに引き寄せられてきた」

男はそういうとふっと笑った。勝手に彫り師に描かれたなどといまさらいえない。

「だから、その蝶を愛でてください。遠くまで自由にはばたかせてあげてください。あなたがその蝶の美しさを愛しているかぎり、必ず、その蝶はあなたのところに帰ってくるはず」

男の口元がふるえているように思えた。

「僕には、そうすることができなかった。美しいあまり、愛しいあまり、自分の手で握りつぶしてしまった。何もかもを」

ややあって、

「そう、僕らの恋愛はとても美しかったんだ」

男はそういって、天井を見上げた。

まるで降りやまない雨をじっと見つめているみたいに。

そこに一人きりで立ち尽くしているように。握りつぶして死んでしまった美しい蝶を手に持って、激しいスコールにうたれているひとりの男。

龍祐は既視感を覚えた。

どこかでこのシーンを俺は、確かに見たことがある。

そこで龍祐の携帯が鳴った。

LINEだった。二十時四十分。

「ごめんなさい、龍くん。今日のイベントは行けなくなりました。理由はあとでフェイスブックにあげるから見てね」

稲瀬玲子だった。

一夜のハンモックからは
まっとうなものがすりぬけてしまうけど

成山龍祐からすぐにＬＩＮＥの返信がきた。

昨夜のことはまったく気にしていないかのような文言だったし、白ウサギがプレートを持ったスタンプのオッケーを見るところ、本当にオッケーなんじゃないか、という気がしてくる。

確かに、昨夜は信じられないくらいに呑み過ぎてしまった。果歩はその事実を思い出すと耳が赤くなるようだった。


玲子が帰ってから閉店の二時まで果歩はＲＯＣＫＥＴに居座った。ファランだったり、ベトナム人だったり、タイ人だったりと多国籍の満員電車のなかにいるような時間が続いた。

そんな慌ただしい中で、ずっと一緒というわけにはいかなかったけれど、龍祐は果歩のことを気にかけてほとんどそばにいてくれた。

それに甘えて杯を重ね、なんとウィスキーのボトルまでに手をつけたのを覚えている。

そこまではよかったけれど帰り際になって、ほとんど立てない事態に陥った。要するにふらふらだった。一気にアルコールがまわってきたのだ。

「ホテルまでおくるから、ちょっとまって」

店を閉める準備をして、それから龍祐は少し外に出て行ってすぐに店内に戻ってきた。

「トゥクトゥク確保してきたよ、それで帰ろう」

龍祐は果歩の肩を担ぎながらゆっくり歩いた。

確かに、店の前にはタイならではのバイク型で可愛らしいタクシーのトゥクトゥクが待機していた。

その乗り物のかわいらしさにもろ手を挙げて喜びたかったが、やっぱり、吐き気はおさまらない。

こんな状態でトゥクトゥクに乗っても吐いてしまうのがおちじゃなかろうか？

「どうしよう、めちゃめちゃ気持ちわるい」

「じゃ、ちょっと乗って寝ときなさい」

龍祐はそういって果歩を乗せると、またどこかへ行ってしまった。

どこかのクラブのウーハーの音。音楽の爆音。クラクションの音。寝ころんだ後部シートのトゥクトゥクの隙間から見える、歩く人々の影。

みんなどこかへ向かいつづけている。

「セブンで、水買ってきた」

そういいながら、龍祐がタイ語で運転手に何かをつげると止まっていたエンジンが動き出した。スパイシーな夜風が鼻をかすめていく。

果歩は龍祐の太ももを枕にしてそのままぐったりと横になっていた。

まるで、恋人みたいに自然だった。意識は確かにあるのに、身体はもう少しも動きそうにない。

その間、龍祐はずっと鼻歌をうたっていた。しかも、テレサ・テンの歌だ。

「思い出だけじゃーいきていけなーい、ときのなーがれにみをまかせー、あなたーのむーねによーりそいー、きれいになれたーそれだーけで、いのちさえもいーらないわ、だーかーらおねがいーそーばにおいてねー、いーまはあなたーしかみえないーのー」

歌いながら時折、運転手とタイ語で何かを話しては笑っている。

それから時折、果歩が生きているのかを確認するみたいに頬にぺたりぺたりと触れてきた。撫でるように、与えるように。

懐かしい、と果歩は思った。こんなふうに誰かに頬を触れられること。肌をふれられること。その手はひたすらにあたたかい。

龍祐の大きなその手は果歩にとって癒し以外の何でもなかった。

日本での日々。いつの間にか、肌を重ねあうこともなくなった修平との日常。そのうえ、疑心暗鬼になったカサカサの心のまま、闇雲にサロンでリラクゼーションをしてきた私。

心はいつも怒りに満ちてとげとげだった。

そう、私は間違っていたんじゃないか。

お客様は、彼らや彼女たちは、そんな刺々しい私に触れられて本当にひとときでも癒されることがあったんだろうか？

癒されることが何なのかも、まったくわかっていない私にそんなことができたのか。

人を癒すなんてことが本当にできたといえるだろうか。

信号でとまる。エンジン音も消える。そこで、

「ルネッサンスバンコクホテルってさ、たしか五つ星ホテルじゃなかったっけ」

「……」

「あ、ごめん。酔ってるからもうそんなこと聞かれてもわかんないか」

「どんなに豪華でもきれいでも、自分にとって居心地が良くないんだったらそこは……」

果歩がそういうと、

「そこはたぶん、地獄とまではいかないだろうけど、煉獄だね」

龍祐はそういった。煉獄。天国と地獄の中間ってことか。果歩は笑った。すると、龍祐も笑っていた。

それから、相変わらずテレサ・テンを熱唱しながら、それから、どのくらいが経過しただろうか。

「果歩ちゃん、しっかりね。もうつくよー」

龍祐はそういうと、運転手に話しかけながらポケットからお金をだそうとしている。

「龍祐さん、いやだよ！」

果歩は大きな声でいった。

「ん？　どゆこと？」

「つきたくない、つかなくていい」

果歩がいうと、龍祐は黙っていた。

「このトゥクトゥクにずっと乗っていたい」

ここにずっとこうしていたい。いった後に、これが私の本物の願いだと思った。

二十八年間生きてきた中で、この願いが一番本物。そう思ったと同時に果歩は静かに泣きだした。

龍祐のジーンズを掴んで、握りしめていた。

「正真正銘の傷心旅行だったのね」

龍祐はそういったあと、また運転手に話しかける。すると、トゥクトゥクは来た道をひきかえすためにUターンをしたのだった。

「ひとつだけ警告しておくけど、傷心旅行で味をしめちゃ今後の人生で大変なことになるからやめてね。ひとまず、今回は俺だったからそこそこ運が良かったってことにしてて、これからは知らない人についていったらいけないからね。しかもこんなにべったりひっついたりしたらもっといけないからね」

果歩は泣きながらうん、うんと頭だけ動かした。

「ええ、たった今、このずたずた傷心トゥクトゥク号は発車いたしました」

まず、南のほうへと向かった。果歩は少しずつ起き上がって外の景色に目をやる。真夜中でもここは屋台と人だらけだ。

ルンピニー公園脇のラーチャダムリ通りを抜け、ラーマ四世通りを横切るとロビンソン百貨店が見える。龍祐から、

「どう？　吐き気はもうないの？」

と、尋ねられ、

「はい、完全復活しました」

それは嘘だったけど吐き気がおさまったのは事実だった。

それでお水の続きを口にした。

そこからシーロム通りに入り、タニヤ通りをぬける。牛角だの、お寿司だの、おにぎりだの日本語の看板がたくさん見える。

「日本にはいつか、帰らないの？」

果歩がたずねると、龍祐はにべもなく、

「帰るなんてありえない」

と大げさに首をふってそういった。果歩は笑う。つづけて、

「だって、一回外に出るとさ、もうどこにも帰る場所なんてなくなってるわけで」

龍祐はそんなことをいった。

「自由になりたい時って、その時はめちゃめちゃ逃げ出したいくらいに何かに捕らわれてるってことじゃない？　だけどさ、そっから飛び出して本当の自由を手にしてしまうと、時々は誰かに窒息しそうなくらいに捕まえてほしいって思ったりするわけ。だから、人間って大変だよね」つづけて、

「ないものねだり」

「そうそう。たぶん、そんなのをずっと繰り返してくんだろうね」

王宮方面にむかってラーマ四世通りをすすみ、運河を越えて左折。少し入ると中華門、チャイナタウン。

そこで果歩は目をつむるとふたたびごろんと横になった。ふたたび龍祐の膝枕に落ち着く。龍祐は、

「そんなによかった？　膝枕」

そういった。

「うん。今までで一番居心地がいい」

果歩がそういうと、ほんとかよ、といいながら龍祐は笑った。するとそこで、龍祐はタイ語で運転手に何かつげた。運転手は笑っている。

「なんて話してるの？」

「これから七月二十二日ロータリーってとこを通るんだけど、もれなく一周まわってくれっていった

の。一回転してってって」

「どうして？」

「だって、わざわざロータリーにきて回転しないで通りぬけるなんておかしいでしょ」

そして、少しだけうつむくと、

「果歩ちゃん、本当にかわいいな」

そういってこっちを見おろす龍祐。

見おろす目と見あげる目が、まっすぐにぶつかった。龍祐の視線と果歩の視線は、他に行き場さえ失ってとどまったまま。

七月二十二日ロータリーに入ってトゥクトゥクは曲がり始めた。

お互いにお互いの眼しか見つめるものが何もなかった。他にどこを見たらいいのかわからない。

わからないまま見つめ合っていると、その先が見えてしまった。

キスをする、と果歩は思った。きっと私はこの人とキスをする。そう思ったと同時に、龍祐は頭を深く沈めるようにして、果歩の鼻の頭に、その鼻の頭をすりよせた。

龍祐の肌の匂いが一気に果歩に押し寄せた。スパイシーで、甘くて、雨のような匂い。だけど、雨のあとのおひさまの匂い。もう頭の中で嗅ぎ分けても、わからない。

ひとしきりそうやって、顔全体にすりよせるように鼻の頭をあてたあと、龍祐はとても自然に果歩に唇を重ねた。

傷心トゥクトゥク号の描くカーブは思っていた以上に急だった。

いま、唇を重ねる龍祐は、いままでの龍祐からは思い描けないほど性急だった。

果歩はまるでハンモックに揺られているみたいだった。

キスをしている間ずっと、頭の方に重心が引っ張られていた。遠心力。トゥクトゥクが回転するスピード。喉の奥から濡れていくようなキス。目が回りそうだった。

自分がどこにいるのかを忘れた。

龍祐は唇を離すと、

「目が回った」

といって笑いだした。笑っている腹筋の動きがまた果歩の頭を揺らす。だけど果歩は少しも笑えなかった。どちらかというと、途方に暮れていた。龍祐のキスがあまりにも鮮烈すぎたから。

そして、

「こんなシチュエーションでキスしたの、はじめて」

果歩は呟いた。すると龍祐は、「うん、俺もはじめて」

運河沿いに北上して右折するとラーマ一世通りをすすむ。そこからはしばらくずっと、二人は言葉を交わさないでいた。交わさない間、龍祐はまたテレサ・テンの鼻歌をうたうことに舞い戻った。

ルネッサンスバンコクホテルのブルーガラスが見えてきたのは、もう四時を過ぎていた。

果歩はゆっくりと起き上がった。

エントランスにトゥクトゥクが止まると、ベルボーイがやってきた。

「どうだった？　これで少しは気が済んだかな？」

龍祐はそういった。

「うん……とても楽しかったです」

「よかった。はじめはどうなる事かと思ったよ、泣くから」

「ありがとう」

だけどまだ何か、この言葉に追いつけない何かが胸の中にあった。

「マイペンライ」

龍祐はそういった。果歩はマイペンライ？　と聞き返す。

「どういたしましてって、気にしないで、気にするなって意味のタイ語」

暑いのか、龍祐はTシャツの袖をまくりあげた。果歩は驚いた。そこには美しい蝶がいたからだ。

もしかしたら、その蝶に触れたくなったからなのかもしれない。

「やっぱり……」

「どうしたの」

酔いもさめつつあったけれど、果歩は思わず自分が発した言葉に自分でも驚いた。

「もうちょっと一緒にいてくれない？」

それはつまり、まだ離れたくないと同義だった。そんなびっくりすることを初めて会ったばかりの男性にいってしまったのだ。

「だってもう四時だよ？　酔って泣いて疲れてるんだろうし、もう寝ないと」

眠るにしたって、あのベッドで一人で眠るのは広すぎる。そう思った途端、

「ちがうの。別に部屋に来てっていってるんじゃなくて、その、ロビーのソファーで話すだけでもいいから、まだ……」

果歩がそういうと、龍祐はふっと笑う。そのやさしい笑顔に、果歩は何故だか傷ついた。拒絶されているような気がしたから。

「明日もあるんだし」

龍祐は、すると果歩の頬をなでた。さっきやっていたみたいに。

「明日じゃなくて今日か。今日、イベントやるんだよ。多分、いや絶対、玲子さんも来る」

「うん……」

「ホテルには、また次に呼んで。あ！　あと、ＬＩＮＥおしえて」

ホテルには、また次に呼んで。

そんな意味深な言葉だけを残して、傷心トゥクトゥク号と一緒に龍祐は去って行ったのだった。


明らかに酔っていたというのもある。酔って気が大きくなっていたんだろう、あんなふうにキスをしたのも、帰り際にまだ一緒にいたいといってしまったことも。現に二日酔いだし、さきほどファーマシーで薬を買って飲んだのも事実だ。

だけど。酔っていても、またすぐに自分はこの人に逢いたくなるだろうということくらいは、はっきりとわかったのだ。


果歩は、だから先ほど当たり障りなく謝りのＬＩＮＥをうった。昨日はごめんなさい、と。

龍祐からすると、職業柄、酔った女の子とキスすることなんて日常茶飯事なことかもしれない。そう考えたときになんと眉間にしわをよせている自分に気がつく。

これって、もしかして……恋？

果歩は携帯を手にする。ＬＩＮＥの龍祐とのトークルームを見たくなったのだ。

その時に、フェイスブックのアイコンがまったく気にならず、即座にＬＩＮＥのアイコンをタップしたときに、修平の存在がいま完全に頭の中から消えていたことに驚かされた。

龍祐とのトークルーム。まだ四つのメッセージしか残っていない、下に青空みたいな余白があるくらいの。

時刻は二十時四十五分をすぎたくらい。

リンリン。という音が鳴った。新たにＬＩＮＥが入った。しかも、龍祐からだった！　タップするとその内容は、

「今夜のイベント、玲子さんこられなくなったらしい」

「残念だな」

悲しい泣き顔のスタンプが入った。

玲子さんが来られない、つまり逢えないことが悲しいって意味の泣き顔？

果歩はそこで、不意打ちをつかれたみたいに悲しくなった。しゅんと、胸が切なくなった。

え、これって、もしかして、やっぱり、恋……？

龍祐は、玲子さんのことを好きなんだろうか？　確かに玲子さんはいわずもがな、魅力的な女性だ。

それはタイにスコールがあるということと同じくらいに常識だ。昨日、あんなキスをした私のことなんかよりも、ずっと。

じゃあやっぱり、昨日のキスのことだって、龍祐はもう忘れちゃってるのかな。

そういえば、あの二人ってどういう関係なんだろう？

玲子さんの方は、龍祐のことを何とも思っていないに違いなさそうだけど、龍祐は明らかに気にしているように思える。

イベントとはいえ、玲子さんが来ないROCKETに私が行ってもいいのだろうか。だって、玲子さんが来ないで落ち込んでいる龍祐、なんか悪い気もする。私なんてたぶん、来ても来なくてもどっちでもいいっていうか、なんていうか。

果歩がそんなことを思いながら、返信をしないでいるとまた龍祐からのLINEだった。龍祐は休憩時間なのかもしれない。

「でも、今日は代わりにとんでもないお客さんがきた。怪しげな日本人男性」

果歩はなんて返したらいいのかわからない。けれども既読にした手前、相手が龍祐である手前、なんでもいいから返したい、と思う。

「怪しげなお客さん？」

？がやたらに強調された大きなスタンプをつけて送る。

怪しげなお客さんなんてたくさん出入りしているようなROCKETにあって、でもなんでわざわざこんなことをLINEするのだろう。からかってるんだろうか？

「チャコールグレーのサングラスしてて、アイホンばっかりさわってる。いまも、こんな騒音のなかで。だけど、なんかダークな魅力がある。なんていったらいいのかな」

果歩はふと、そんな人をどこかで見たことがあったような気がした。一度、会ったような気がした。

あれ、いつだったたっけ？　けれども、何も思い浮かばなかった。

思い浮かべることができるのは、成山龍祐のことだけだった。

オレンジ色の音のシャワーも、おひさまみたいな匂いも、龍祐とのキスも、彼の腕にある美しい蝶もすべて。

玲子さん、あれだけ忠告してくれたのに、ゆるしてほしい。私は、たぶん、悪い男に惚れてしまった。

「じゃあ、いまから、その怪しい男性のことを見に行こうかな？」

スタンプ。遠まわしに、玲子さんはこないけど、私だけＲＯＣＫＥＴに行ってもいいですかっていう質問を忍ばせる。あなたに、逢いにいってもいいのですか？

「まじか。じゃあ、待ってる」

ハートのスタンプ。そこで果歩はふっと笑った。ハートってことは、異議なしってことだね。

また、いきなり胸の奥からあたたかいものがあふれてくる。

やっぱりこれは、どう考えても恋である。

逢いたい、と思うんだから。やっぱりこれは、恋だ。

果歩はそう思って、親指をたてたきらきらなマスコットのスタンプ。

それが既読になったあと果歩は何も返さずＬＩＮＥのアプリをとじ、そのすぐ斜め下にあるフェイスブックをタップした。

三か月ぶりのログインだ。

嫌な思い出が一瞬だけよぎった。けれども、これから龍祐に逢えるんだと思ったら、悲しくなかった。

ログインしてみると友達の投稿記事が次から次に流れてきた。

職場の人から、学生時代の旧友、妹、従兄、お客さん、元彼のお兄さん、それから……元彼の修平。

果歩は鼻でふっと笑う。

修平は果歩のことを削除していなかった。いてもいなくてもどうでもいい友達。削除することも忘れられていたんだろう。案の定、修平の写真、明美との新しいやり取りも流れてきた。修平は少し顔に肉がついたように思えた。幸せ肥り、かな。

―気がつくと明美を好きになっていた―

修平はそういっていた。気がつくと。私はそれを赦せなかった。そんなことなんてありえないと思っていたからだ。でも、やっといま、その言葉の意味がわかった気がする。

そこで果歩は、「近況」というところをタップする。記事を投稿するためだ。チェックインはタイ・バンコク付近。七月二十四日。只今の時間は、二十一時ぴったり。

恋をした。

この気持ちを伝えずにはいられなかった。

「@Thai　恋。してしまった！！！」

誰に向けてはなった言葉だろう？　相手は修平でも友達でも明美でもない。友達にもなっていないけれど、龍祐に放った言葉だった。

伝えたい思いは募れば募るほど、こうしてどこかに出口を探すものなんだ。


すぐにシャワーをあびる準備をした。キャリーケースの中からトリートメントをとりだした。艶々できらきらな髪にして、龍祐に触れてもらいたいからだ。

何の服を着ていこう。何のアクセサリーをみにつけよう？

大きなキャリーケースの中から、慎重に選び出さなければならない。まるで武器か何かを身につけるみたいに。

上弦の月の下、ＲＯＣＫＥＴの中か、
パラソルのそばで逢えたなら

二十一時五十分をまわっている。カウンターに座ったまま哲史はひとりでカクテルを飲んでいた。さっきまで、哲史だけを相手にしていたＤＪさんは、新たにカウンターに座った男友達の団体客三人を相手に何かを話しながら盛り上がっている。

稲瀬玲子はＲＯＣＫＥＴに現れない。今日ここで二十二時から開催されるイベントに参加予定であるとフェイスブックにはずいぶん前から出ていたのに。いつもだったら、もっと早い時間には到着しているはずだ。もしかすると、玲子の身辺に何かがあって遅れているのだろうか？　哲史はそう思って稲瀬玲子を検索してまたウォールに入った。

そこで哲史はその画面を見て息が止まるかと思った。たった今、玲子は記事をアップしている。写真付きだった。孔雀のついた青い傘の写真。

「昨夜、木曜日だったのにＲＯＣＫＥＴで飲んでしまったので、二日酔い。やっぱり、二夜連続は無理みたい。この傘、大切にします。ありがとう！」

木曜日？

昨夜、玲子はここにいたのか？　何故？

だから今日はこられないと？

しかもこの青い傘は何だろう。このＤＪさんと玲子はそんなに仲が良くなっているのか。哲史は、ＤＪさんの方を見やった。お客と話しながら、ＤＪさんは携帯を手にして指先で、何かを打ち込んでいる。

そこで、また玲子の投稿記事のところにコメントが一件と更新された。

「だからって金曜日に来ないとかありえねーだろ（怒）まってたのに（怒）」

至近距離にいる目の前のＤＪが、それを打ち込んだ。

自分が求めてやまない女性のページに。けれども哲史には今、それさえもできない。玲子がアンドロメダ星雲よりも遠くに感じられる。

思った以上に落胆した。七月二十四日。今日がもう終ってしまう。なのに玲子とは逢えない。きっと玲子は知らないのだ。自分が必死で送りつづけていたメッセージのことを。

「あ、おかわりしますか？　何か作りましょうか？」

空になったグラスを気にかけてか、ＤＪさんはそう哲史に向かって聞いた。ＤＪさん、成山龍祐という この男。

「いえ、僕はもう帰ります」

すると龍祐はとても驚いた。

「もうすぐ、始まるのに。宇宙のイベント！　宇宙的音楽の本番はいまからですよ？」

玲子はこの男に惚れているのだろうか？　とても美しい蝶を身につけていた、玲子がはじめてフェイスブックで友達になった男。

「いえ、僕はもう帰ります。ごちそうさまでした」

哲史はそういうと席をたち、龍祐に頭を下げると立ち上がった。

店の出口のドアを押してサウンドロックというスペースを歩いていると、たった今、ドアを押して、とても急いで入ってきた日本人女性がいた。茶色い髪の毛先に巻いたホットカーラーをひとつ外しながら。その女性。彼女がとおったあと、とても清潔な香りがした。

はて？　そこで哲史は通り過ぎたあと、もう一度ふりかえった。絶妙のタイミングでホットカーラーを外しおえ、彼女は髪をなびかせながら、振り向きもせず店内に入って消えていった。

いまの娘、どこかで見たことがある？

そして、哲史はＲＯＣＫＥＴから出た。夜空には上弦の月が輝いていた。

今夜、玲子がこの店にくることはない。二〇一五年七月二十四日に玲子はここにこない。

それはなんて気が遠くなるほどの絶望だろう。

キャメルの箱をとりだして、哲史は煙草に火をつけた。

だけど、誰が何といおうと、俺には玲子しかいない。

しかしもう二度と玲子に逢えないのならば、これ以上俺は何をどうやって生きていけばいいのだろう。

スコール？　突然に空から雨がおちてきた。哲史は店の先に連なるパラソルの下に避難した。

アイフォーンの画面はフェイスブックにログインしたまま、ずっと玲子のページ。玲子は龍祐にコメントを返していない。

君は今、どこで何をしているんだ？　玲子。

哲史は煙草をくわえたまま、とりあえず虹色のパラソルの中のベンチに腰をかけた。

日本での生活がぼんやりと瞼の裏にあらわれる。霞がかっていて、熱心に記憶の糸をつなぎ合わせなければ思い出すこともはばかれるような、あのぼんやりとした時間たち。

二十五歳のときに福岡にある小さな総合商社に潜りこんだ。新卒ではない、職歴はほとんどないのと同然だ。拾ってくれた会社に感謝した。そこでは毎日、伝票の整理をしたり、配送の手配をしたり、請求書の作成をしたりする以外に、それ以上のものを要求されることがなかった。その現実にいると玲子との過去が少しも忍び寄ってこない。それまでの人生とあまりにもすべてがかけ離れていた。玲子との嵐のような日々の中では気がつけなかった安らぎ、喜びが新鮮でもあった。無心でいられる仕事、とまではいかないが、ものを書くことよりも数段に楽だった。ものを書くということはつまり哲史にとって玲子を書くことと同じことだったし、夢をみることそのものだったからだ。玲子そのものだったから。

会社で親しくなった人間もふえた。大学のころから誰とも遊んだり親しくしたりしていなかった自分が飲み会の幹事をやっていた。

別の男の別の人生を生きているようだった。自分ではない別の男の人生を覗き見しているような気持ちだった。

けれども、どうしてだろう。だまってそれを見ている視点はだれのものなんだろう？　これは自分ではないと、どうしてそう思ったのだろう？　どこに立って、自分はカメラを回していたのだろう？

そんなときに、仲良くなった同僚の伝手で川上春菜を紹介された。春菜は取引先の会社で働いていて哲史のことを知っていたという。二十八歳の頃だった。

出会い頭に春菜が作ってきたお弁当の美味しさや、道ならぬ恋で辛い目にあったという話。テレビドラマの話。嫌いな女友達の話。苦手な上司の話。人間関係で苦労しているという話。一方的だったけれど、必死に話した。その姿勢は世界に対して熱心で健全だった。

偏食で料理も作れない玲子。つらい恋なんて経験したことのない玲子。映画やテレビにでているくせに、ドラマなんて見ないで本の虫だった玲子。そもそも友達がいないからとくに嫌いな女友達も、苦手な上司も存在せず、いつも花や蝶のように扱われ、人に気を遣うこともなく人間関係で悩むことさえしていなかった玲子。いつも哲史の世界の王座にふんぞり返っていた玲子。

川上春菜は何もかもが玲子と対照的だった。春菜は哲史にとってけして悪い人間じゃなかった。悪いというのはつまり、無残で、有害で、危険という意味だ。

家庭を持ちたいのだと春菜はいった。まじめで誠実な男性と二人の子供をつくることが夢だともいった。春菜に子供ができたとき、哲史は身に覚えがなかったとまではいわないが、春菜にあっては微塵も疑ったことがなかった。玲子の時とはまったく違った。春菜が哲史の子供だといえばそれは本当だと思えたのだ。けれど、春菜との性行為は哲史にとって決定的に、玲子としていたものと違うのだった。いったいどっちのことを世間一般では性行為と呼ぶのだろう。

そのくらいに違った。その違和感は日に日に増した。いつか誰かが玲子以外の女性を抱いたことがないと皮肉めいたことをいっていたことを思い出すようになった。

春菜といると、めまぐるしいほどの希望なんてない代わりに絶望もなかった。

春菜が女の子を産んだ時に、けれど哲史は妙な胸騒ぎを覚えた。生まれてきた子供が玲子にそっくりな顔形をしているんじゃないかと。玲子とそっくりな女性になってしまうんじゃないかと。もちろんそんなことはなかった。

しかし生まれた子供は、哲史とも春菜とも似ていなかった。

家庭を持つこと、父親になることがこんなに簡単なことだったとは思わなかった。あっさりとそうなっていた。いとも簡単に家庭が築けた。

けれども日に日に何かが変わっていった。そこが自分の帰る場所であればあるほどに、現実であればあるほどに。

これは別の男の人生だと、そう客観的に見ている自分が顔を出すようになった。

必死におさえこんできたものが、ひっこめていた手が、抑圧していた振り子のようにして戻ってき始めたのだ。チクタクチクタクと秒針の音を響かせて。

これは別の男の人生だと、そう思っていた自分は亡霊のようにあそこにいた。あの、玲子と暮らした部屋の隅に。あそこからじっと、こっちを見ていたのだ。

いつ本性をだそうかと今か今かと何年も機をうかがいながら。本性をだして仮面をつけるだけつけさせた哲史を一気に突き落とそうとしていたのだ。

玲子のことを思い出して憎しみに震えるようなことも、思いだしたくないと記憶の底にねじ込めようとする必要もなくなってきたころだ。

春菜が無事に産褥期をぬけてきて、子供の百日目の記念の写真を撮ろうという話になった。予約したスタジオ。子供を抱いたときに、そこに何の感慨も湧かなかった。子供の軽さが恐ろしかった。

その時に、ストロボが強く光った。何度も何度も真っ白い世界にいるみたいに。チカチカと光りつづけた。シャッターを切る音が立てつづけになった。

夢中でシャッターをきっていた遠い昔の自分。「世界が終る時に一緒にいる」と誓い合った約束。

このストロボの光の中で、輝き続けていた稲瀬玲子。腕に抱いている子供の軽さ。捨ててしまったものの重さ。稲瀬玲子との濃密な青春の記憶がぬめぬめと妖しく輝きながらバケツをひっくり返したように残酷にぶちまかれた。蘇り、おしよせた。生汗がふきだすように、足もとがぐらつき、立っている場所をなくす。居場所が消えていく。ハリボテが壊れ始めた。


僕は一体ここで何をやっているんだろう。

悪夢のような日々への、これが始まりだった。

妻のことも娘のことも周りにいる人間のことを愛せない。いったいこの人たちは誰だろうという感覚。心療内科に行けば、毎回、さまざまな神経症の病名をつげられた。薬が手放せなくなっていった。副作用のせいもあるのか物忘れもひどくなった。ろれつがまわらなくなった。

ああ、これは逆襲なのだと思うようになった。以前より自分がこの頭の中で、胸の中で思い描いてきた夢そのものが一斉に蜂起してきたのだ。それが美しい夢であればある程に、オセロの眼が次から次に白から黒へとかわりゆく速さと同じに、悪夢に変わった。底なし沼のようなこの深い悪夢。けれどもこれは、玲子としか分かち合えないものだ。玲子が鍵を握っている。

不思議だった。

この地球上に、七十二億人という人間がいるこの世界中で、この恐怖をそのまま共有できるのはこの世界に玲子しかいない。この恐怖を分かち合い癒しあえる場所は玲子の隣のスペースにしかない。やさしい人間だって、すぐれた人間だって、物わかりのいい人間だって、いい人間ならたくさんいる。

けれども僕と同じ夢を共有した人間はこの世界にたった一人しかいなかった。

もしも明日世界が終るとして、玲子に逢えずに終るなんてできない。世界が終るまえにどうしても逢いたいのは玲子しかいなかった。

君はいまどこにいるのだ？　君にこの叫びは届いているのか？　睡眠薬で得た睡眠がもたらしてくれるのは、もう、玲子の夢しかなかった。

せめて玲子の現状を知りたかった。あれからどう生きたのか？　玲子はこの悪夢をどうやってやり過ごしているのか。

ヤフーやグーグルで玲子の名前を検索しても出てこない。芸名の方で検索してももちろん新しい情報はでてこない。もうとうが立った、誰もが忘れ去った女優だった。

フェイスブックというソーシャルネットワーキングサービスが会社で流行りだしたのと、玲子が哲史の夢にまで出てくるようになったのは奇しくも同じ時期だった。

まるで誰かがこのタイミングを操っているに違いないと思うほどに。昔知り合いだった人と簡単に連絡がつけるという代物だと騒いでいた。しかも足跡機能がない。誰が見たのかなんて相手にはわからないということだった。本名でアカウントをつくってしまえば、会社の人間や妻に知られることになる。面倒なことはこれ以上もう御免こうむりたい。

だから偽名で登録した。「ノストラ・ダムス」として。

検索窓に稲瀬玲子と入力し、稲瀬玲子が現れた時には、思いもよらないようで思い通りだという気がした。

「玲子」声に出した。

人が最後に言の葉を放つとしたらそれは、自分が心の底から愛した人間の呼び名なんじゃないだろうか?

友達申請をするなんてできるわけがなかった。

玲子とは永遠に、死んでも生まれ変わっても、友達、知り合い、仲間、そんな間柄になどなれるわけがないのだから。

身も世もなく愛し合うか、身も世もなく憎しみ合うか、身も世もなくそばにいるか、身も世もなく離れたままでいるか。ひとたび出逢ってしまったら、どうしてもそのどれかの結末しかない。

三月十一日。そして、あの信じられない災害に池袋で遭遇した。東京。ここにきて玲子と青春を過ごしたあの場所で。

いつか二人で話していたことだ、玲子。

世界の終りは迫っている。そうとしか思えなかった。これはその予兆にすぎないのだと。

池袋の路上で一心不乱に走りつづけていた。叫び続けていた言葉はひとつきりだった。

「玲子！」

池袋のポールにしがみつきながら泣き叫んだ言葉はひとつだった。

「助けてくれ、玲子！　玲子──────！」


僕はここで死にたくない。僕はあなたの腕の中で死にたい。

僕が非常に死を恐れるようになったのは、玲子がそばにいないからだった。


大地震の直後、大魔王が降りてくるかのようなあの空に向かって、頼むから止まってくれ、誰かお願いだ、止めてくれ、このままここで死ぬわけにはいかないんだ。そう思ったのは、玲子、もう一度君に逢わなければならないことを僕の魂が知っているせいだ。

おかしいだろう？

他の誰のことも頭に浮かんでこなかった。

あの恐怖にさらされている最中、僕はずっとあなたのことだけを考えていた。

愛するあなたのことだけを思いつづけた。

世界が終る。その前に玲子を探し出さなければならない。そして、玲子に逢って、謝らなければならない。

けれどもどうやって？　玲子にどうやってこの想いを伝えたらいいのか。

ダリオがガラシャにわたした真っ青なラジオ。周波数が合ったときにだけガラシャに伝わるメッセージ。


春菜とはあのストロボ以来、夫婦関係を築けなくなった。会話もどんどん失われていった。どうしたらいいのかわからなかった。春菜に見られていると、次第に苛立ちが強くなった。どうしてこの女性と今ここにいなければならないのだろう、と。

こんな過去を持っている自分に巡り合った春菜には申し訳ない思いだった。

けれども離婚をして欲しいと懇願しても、それをまったく受け入れない春菜にたいして哲史は奇妙なものを感じ始めた。自分のことを愛してもいない人間になぜ彼女は固執するのか？　分かり合うことがない人間とともに生きることが何故できるのか。春菜へのその解らなさがさらに、溝を深めていった。玲子以外の人間との間に生まれる溝が、さらに哲史を玲子へと駆り立ててもいただろう。

もしかすると、と哲史は思った。自分に玲子という過去があるように春菜にも、こんな人間との生活に固執しなければならないと思い込ませる過去があったのではないか、と。

哲史が春菜に対して向き合えたのはここまでが、でも、限界だった。

二〇一五年七月半ば、雑居ビルの中にある人気がひいた会社で机の整理をした。引き出しを一段ずつひいた。セロハンテープ、飲み会での写真、何故だか軍手まで出てきた。いつこんなものを使ったのだろう、記憶喪失だった。そこにある書類、二度と会うことのない人たちの名刺、ホッチキス、クリップ、そのひとつひとつをとりだしてまとめて段ボールへ放り込んだ。ロッカールームからも荷物を取り出し、紙袋に放り投げた。さようなら、慣習。

会社を辞めると決めた暁にそのことを報告した人間は直属の上司、人事の責任者だけだった。最後の最後まで春菜にも話さなかった。無駄だと思った。

いくら話しても分かり合えない人間と長々と話しこんでいられるほど、自分にはもう時間も余力、精神的余裕も何も残っていなかった。離婚届に記入した。

春菜にとって不利になるような条件で離婚をするわけではないはずであるのに、そこまで認めないのならば、そこまで納得がいかないのであれば、何か納得してもらえそうな理由と、それからあとは弁護士を通じてしか話さないという置手紙を書いた。

世界が終る前にどうしても探し出さなければならない女がいると。

でもそれは嘘じゃなかった。本当のことを書いたまでだ。

春菜も子供も寝静まってから、キャリーケース、手荷物袋、ショルダーバッグに詰めた荷物だけであとはすべていらない。デスクトップ用のパソコンも置いてきた。データはすべて消した。けれどもフェイスブック「ノストラ・ダムス」のアカウントは春菜でもログインできるようにしてきた。

自分のアカウントはこれだけだということを、明白にするために。これを残していけば、まさか他にもう一つ別のアカウントを僕が持っているなどと疑われはしないだろうと。

もしもそのアカウントを玲子以外の誰かに知られた場合、僕がこうして玲子に自分の居所を伝え続けることができなくなってしまうから。

虹色のパラソルの下にまで雨が降りこんでくる。横殴りの透明な光。これがタイのスコールなのか？玲子。あなたはいつも、どんな思いでこの雨にうたれていたんだ？

そう、もう一つ別のアカウント。

ダリオの真っ青なラジオ。ダリオが送りつづける音波を、ガラシャはキャッチしていなかった。もうすぐ世界が終るのに。

もしもそれが届いていたら、僕らは今日ここで十一年ぶりの再会を果たせたはずだったのだ。

哲史は、手にしていたアイフォーンの液晶画面までに、いくつもの雨粒がおちて、画面が濡れていく様を見る。玲子のフェイスブックページも、濡れていく。

二十二時になったんだろう。ＲＯＣＫＥＴから、これまでにないほどの大音量が漏れ響いてきた。ウーハーの音で、箱が割れそうだ。

玲子、やっぱりあなたは僕のことを赦してくれないのか。もうすぐ世界が終るのに。

あなたはいまどこで何をしているのか？

もしかすると、あれから龍祐にコメントを返しているかもしれない、それとも何かまた別の記事でもあげているのかもしれない、玲子の息のかかったものならすべて知りたい。あなたがたとえ今日、ここに来てくれなくても。

哲史はタップする。

するとそこで、たったいま哲史がタップしたと同時に、玲子の記事が更新された。

―投稿場所、カオサン通り付近、たった今―と表示されているその記事。そこには写真が写っていた。

一人の男の後ろ姿。虹色のパラソルがそばにある。雨が降っている景色。

これはどこだ？　これはここじゃないか。これは僕ではないか、僕の後姿。

哲史は、一瞬だけシステムエラーのように脳内がざわつく。像を結ばない、どうして玲子のウォールに？　哲史はあたりを見まわした。いったい誰がこの写真を？　雨の降る、カオサン通りを。

哲史は投稿写真に添えられているたった一言を目にした。


「おかえり」

背後からその透度の高い声がしたと同時に、とても柔らかくて温かな人肌が一気に哲史を抱きしめた。

「おかえりなさい、哲史」

抱きすくめられた。

これは夢なんじゃないだろうか。

気が遠くなるほど遥か遠い昔に、確かにこの腕に抱かれたことがある。何度も何度もくりかえしくりかえし、この腕に抱かれたことがある。

―玲子。君の腕の中にいるとまるで聖母マリアに抱かれているみたいだ―

あなたにそういったことがある。

「おかえりなさい。哲史」

「玲子、君なんだね」

その声は何も答えずにくっ、くっと泣いている。ミモザの香りがあたりを充たす。雨の匂いと混ざり合う。

「……苦しんだのね、哲史」

ああ、僕はとても苦しかったよ、玲子。ずっとずっとずっと苦しかった。

哲史は目を閉じた。そこで壊れものを触るように、玲子の両手に触った。確かめるように。これがいつも見ていた夢ではなくて現実のものかと。

いや、これはやっぱり夢なんじゃないだろうか。

「あなたが苦しんだのがわかる、私もとても苦しんだの」

玲子はやっぱり泣いている。

哲史は、後ろから哲史を抱きしめる玲子の腕をぐっとひいて捕まえる。

「逢いたかったわ、哲史」

そこで、たまらなく目頭が熱くなって勢い良く涙があふれだした。


本心から安らげた時どうして人は泣くのだろう。


哲史は泣いた。子供のように、声を上げて。

「玲子……」

ひとことそう告げるので限界で、腰の力も身体の力もぬけてしまう。哲史はとうとうその場に泣き崩れる。


無邪気で乱暴な少年のころから、ずっとずっと遠い、僕も知らない遠い昔から、一心不乱に、母親の腕を探すみたいに、僕はあなたを求めていた。

これ以上のものは知らないし、知らなくていい、知ろうという思いなど生まれてこない境地。ここではないどこかがあるかもしれないとさえ思わない境地のここ。

そこにはいつも稲瀬玲子が立っていた。

泣き崩れて地面に座り込んでしまった哲史を玲子はなおも抱き続ける。

「哲史」

暗がりだったけれど、まっくらだったけど、玲子と対面する。玲子は哲史の頬に両手をあてて気を吹き込むかのような口づけをする。

これはやっぱり、夢なんじゃないか。

玲子、あなたは恐いくらいに美しい。

女神の口元からふうっと放たれるように哲史の口蓋を、喉の奥を、肺を充たす。

金粉が舞う、花弁も舞う。黄金色の風が女神の口元からふうっと放たれては、遠くの方でそよいでいる。ぱらぱらと虹彩の雨が落ちてきて、地面から反射するように跳ね返る。

哲史と玲子はしゃがみこんだままのその場所で何度も何度も唇を重ね合う。抱き合いながら、求め合いながら、奪い合いながら。

玲子は、哲史のその頭をずっと抱え込みながら唇を離さない。その細い腕を離さない。

カオサンを歩く人々が指笛を吹いては、そこをひやかしながら通り過ぎていく。

強かった雨脚が徐々に弱くなっていったと思ったら、急に雨はやんだ。

スコールの間中ずっとふたりは唇を重ねあっていたことになる。


哲史はやっと言葉を口にした。

「だからいったじゃないか、世界が終る前に必ず見つけ出す、と」

そこで泣いていた玲子もくすくすと笑いだした。

「ものすごく焦っていたくせに」

その言葉に哲史は図星をつかれる。

「まさか、サイアム・サンレイの写真まで投稿するとは思わなかったわ。そんなに私のことが待ち遠しかったのね？」

「お見事。やっぱり君はちゃんとラジオのチューニングを合わせていたんだな」

「もちろんよ、哲史。アカウント名は、ネオ・ダリオ。この私が気がつかないとでも思ったの？」

「いいや」

「ばればれだわ」

玲子はそういいながらまた、泣いて笑う。

「仕方がないだろ？　君こそわざわざ仰々しく記事を並べ立てて、ことこまかに。あれじゃまるで、僕にはやく私を探しに来いといってるのも同然じゃないか」

「だって哲史が私を探さないはずがないもの！」

なんだって十数年ぶりに逢ったのにもうこんなに打ち解けてしまうのか。

ずっと心の中で話し合っていたからなんだろう。

「それより、あなた大丈夫なの？　ぜんぶ放り投げてきたんでしょ？」

「ああ」

「はやくそろってアカウントを削除しなくちゃ」

「なぜ？」

「地球上に七十二億人、これだけの人間がいるんだから、もしかすると世界に一人くらいネオ・ダリオと稲瀬玲子のフェイスブックに関連性をみつけて、暴く人間がいるかもしれないじゃない」

玲子はそういうと、また哲史にキスをする。

ふたたびあの美しい上弦の月が顔をだした。

「まったく君の自意識過剰はほんとに変わらないな。そこまで暇な人間がいるわけないさ。みんなそれぞれ忙しいのさ、自分の世界を生きるために」

恋と病が同質ならば、
真っ青なラジオとフェイスブックも同質といえた

三武哲史は「ノストラ・ダムス」以外にアカウントを持っていた。

はじめっから「ノストラ・ダムス」は目くらましに過ぎなかった。弁護士はそこで自分のアカウントからフェイスブックにログインして検索窓に「ネオ・ダリオ」と入力した。

弁護士は一昨日の夜更かしに続き、昨夜から今のこの時間まで事務所にこもって徹夜をした甲斐があったと思ったし、自然と左ももをパンッと叩いてしまった。

これで本日七月二十五日土曜日、午前十時からの三武春菜の予約時間に間に合いそうだ。

ネオ・ダリオのウォールは宇宙だった。アイコンの写真はなんと、青いラジオの絵だ。これが三武哲史ではなくていったい他に誰がいるというのか。

そこにはいくつかの記事が連なっていた。これだけ何の証拠も残さずに蒸発してしまったというのに、ご丁寧に自分の居場所を知らせるというチェックインという機能もフル稼働している。弁護士は直近の記事を読み始める。

6月15日　会社を辞めるため、上司に報告　今日の薬はレスミット
6月16日　デパス　オーバードーズ
6月17日　三キロ歩く　逢いたい
6月18日　好きな女の夢を見る　触りたい　抱きしめたい

6月19日　午後から病院　文庫を読む
6月25日　夕立がすごくて今、セブンイレブンで雨宿り
そのセブンから出てきた若い恋人同士の二人が手を繋いでいる。何歳？
高校生くらい？　胸の奥でまた何かがぶっ壊れる
7月2日　また夢をみる。夢の中で彼女は泣いている。お願いだから赦してくれ
7月4日　あの子は僕の子。あの子は僕の子。あの子は僕の子
7月7日　七夕。おり姫と彦星みたいだ。遊び過ぎた罰だなんて
7月8日　また昔のことを後悔している　デパス
7月9日　本当にまた逢えるんだろうか？　こっちは逢いたくてたまらない　ヒルナミン
7月13日　お前みたいな人間は死んじまえっていわれる。でもまだ死ねない
まだ絶対に死ねない。まだだめだ
7月15日　ネオ・ダリオさんは退職しました
7月16日　ネオ・ダリオさんは離婚しました
7月18日　友達になれるわけがない。どの面下げてそんなことができるのか
あの日のことを赦してくれない限りは、僕は死ぬに死ねない
7月21日　一九九九年七月二十一日　アメージング

7月22日　ネオ・ダリオさんは　タイ　スワンナプーム空港にチェックインしました
7月23日　ネオ・ダリオさんは　カオサン通りにチェックインしました
7月24日　カオサン通り　クラブロケットにチェックインしました
7月24日　サイアム・サンレイ　カクテルの写真　二十時三十三分
そのカクテルの写真を最後に記事は更新されていなかった。

弁護士は三武哲史の何もかもがそこで起きていると仮定して考えた。

ネット上を犯罪や殺人が絶え間なく起きるもう一つの現実とみたてる。

誹謗中傷、サイバー攻撃、人の心を踏みにじるような言葉を書きたて、彼らが大切にしているものを踏みにじった挙句逃げ去る。自分の手は汚さなくてすむ。人の心という身体を傷つけて殺しかけて、そのまま逃げる。あらぬことを書きたて社会から抹殺させる。嫌がらせをする愉快犯。炎上するのは放火犯の仕業。泥棒猫が書きたてるブログは、あなたの旦那と過ごした一夜のこと、そんなことわざわざ公表するなって話。妻に対するいやがらせか？　浮気に不倫。修羅場。実にそこは犯罪の温床でなおかつしっちゃかめっちゃかなバーチャルの世界。超高度情報化社会。

だけど誰にだって心がある。いくら偽名でも何でもコンピューターが勝手にやっているんじゃない、それを作動させている目、念、それを持つのは人間しかいない。つまり、一つのアカウントにある一人分の心だ。

　ネット、今回の事件が起きたのはフェイスブック上。

　三武哲史は二つのアカウントを持っているから二人存在する。そして青いラジオというのは概念的なもの。

　二人を繋ぐ筒のようなもの。つまり、ガラシャのフェイスブックのアカウントのことだ。

　ノストラ・ダムスは空の恐怖の大魔王を装っていて、ある時、ネオ・ダリオを殺しにかかる。ネオ・ダリオは必死にダイイングメッセージを残しつづける。誰に向けてのメッセージか。それはガラシャ一人のために。

　三武哲史は三武春菜との結婚生活の中のある時点から、初恋の女性に思いをはせるようになった。なぜなら忘れられないからだ。

　けれども相手はもう自分のことなど覚えていないかもしれない。

　それにネオ・ダリオの投稿記事を一見したところによると、どうしても簡単には連絡がとれないようなことが過去にあったと思われる。

　三武哲史は自責の念にかられている。赦してくれ、という投稿だって多い。

　たとえば大喧嘩をして別れたままであるとか、三武哲史がものすごく相手を傷つけたか。

　だったらなおさら陰から見つめていることしかできなかったんだろう。

そんな切ない思いを行きつ戻りつ。そんなときにフェイスブックの存在を知る。

そして、ノストラ・ダムスのアカウントをつくりガラシャがフェイスブックの中にいることを確認したかった。つまり二人の間に青いラジオという救いが残されていることだけをはじめに確認したかった。それは三武哲史にとってひとつの賭けのようなものだったに違いない。

とにかくガラシャの現存と現状を知ればそれでいい。ノストラ・ダムスはそのためのアカウントだった。そこに記事を載せる必要はない。友達もいらない。

そしてガラシャのアカウントを見つけ出すことに成功した。三武哲史は遠くから、ガラシャを見守ることで初めは満足することができた。しかし、日増しにガラシャからの投稿に触れるたびに、自分だってガラシャに何かを伝えたい、と考えるようになる。一方的では、とても満たしきれない想いがあった。

自分がここにいることを伝えたい。発信したい、ガラシャに向けて伝えたいという欲。人の思いは出口を探すものだからだ。

だからとうとうネオ・ダリオというアカウント名を考え始める。

ノストラ・ダムスのアカウントが二〇一〇年、ネオ・ダリオのアカウントが二〇一一年のところを見ると三武哲史がもう一つのアカウントを作ろうと思うに至るまで時間がこんなに空いたのはそのせいだ。

あとはガラシャがチューニングを、そのネオ・ダリオの見えない叫びをキャッチして周波数をネオ・ダリオの言葉に合わせたら音楽は流れ始める。

けれど、ガラシャがそれをキャッチできなければ、ネオ・ダリオは誰にも気がつかれぬまま死に絶えることになる。そして世界の終りは二〇一五年のXデー。

世界が滅亡するXデーが正確にいつかは知らないが、もうとにかく時間がなかった。だから三武哲史は探しに行くことを決意する。それまでの生活を捨てて。


三武哲史はだけど姿を消すときに、どうしても青いラジオをネオ・ダリオのアカウントを手放すことができなかった。なぜなら手放したら永久にガラシャに音波を送ることも受け取ることもできなくなってしまう。仕方がないからもう使う必要がないノストラ・ダムスのアカウントだけを残す。

そして離婚を承諾しない妻である三武春菜に対して、本名ではなく偽名でノストラ・ダムスという名前でやっていたという印象を植え付けることで、まさかもう一つ別の偽名のアカウントをもっているとは疑われないですむ。

どうしてもネオ・ダリオの記事は周囲の人間に見られてはいけなかった。なぜならそこには三武哲史の二〇一一年から更新されていた記事が公開されている。全世界に向けて公開という設定にしないと、ガラシャに届くものも届かない。いわば一方的なラジオだからだ。

弁護士は徹夜の作業で疲れ果て、そこで、ばったり机に顔を伏せた。

いわずもがな、フェイスブックの功罪はとても大きい。

たとえばこれがなかったら、二人は出会えたのだろうか？　三武哲史はタイランドまでガラシャを探しに行こうとしただろうか？　弁護士はそんなことを考える。

けれどももしかすると、それだって運命の一部だ。文明もテクノロジーもザッカーバーグも二人の愛に味方したことになる。

死にかけていた三武哲史が息を吹き返したのなら、でも、よかったじゃないか。

弁護士はそこでひとりでニタついた。でもまた、はっとする。

よかったけれどこの事実を三武春菜に伝えなければならない。

あなたの夫は現在タイにいる。

あなたの夫は初恋の女性を探し続けていたんです、おそらく尋常ではない絆と繋がりが二人の間にはあったはずで、だからこんなに長い間忘れることができなかったんでしょう、と。

そして残念なことにガラシャと呼んでいるその女性の情報は、まだ掴めていません、と。

朝の九時になったところで一本の電話がはいった。佐野さんはまだ来ていなかったし、営業時間外でしかも完徹なので無視しようかとも思ったが仕方がない、悩める人のためである。

「はい。街の法律事務所でございます」

普段、電話に出たりしないのでこんな言い方になってしまう。まるで、サザエでございます。

「あの、十時から予約していた三武春菜です」

「あ、こんにちは。今日は」

「今日は代理のものに行ってもらいます。先生、ありがとうございました」

「それはどういうことでしょ……」いいかけているうちに電話が切れた。

蝶が舞い、観察者はタイピングを続け、
指揮者はタクトを振る

理由なんてなかった。気がつくと、果歩は龍祐の腕の中にいた。この人の肌から放たれている匂い。そのとてもかぐわしい香り。果歩は初めて逢ったその瞬間からそれがたまらなく好きだった。

龍祐はここ、ルネッサンスバンコクホテルのベッドの中でぐっすりと眠りこんでいる。お団子をほどいて。

昨夜、ROCKETについた時は、もうその怪しげな日本人男性はいなかった。果歩ちゃん、いらっしゃい！　まじ、たった今だよ、帰ったの！　ちょうど果歩ちゃんと入れ替わりだった、龍祐はとても興奮気味にそういった。

そして、果歩は席についてカクテルを飲み始めた。イベントが始まった直後に、カウンターから、

「んん？」

と龍祐は首をかしげていた。

「どうしたの？」

「いやね、玲子さんからイベントに来れなくなったってLINEがはいったっていったでしょ？」

「うん、きいた」

「そのあとにすぐ、昨日飲み過ぎたからいけないっていう内容の記事を玲子さんがフェイスブックにあげたから、あー、飲みに出ないんだなって思ったの」

「うんうん、それで？」

「でもさ、これ見て。たったいまフェイスブックにアップされたんだけど、これってうちのパラソルじゃない？　どうみても、これ。ほら」

玲子さんの記事が龍祐のニュースフィードに流れていた。

時刻は二十二時ぴったりにアップした写真。見せてもらったら、薄暗い写真の右の方に確かにこの店の外観、パラソルらしきものが連なって写っている。

「しかもこれさ、人が立ってるだろ？　この人さ、うん、この人だよ」

そういって、龍祐は目を凝らす。果歩もつられて目を凝らす。

「その人がその怪しげな日本人ってことなの？」

「しかも、この〝おかえり〟ってなにこれ」

そこで二人は目を合わせた。この人が！　あの人が！　玲子さんが待っている人だったんだ！

「あそこまでかたくなに俺の誘いを拒絶し続け」

「毎週木曜日にはその美しい姿のまま願い続ける」果歩がいうと、

「なるほどね、プラ・トリムルティに通ってたんだ。確かにご利益あるとはきくけどさ。もうまったくこないんだから木曜日だけは。ある意味すごいよ」

龍祐はいった。果歩はそこで目を凝らして写真の後姿をみつめる。

カーキ色のシャツにショルダーバッグに、この背丈。哀愁がただよっている背中。どこかで見たことがあるとまた思ってしまったのだが、やっぱりここどまりで思い出せないのだった。

「そこで玲子さんは、果歩ちゃんに出会ったわけね」

龍祐はいった。

「いやね、俺さ、玲子さんのこと好きだったんだけどね」

「やっぱり」

怒るも妬くこともできない。女は無駄なエネルギーをつかわないことにたけているのだ。

あんだけきれいな女性なんだからそら、私が男でも好きになるわ、龍祐に負けないくらいにな。果歩がそう思っていると、

「あの男の人には勝てないわ。すっげーきれいな目してた。もしかすると玲子さん以上に。なんつーか、地獄をぬけてきた人って感じ。だからあれには絶対かなわない」

男も、無駄なエネルギーはつかわないみたいだ。でも、

「どうして、そこまで思うわけ？」

「俺思うんだけど、個性が強すぎて、好き嫌いがはっきり分かれるタイプの男だと思うの。それで、

あの男の人の魅力がわかるっていうのはさ、玲子さんは熱狂的に好きだね、奴のことを。たぶんもう人生捧げてるはず」

つづけて、

「小説の中の人みたいだったんだよ」

「小説の中？」

「そう。話すこととか、仕草とか、たぶん、俺がめちゃめちゃ好きな小説の登場人物が現実にいたらこんな人かもって。そんな魅力」

「え？　龍祐くん、本読むの？」

「悪い？」


それから、宇宙のイベントが終るまで果歩はＲＯＣＫＥＴにいた。ブースに入ってプレイする龍祐の音楽の箱。まるで箱舟に乗っているかのよう、もう幸せだった。

それから、龍祐は積極的な果歩の気持ちを全部知り尽くしていたみたいだった。

だから、イベントが終るとすぐにこういった。

「行こうか」

「行くって？」

「果歩ちゃんち」

ルネッサンスバンコクホテルを果歩ちゃんち、といった。

「部屋、何があんの？　アメニティセットとかはそろってるとしても、さすがに買い置きの男用のパンツはないよね？」

「あるっていったらどうする？」

「ドン引きする」

龍祐はそういって笑うと果歩の手をつかんで、お腹すかない？　という。

仕事が終ったあとってめっちゃ腹減るんだよね、メタボになったらどうしようとかいいながらカオサンを歩いた。


昨夜、初めて玲子さんに連れられてきたこのバックパッカーの聖地。

そういえば、玲子さんは今頃、運命の人と眠りについているのだろうか？

つまりなんだかよくわからないまま、すべての謎はとけ、龍祐と屋台にはいり、タイ焼そばにがっついた。

今日は傷心トゥクトゥク号には乗らずに、龍祐とそのまま歩いてホテルへと向かう。その帰路の途中、伊勢丹前の広場。玲子さんと出逢った場所。

白い祠の中、あの恋愛の神様はそこに毅然とたたずんでいた。

深夜おそく、しかも土曜日のこの時間、その場所にはほとんど人はいなかった。

そこで、龍祐はいった。

「ここは、待つことを知っている国。だから玲子さんもずっと恋人の帰りを待っていられたのかも。てか、玲子さんは待つことを楽しんでいたような気がするけどな。よし、俺もお祈りしようっと。黄金モテ期がはやくきますようにって」

龍祐はそういうと祠の前まで駆けだした。

果歩はふと思った。

玲子さんこそが恋愛の神様張本人だったんじゃないかと。

美しい女性に化けて私を誘惑し、さらに私を誘惑するいい香りを放つ男性を目の前にさしだしたのではないか？

―あなたの願いをきっと思い出させてあげる―

だとしたらタイってホントにアメージングだ。そう思うと、龍祐の背中に追いつくために、果歩も一緒に駆けだした。雨に濡れている地面がてらてらと輝く。

ホテルのエントランスをとおって、エレベーターに乗ると途端に龍祐は果歩をかき抱いた。きらきらの鏡に映し出されるのは、もう翳った表情の果歩ではなく、男の腕に抱きすくめられた姿だった。

なんで龍祐はいきなり男になるんだろう？　さっきまでは違ったのに。

昨日もそう、トゥクトゥク号の中のキスも、いきなり男になった。

さっきまでは玲子さんのことが好きだったとか、黄金モテ期を願っていたくせに、エレベーターに乗ったとたん強く抱きしめながらこういったのだ。

「果歩ちゃん、きれいだよ」

龍祐はそういってすぐに、果歩の唇を奪った。


カードキーを差し込んで、部屋の灯りがすべて点いてからのことは、だからそんなに事細かに覚えていない。

昨日ほど酔ってはいなかったのに、アルコールなんかよりも強い、たぶん龍祐の身体中から発散される香りで果歩は目の前が遠くに見えて、その辺りに美しい蝶がはばたいている様を見た。

蝶？

これは一体何の幻だろう？

龍祐の腕にいる蝶はいきいきと吸水しながら、時折、果歩の首すじから、鎖骨から胸、足の指先までに丁寧にひらひらととまっていく。

その蝶が身体にとまるたびに、果歩はくすぐったいような甘い快楽が走り抜ける。

蝶が羽ばたきながら、香りをおとしていく、とてもいい香り。


身体が繋がるというのは、つまり、心も繋がることだ。


だって今、龍祐の心の声だって聞こえてきそうだ。大好きだよ、きれいだよ、その言葉に嘘がないってことが伝わるのだ。

「果歩ちゃん、きれいだよ」

龍祐はそういいながら、果歩の身体を軽々と持ち上げて、キスを浴びせながら、たとえばベッドの上、ソファーの上や、テーブルの上で、あっという間に果歩の体に繋がってくる。


ふってくるおひさまの匂い。ふってくる雨の匂い。


果歩は龍祐の腕の中で、何もかも忘れた。

いままで何に怒っていたのか、何に傷ついていたのか、何に迷っていたのか、どうして悲しかったのか。そんなことを忘れた。

ひらりひらりと蝶が舞う。それはとても美しくて、珍奇な蝶だった。


「果歩ちゃん、大好き」

龍祐はそういって、また強く果歩の身体を抱きしめた。

「大好き」

だから果歩もそういったし、そこに嘘はひとつもなかった。


そうして、何度目かの性行為の後に、龍祐はぐっすりと眠り込んだ。果歩はでもその腕に抱かれたままじっとしていた。

セックスの余韻に浸る、とはまさにこのことだろうなと思った。龍祐の寝顔を見つめながら、果歩はぼんやりと考えた。

たとえば、修平は明美と果歩を比べた末、果歩のことを簡単に捨てたけれど、龍祐はそんな果歩を拾い上げた。修平に選ばれなかったことで、果歩は明美と自分を比べてきた。何が足りなかったのか、何がいけなかったのか。それで苦しんだ。けれども、それは修平の感性のせいでしかなく、果歩が悩んでもどうにもならないことだ。だって、果歩は果歩にしかなれない。

「すごくきれいだよ、果歩ちゃん」

はじめから手にしていたことに気がつく。果歩にしかない美しさ。

龍祐の甘い言葉は、果歩をとても良い気持ちにさせた。


たとえば、修平が明美を選んでいなければ、龍祐、あなたに出逢うことはなかったし、あなたにこうして抱かれることもなかったよね。

果歩は隣で眠りこんでいる龍祐にキスをした。


そして龍祐の腕をそっとほどいて起きあがる。二人とも、まったくあられもない姿になっていたので、果歩はベッドのうえに放り出されていたかのようなバスローブをつかんで、ひっかける。


大きな窓からのぞくバンコク都の朝。うーーん、と背伸びをする。

何ていい気持ち！

果歩はもう迷いはなかった。

日本に帰ったら仕切りなおして仕事を頑張るぞ、と強く誓った。

美しい女性になりたい。

玲子という美しい女性に出会ったことが意識をかえてしまった。そのうえ、龍祐に抱かれたことで果歩の中に眠っていたものが呼びさまされた。

もっともっと資格をとり技術を磨いてやるのだ。

そのためにもう少しタイにいてマッサージの勉強、美容の技術をとことん見て日本に帰ろう。


女は、物の価値もわかんないような、どうでもいいバカ男たちのために美しくあるわけではない。てか、そんな奴等のために美しくなんてならないでいい！　意味ないから！

女はひたすらに、愛すべき人のために、愛すべき自分のために、美しくなるのだ！

女を磨くぞ、もっともっともっと。

そこで果歩ははっとした。そう、私はこんな当たり前のことさえ、忘れかけていたのだった。


果歩はアイフォーンをとりだした。そこで驚いた。フェイスブックにたくさん、昨夜の投稿に対して、実にいろんなコメントがきていたのだ。「最近フェイスブックで見ないと思ってたらそんなことやってたのーっ」とか「がんばって！　キャッ」とか「うらやま。わたしも恋したーい」「え？　どこまでいってんの!?」「えええ、相手はどんな男？」

果歩はそれがとても嬉しかった。だから、ちょっと意味深な投稿をして自慢したくなった。

「ひとまず恋愛成就した。やっぱり、いい男は違う！」

あっかんべーっと思った。

修平も明美も、あっかんべー!!

私はお前らなんかより、もっともっともっと大きな幸せを掴んでやる！　過去なんてふりかえりもしないくらい、幸せな未来に変えてやる。

おてんとさまはみてんだからな、わかったか！

果歩はそして一人でにやつくと、ふたたびベッドに足をしのばせた。そして寝息をたてている龍祐に抱きついた。龍祐の腕の蝶に唇をあてた。

あなたの子供はあなたの子供ではないかもしれない

「結婚したからといって、その人と一生添い遂げられるかといえばそうではないでしょう?」

事務所が開いたと同時に現れた三武春菜の代理でやってきた男は、そういった。

彼は、東島一郎と名乗った。年齢は四十五歳。紳士的で、いかにもエリートサラリーマンといった風貌をしている。

「ええ、けれどもそんなことを今ここであなたがおっしゃるという、これはいったいどうゆうことなんでしょう?」

「以前、私は三武春菜さんとお付き合いしていました。彼女が結婚する前に」

この人が、三武春菜のその道ならぬ恋の相手だったのか。けれども弁護士は、

「ええ、ですからそれがなんですか?」

そこでコンコン「失礼します」というノックの音と同時に佐野さんがお茶を運んで持ってきた。今日はもうどこ産のお茶であるかなんて、確かめている場合ではなさそうだ。

「私は先日、離婚しました。原因は春菜との関係が妻にばれてからずっとこじれていたことでしょうね。妻は最後、男をつくってしまった」

弁護士は頭をおさえた。おさえたところで、言葉を発した。

「つまり三武春菜さんはあなたと続いていたということですか」

そして溜息。

「いえ、ずっとというわけではありません。一度はきちんと別れました。そのあと、春菜に彼ができ結婚するということを本人からきいた。だからもう逢えない、と」

「ええ」

「どのみち僕はその時は家庭を捨てるわけにはいかなかった。春菜はまだ若かったし、いつまでもこんな関係をだらだらと続けていては、春菜だって嫁に行き遅れるというか」

「それで一度は縁が切れたわけですね？　そのあとはいつからでしょう？」

「半年たったか経っていないかのときに、春菜から連絡が入りました。うまくいかないかもしれない、と。とにかく春菜は困惑していた。だから逢ったんです」

「それはもうアウトですね」

「春菜が結婚に焦る気持ちがわかったんだ。僕がそうさせたんです。春菜に対して責任を持てなかった。喧嘩するたびに春菜はいっていた。こんなふうに肩身が狭い思いをするのはいやだって、あなたは年が離れているから私を子供扱いしている、こんなに年が離れている上にあなたは全然私を守ってくれない。本当は奥さんを傷つけるようなことだってしたくない。そんな内容のことを。あなたのことを忘れたい。だから今度付き合う人は年が近くて不倫なんてしないような人と普通の家庭が築きたいのだと」

―結婚したからといってその人が本物の運命の人だとは限りませんもの―

「まったくどうしてこうみんなうまくいかないんだ」

弁護士は呟いた。三武哲史と同じような痛みを、川上春菜も抱えていた。春菜が三武哲史との愛情不足の結婚生活を持続できたのも、今度は失敗したくないという意地のようなものがあったためだろうか。

「そんなふうに啖呵をきって別れた春菜が電話をしてきた。僕はいたたまれなくなった。春菜がこうも焦るのは僕の責任でもある。けれども久しぶりに逢って、やはり逢うだけじゃすまなかった。不貞行為を犯しました」

「そうですか。それで、その時の子供が今の春菜さんのお子さんでしょうか」

ピンときた。子供の顔と似ているのだ。

「察していただけると助かります」

いまでは地球上の、世界の男性の二十五人に一人は血の繋がっていない子供を育てているという統計がでている。イギリス、アメリカ、メキシコ、ドイツ、日本はその調査対象に入っていたかは覚えていないが、そういう案件でも相談者はやってくる。

三武哲史がそれに気が付いていたのか否かはよくわからないが、それはもういまとなってはどうにもならないことだろう。

「春菜がいってきましたよ、先生」

「何を」

「はじめてだったって。私のことを勇気づけてくれた人だって。いますぐに連絡をとりつけて元鞘に戻れっていわれたって。いままで恋愛という目にはみえないものでたくさん苦しんできたけど、もう自分に正直に生きたいって。長い長い修行だったというような内容までも諭されて、離婚の相談をしているのに、おかしくなってしまったと」

「そう……ですか」

「だから、あの弁護士さんにはすべてを見透かされる気がして恐い。嘘をついたままではいられない。でも、後ろめたい気持ち、先生に事情をいい損ねてしまった手前、面と向かってお話しする勇気が出ない。だから代わりに行ってくれと。今回の相談は解決しました、と」

だけど最後に春菜は結局、現れなかった。ということはつまり、ここにはもっともっと目をそむけたい隠し事があるのだろうと弁護士は思った。

「では、この案件はなかったことでよろしいんですね」

完徹でその資料を必死に読んでいたとはいえなかった。

「はい。昨日、春菜は離婚届を提出しました」

東島がそういったので弁護士はいった。

「半年後には、春菜さんと結婚するんですね？」

「はい、僕たちはやっと正式に夫婦になります」

こんな風なタイミングで東島の離婚が成立するという完璧な流れも、なんだか丸く事が収まってしまうこともすべて弁護士からすると三武哲史の念力のような気がしないでもない。

念力、まさに新人類の特徴だ。

弁護士は三武哲史という逢ったこともないその男に思いを馳せる。

安心しなさい、と弁護士はいいたかった。あなたの初恋はきっと誰にも汚されることはないから、と。

あなたが自分を壊してまで追い続けた理想は、けしてあなたを裏切ることはないから、と。

永遠に永遠に、その夢は、それはあなたのそばに寄り添っているから、と。

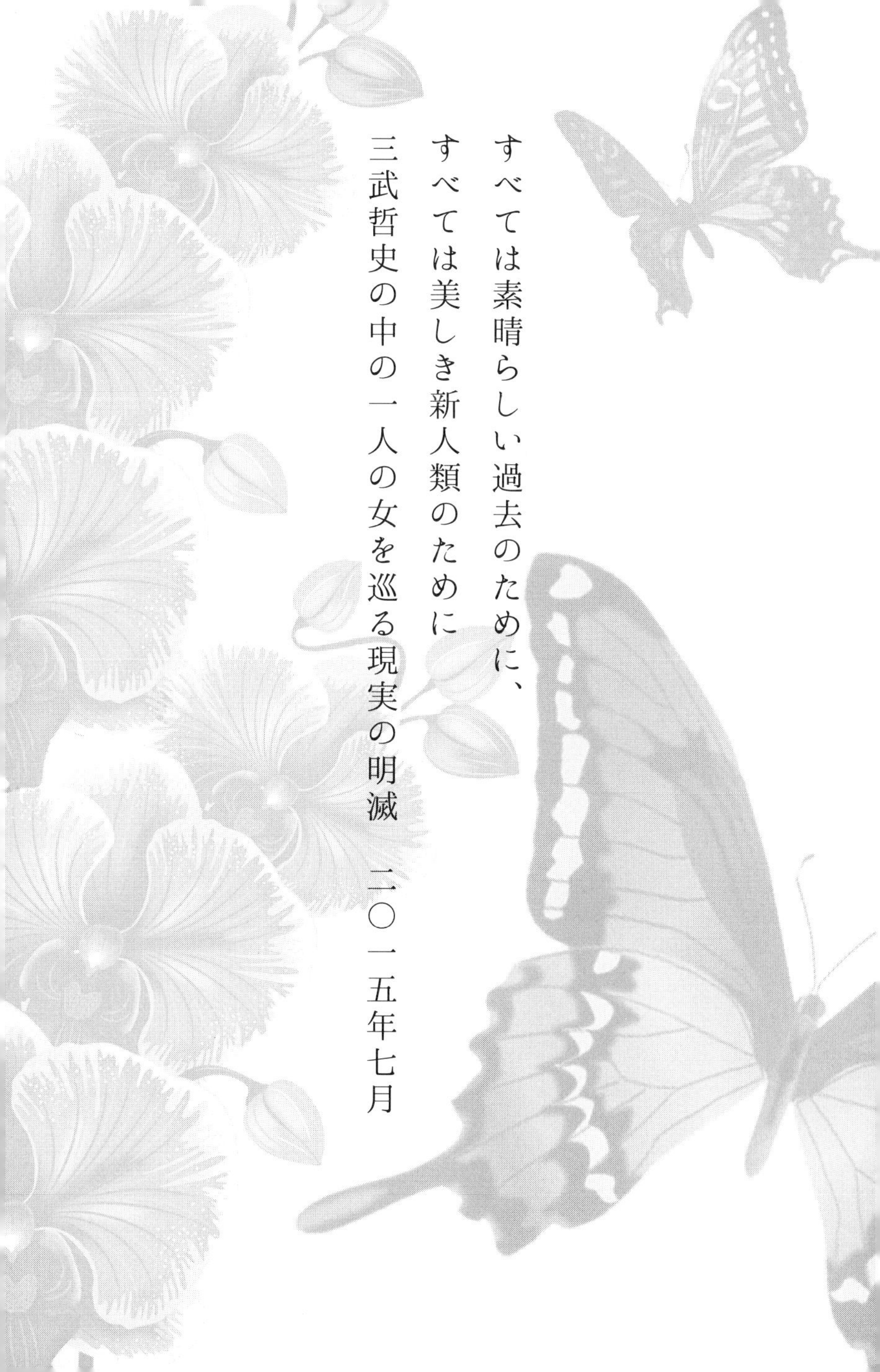

すべては素晴らしい過去のために、
すべては美しき新人類のために
三武哲史の中の一人の女を巡る現実の明滅　二〇一五年七月

浅い眠りの中にいた。

紺碧のタイルがいちめんに広がるプールには、光り輝く純潔の水が充ちる。尽きることのない、その麗しの水をかぶって玲子は僕に微笑みかける。

この微笑があれば、僕はもう何も恐くない。

玲子は僕にその細い腕を伸ばし、あなたはもう苦しまなくていいの、という。

だからこのプールの中で一緒に泳ぎましょう、と。

ひとまずね、哲史、悪い夢は終ったの。もう、終ったの。

日の光に手をかざしながら、玲子はこの世界からこの光がなくならないことを切に願っていた。


目が覚めると、シーツにくるまった僕らの裸体が二つあり、僕はこれが夢ではないことを知る。眠っている玲子の手をつかんだ。指と指をからませた。からませ合いながら、玲子の運命線をなぞっていた。そして、そこで玲子も目を覚ました。

「夢、じゃないのね。ここは私の部屋」

「そうだ、君のコンドミニアム」

「そして、ここに哲史がいる」

「そうだ。このコンドミニアムにプールがあるせいで僕は早速、奇妙な夢を見たよ」

玲子の美しい身体がそして、僕にしがみついてくる。

「正直にいうと、半信半疑だったの」

玲子はそういった。

「ネオ・ダリオのページをチェックしながらも、それでもこれは本当かしら？　って。けれども、あなたがスワンナプーム空港にチェックインしたのを知って体中の力がぬけたわ。でもね、それだって、もしかしたらタイに別の用事があるかもしれないし。すべてが何もかもただの偶然だとも考えられる。だって、最悪の場合、あなたは稲瀬玲子のフェイスブックページだって目にしていないかもしれないんだから」

「君に会うため以外のどんな用事があるというんだ」

「木曜日、あなたがカオサン通りにチェックインしたのを知ったの。その夜、偶然、日本人女性に出逢ったのよ。彼女にカオサンを案内しながら、もしかしてここに哲史がいるんじゃないかって。そんなことを考えていたら、禁酒していたけど少し飲まないと眠れなかったわ」

玲子はそういって笑うと、僕に唇をあてる。

まどろみの中、僕らは昨夜からずっと求めあい過ぎて、疲れている。長い長い間、僕らは互いのこの苦しい役回りを演じすぎてきたから疲れきっている。

「二〇一五年七月二十四日の金曜日。遠い昔に約束したその日が目前に迫っている。けれども私はまだ哲史の意向がわからない。ＲＯＣＫＥＴのイベントに参加予定であることだけをフェイスブックでは公開していた。そこでもしあなたが本当に私を探すためにタイにきていたのなら、必ず、ネオ・ダリオはここに姿を現すと思っていた。すると、あなたはなんとイベントの前にはもう先回りしてＲＯＣＫＥＴに到着していることを知らせる写真まで投稿してた。だったらリアルタイムで稲瀬玲子のページを絶対に見ていると思った」

「だけど玲子、ひどい君はそこで素直にＲＯＣＫＥＴに姿を現さなかった。台本にないことをした」

「ええ、そうなの。イベントに行くことをキャンセルした。それをあなたに伝えないといけない。イベントに行かないっていう投稿をあげたらすぐに、あなたはＲＯＣＫＥＴから出てくるはず。私が今日はこないことを知って落胆するネオ・ダリオが、とぼとぼと店から出てくるのを待った」

「またどうしてそんなことを」

「あなたは何も分かってないの！　あんなに世界中からうるさい人々が集まって大騒ぎしている中で、どうやって二人は感動的な邂逅を果たせるというの？　あそこでは、スポットライトはあなたではなくてＤＪと踊りを楽しむお客様にあたってるのよ？　ガンマイクだって使えないのよ？　脚本を書かなくなったから忘れたんじゃない？　シチュエーションの設定がまるで下手」

玲子がそういうので、僕は他にも確かめた。他には目立つ粗はなかったか、回収し損ねた伏線がなかったか、ということを。

すると、玲子はそんなものはない、と隣でいった。何もかも起きているすべてには意味があるから、放っておいても人生の伏線は回収されてしまうのだ、と。

ねえ、哲史そう思わない？　この世界は驚きにみちている、この世界はどうしてこんなにも奇跡であふれているの？　どうして？　哲史。

あなたならいつの日かそれを表現してくれるわね？

すべては、美しい新人類のために。

だって、この世界の終りは、新しい世界の始まりだから。


僕はいつものようにアイフォーンを手にとって、

「ネオ・ダリオのアカウントは、削除してもいいかい？」

そういうと、玲子はいつもの微笑でうなずいた。


僕の指先の指紋がそこに触れたと同時に、そこから突如瞬く間に飛びだして舞いあがった、この視点この角度からでしか捉えることのできなかったアングルの映写一枚一枚が花びらのようにはらはらと舞い、記憶の中にある映像シーンのひとつひとつが、遠き日の現象フイルムが、次から次にばらまかれ、歓びが、悲しみが、絶たれた希望が、孤独と憧れが、すべてが乱舞し、うねりだし、魔物のようにうごめきだして両の翅をひろげた。

その生き物は、蝶のような美しさを魅せつけながら、つかもうとしてもつかめない潔白な翅裏をひるがえしながら、ひらりひらりとこの部屋を自由に飛びまわり、ある時急に失速すると、僕の目の裏に入り込み、まるでそれは本物の幻のように、僕の記憶のずっとずっと奥の方へむかって、華麗に消えた。

この物語はフィクションであり、すべて架空のものです。
けれども「嘘から出た誠」とでも言うべき、
作り出された虚構が、
いつの間にか事実になってしまうということが
この世界では、往往にして在るのです。

amazing book

2016年8月18日　初版第１刷発行

著　者　石橋蘭子
発行所　ブイツーソリューション
　　　　〒466-0848 名古屋市昭和区長戸町4-40
　　　　電話 052-799-7391　Fax 052-799-7984
発売元　星雲社
　　　　〒112-0012 東京都文京区大塚3-21-10
　　　　電話 03-3947-1021　Fax 03-3947-1617
印刷所　渋谷文泉閣
ISBN 978-4-434-22206-1

JASRAC　出　1605758-601